Sombras alargadas

Erin Hunter

Sombras
alargadas

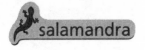

Título original: *Long Shadows (Warriors: Power of Three #5)*
Primera edición: abril de 2020

©2009, Working Partners Limited
Serie creada por Working Partners Limited
© 2020, Penguin Random House Grupo Editorial, S. A. U.
Travessera de Gràcia, 47-49, 08021 Barcelona
© 2020, Begoña Hernández Sala, por la traducción
© 2015, Dave Stevenson, por el mapa

Printed in Spain – Impreso en España

ISBN: 978-84-18174-00-1
Depósito legal: B-4.155-2020

Impreso en Liberdúplex, S.L.
Sant Llorenç d'Hortons, Barcelona

SI74001

Penguin
Random House
Grupo Editorial

Carrasca soltó un alarido de pavor. Unas ávidas lenguas rojas de fuego lamían el aire en dirección a ella y sus hermanos, cortándoles el paso. La lluvia que caía sobre los arbustos alzaba nubes de humo. La joven gata apenas podía respirar y comenzó a toser, y además el chaparrón estaba perdiendo fuerza y las últimas rachas de lluvia no bastaban para apagar el fuego.

Una oleada de calor envolvió a la joven guerrera. Carrasca retrocedió instintivamente y notó que la piedra comenzaba a desmoronarse bajo sus patas. Apartándose a toda prisa, miró hacia abajo y vio que el claro estaba salpicado de llamas y oscuridad. No había forma de escapar, ni siquiera encontrando algún modo seguro de descender en medio del fuego y de la lluvia.

—¿Qué ocurre? —preguntó Glayo, encogido bajo el calor abrasador—. ¿Por dónde deberíamos ir?

—No podemos ir hacia ninguna parte. Estamos atrapados.

Dedicado a la memoria de Jimmy,
Dana y Emmy Grace Cherry.

Un agradecimiento especial
a Cherith Baldry.

Filiaciones

CLAN DEL TRUENO

Líder

ESTRELLA DE FUEGO: gato de un intenso color rojizo.

Lugarteniente

ZARZOSO: gato atigrado marrón oscuro de ojos ámbar.

Curandera

HOJARASCA ACUÁTICA: gata atigrada de
color marrón claro y ojos ámbar.
Aprendiz: GLAYINO

Guerreros
(gatos y gatas sin crías)

ESQUIRUELA: gata de color rojizo oscuro y ojos verdes.
Aprendiz: RAPOSINO

MANTO POLVOROSO: gato atigrado marrón oscuro.

TORMENTA DE ARENA: gata de color melado claro
y ojos verdes.

NIMBO BLANCO: gato blanco de pelo largo y ojos azules.

FRONDE DORADO: gato atigrado marrón dorado.

ACEDERA: gata parda y blanca de ojos ámbar.

ESPINARDO: gato atigrado marrón dorado.

CENTELLA: gata blanca con manchas canela.

CENIZO: gato gris claro con motas más oscuras,
de ojos azul oscuro.

ZANCUDO: gato negro de largas patas,
con la barriga marrón y los ojos ámbar.

CANDEAL: gata blanca de ojos verdes.
Aprendiza: ALBINA

BETULÓN: gato atigrado marrón claro.

LÁTIGO GRIS: gato gris de pelo largo.

BAYO: gato de color tostado.

PINTA: pequeña gata gris y blanca.

RATONERO: gato gris y blanco.

LEONADO: gato atigrado dorado de ojos ámbar.

CARRASCA: gata negra de ojos verdes.

CARBONERA: gata atigrada de color gris.

ROSELLA: gata parda.

MELADA: gata atigrada de color marrón claro.

Aprendices

*(de más de seis lunas de edad,
se entrenan para convertirse en guerreros)*

GLAYINO: gato atigrado gris de ojos azules.

RAPOSINO: gato atigrado rojizo.

ALBINA: gata blanca.

Reinas

*(gatas embarazadas o al cuidado
de crías pequeñas)*

FRONDA: gata gris claro con motas más oscuras,
de ojos verde claro.

DALIA: gata de pelo largo color tostado, procedente
del cercado de los caballos, madre de dos cachorros,
hijos de Zancudo: Rosina (gatita de color tostado oscuro)
y Tordillo (gatito blanco y negro).

MILI: gata atigrada de color gris y ojos azules,
antigua minina doméstica, madre de tres cachorros,
hijos de Látigo Gris: Gabardilla (gatita marrón oscuro),
Pequeño Abejorro (gatito gris claro con rayas negras)
y Floreta (gatita tricolor con manchas blancas).

Veteranos

(antiguos guerreros y reinas, ya retirados)

RABO LARGO: gato atigrado, de color claro
con rayas muy oscuras, retirado anticipadamente
por problemas de vista.

MUSARAÑA: pequeña gata marrón oscuro.

CLAN DE LA SOMBRA

Líder

ESTRELLA NEGRA: gran gato blanco con enormes patas negras como el azabache.

Lugarteniente

BERMEJA: gata de color rojizo oscuro.

Curandero

CIRRO: gato atigrado muy pequeño.

Guerreros

ROBLEDO: pequeño gato marrón.

SERBAL: gato rojizo.

CHAMUSCADO: gato negro.
Aprendiz: RAPACERO

YEDRA: gata blanca, negra y parda.

SAPERO: gato marrón oscuro.

GRAJO: gato negro y blanco.
Aprendiza: OLIVINA

PELOSA: gata atigrada de pelo largo que le apunta en todas las direcciones.

LOMO RAJADO: gato marrón con una
larga cicatriz en el lomo.
Aprendiza: TOPINA

CRÓTALO: gato marrón oscuro de cola rayada.
Aprendiz: CARBONCILLO

ESPUMOSA: gata blanca de pelo largo, ciega de un ojo.
Aprendiz: RUANO

Reinas

TRIGUEÑA: gata parda de ojos verdes, pareja de Serbal
y madre de Pequeño Tigre, Canelilla y Rosillo.

AGUZANIEVES: gata de un blanco inmaculado.

Veteranos

CEDRO: gato gris oscuro.

AMAPOLA: gata atigrada marrón claro
de patas muy largas.

CLAN DEL VIENTO

Líder

ESTRELLA DE BIGOTES: gato atigrado de color marrón.

Lugarteniente

PERLADA: gata gris.

Curandero

CASCARÓN: gato marrón de cola corta.
Aprendiz: AZORÍN

Guerreros

OREJA PARTIDA: gato atigrado.

CORVINO PLUMOSO: gato gris oscuro.
Aprendiza: ZARPA BRECINA

CÁRABO: gato atigrado de color marrón claro.

COLA BLANCA: pequeña gata blanca.
Aprendiz: VENTOLINO

NUBE NEGRA: gata negra.

GENISTA: gata de color blanco y gris muy claro,
de ojos azules.

TURÓN: gato rojizo de patas blancas.

LEBRÓN: gato marrón y blanco.

HOJOSO: gato atigrado oscuro de ojos ámbar.

MANCHADA: gata atigrada gris moteada.

SALCE: gata gris.
Aprendiza: FOSQUINA

HORMIGUERO: gato marrón con una oreja negra.

RESCOLDO: gato gris con dos patas oscuras.
Aprendiza: ZARPA SOLEADA

Veteranos

FLOR MATINAL: reina de color carey muy anciana.

MANTO TRENZADO: gato atigrado gris oscuro.

CLAN DEL RÍO

Líder

ESTRELLA LEOPARDINA: gata atigrada
con insólitas manchas doradas.

Lugarteniente

VAHARINA: gata gris oscuro de ojos azules.

Curandera

ALA DE MARIPOSA: gata atigrada
de color dorado y ojos ámbar.
Aprendiza: BLIMA

Guerreros

PRIETO: gato negro grisáceo.

MUSGAÑO: pequeño gato atigrado de color marrón.
Aprendiza: PALOMINA

JUNCAL: gato negro.

MUSGOSA: gata parda de ojos azules.
Aprendiz: GUIJOSO

FABUCÓN: gato marrón claro.

TORRENTERO: gato atigrado de color gris oscuro.
Aprendiz: MALVINO

BOIRA: gata atigrada gris claro.

FLOR ALBINA: gata gris muy claro.

ROANA: gata gris moteada.

SALTÓN: gato blanco y canela.

AJENJO: gato atigrado de color gris claro.
Aprendiz: ORTIGO

NUTRIA: gata marrón oscuro.
Aprendiz: SOPLO

PINOCHA: gata atigrada de pelo muy corto.
Aprendiz: PARDALÍN

CHUBASCO: gato moteado de color gris azulado.

VESPERTINA: gata atigrada marrón.
Aprendiza: COBRIZA

Reinas

NÍVEA: gata blanca de ojos azules, madre de Bichín,
Pinchito, Petalina y Matojillo.

Veteranos

GOLONDRINA: gata atigrada oscura.

PIZARRO: gato gris.

LOS GATOS ANTIGUOS

Líder

HELECHO RIZADO: gato atigrado de color rojizo oscuro y ojos ámbar.

Garras afiladas

SOMBRA ROTA: esbelta gata cobriza de patas blancas y ojos ámbar.

CERVATILLA TÍMIDA: gata marrón oscuro de ojos ámbar.

BRISA SUSURRANTE: gata gris plateado de ojos azules.

RÍO DEL ALBA: gata tricolor de ojos ámbar.

SON DE ROCA: gato atigrado de color gris oscuro y ojos azules.

BIGOTES NEGROS: gran gato negro de pelaje espeso.

NUBARRÓN GRIS: gato blanco y gris de ojos azules.

RAYO HENDIDO: gato blanco y negro de ojos ámbar.

Gatos que entrenan para ser garras afiladas

ALA DE ARRENDAJO: gato atigrado de color gris y ojos azules.

ALA DE TÓRTOLA: gata de color gris claro y ojos azules.

MEDIA LUNA: gata blanca de ojos verdes.

SALTO DE PEZ: gato atigrado de color marrón y ojos ámbar.

Reinas

LUNA NACIENTE: gata blanca y gris de ojos azules.

PLUMA DE LECHUZA: fibrosa gata marrón
de ojos amarillos.

Veteranos

SOL NEBULOSO: gata de color canela claro
y ojos verdes.

CABALLO VELOZ: gato marrón oscuro
de ojos amarillos.

GATOS DESVINCULADOS DE LOS CLANES

SOLO: gato de pelaje largo y multicolor,
con ojos de color amarillo claro.

OTROS ANIMALES

MEDIANOCHE: tejona observadora
de las estrellas que vive junto al mar.

Casa de los
Dos Patas

Zona de ocio
de los Dos Patas

Camino de los Dos Patas

Camino de los Dos Patas

Claro

Campamento del Clan
de la Sombra

Medio puente

Pequeño Sendero
Atronador

Zona de ocio
de los Dos Patas

Medio puente

VISTA DE GATO

Isla

Arroyo

Campamento
del Clan del Río

Cercado de los
caballos

Laguna Lunar

Casa de los Dos Patas
abandonada

Viejo Sendero Atronador

Campamento
del Clan del Trueno

Roble centenario

Lago

Campamento del
Clan del Viento

Medio puente
roto

Granja y viviendas
de los Dos Patas

Sendero Atronador

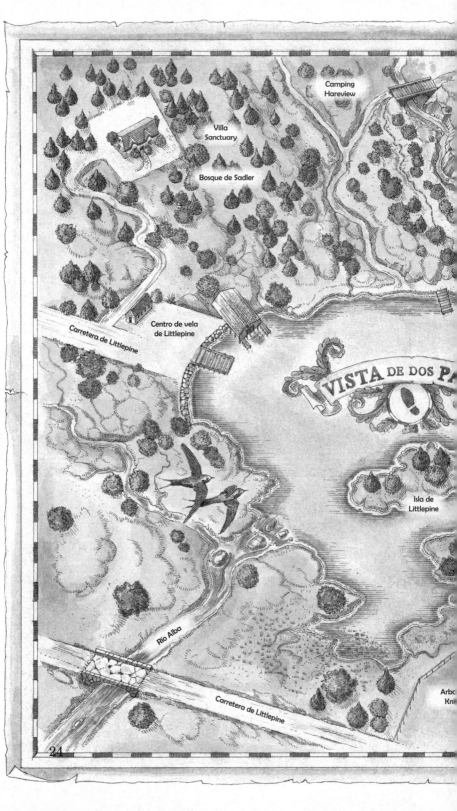

e los obreros
ndonada)

Carretera de la cantera (abandonada)

Laguna
Crystal

Cantera

Lago
Sanctuary

Colinas de
Hare

Caballerizas
de Hare

Carretera de Hare

Leyenda Del MAPA

Árboles de hoja caduca

Pinar

Ciénaga

Lago

Senderos

NORTE

Prólogo

El viento soplaba sobre el desolado páramo, arrastrando rachas de lluvia. La hierba, áspera, estaba empapada y el arroyo se había desbordado en las orillas, formando una gran extensión de agua cuya superficie burbujeaba con las gotas de lluvia.

Al borde de la charca había una tejona agazapada, aparentemente ajena al viento helado y la lluvia. Permaneció durante un buen rato contemplando el agua, como si pudiera ver algo allí, más allá del reflejo roto de las nubes grises. Luego levantó la cabeza y miró a su alrededor.

—He llegado —anunció.

Una gata negra apareció por detrás de un afloramiento rocoso. Era poco más que una sombra, y la luz de las estrellas titilaba en sus patas. La seguía un gato gris plateado, cuyos ojos verdes se dilataron al acercarse a la tejona. La luz estelar que brillaba a su alrededor hacía que pareciese un gato formado por gotas de lluvia.

—¿Qué hacemos aquí? —La voz del gato gris era ronca, como si llevara mucho tiempo sin hablar—. En un día como éste, deberíamos estar ovillados en una guarida calentita.

—Es cierto, Río —maulló la gata negra—. ¿De quién ha sido la idea de arrastrarnos hasta aquí con un tiempo horroroso hasta para los zorros?

—Mía.

Un tercer gato surgió de detrás de un arbusto de aulaga. Era corpulento y de color rojizo, y tenía las patas blancas. La luz de las estrellas destellaba en sus ojos ámbar y, sin embargo, parecía tan inconsistente como una llama.

—Sabes perfectamente que tenemos que reunirnos, Sombra.

La gata resopló.

—Yo no tengo por qué hacer nada de lo que tú me digas, Trueno.

El gato inclinó la cabeza.

—Por supuesto que no. Pero nos han convocado por el peligro que acecha a nuestros clanes. Están a punto de desaparecer... y eso es culpa tuya, Medianoche —añadió con voz cortante.

Antes de que Medianoche pudiera responder, Río maulló:

—¿Dónde está Viento? No podemos debatir sobre esto sin ella.

—Estoy aquí —contestó una voz arroyo arriba.

Era una gata marrón muy fibrosa, apenas visible en la empapada hierba del páramo; un resplandor plateado revelaba su silueta. De pronto, descendió por la cuesta hacia la charca, casi sin tocar el suelo.

—¿Qué hacéis todos aquí apretujados, como cachorritos perdidos? —preguntó con tono burlón—. Sólo es un poco de lluvia y viento.

Sombra abrió la boca para responder, pero Trueno se le adelantó:

—Nosotros no estamos acostumbrados a vivir a la intemperie, Viento. Pero eso no importa ahora. Tenemos que descubrir por qué Medianoche ha desvelado los secretos de los clanes.

—Pero ¿por qué nosotros? —se quejó Río, temblando—. En el Clan Estelar hay gatos más jóvenes que nosotros. ¿Por qué han tenido que llamar a los primeros gatos?

Viento asintió.

—Es cierto, ¿no hemos hecho ya bastante? Nosotros formamos los clanes y los guiamos a lo largo de sus primeras estaciones. Ellos llevan en deuda con nosotros todas las lunas que han transcurrido desde que paseábamos por el viejo bosque.

—Debemos seguir cuidando de nuestros clanes —murmuró Trueno—. Este peligro no se parece a ninguno de los que han tenido que afrontar hasta ahora. —Se volvió hacia la tejona—. Medianoche, ¿por qué has revelado nuestros secretos?

—Sí, y encima a ese solitario sarnoso y carroñero —bufó Sombra, arrancando la hierba con las garras—. Mi clan abandonó a sus antepasados guerreros en cuanto ese gato se instaló entre ellos.

—En acantilados arenosos conocí a Solo —empezó Medianoche con calma—. Fue la primera vez que nos vimos.

—¿Y qué? ¿Es que vas revelando secretos a todos los desconocidos con los que te cruzas? —gruñó Viento.

—¿No te das cuenta de que le has dado poder sobre los clanes al contarle tantas cosas sobre nosotros? —maulló Trueno.

—No siempre es poder el conocimiento —contestó la tejona—. Secretismo no necesitan los clanes para protegerse. Los proscritos y los solitarios lejos se mantienen; saben que no es para ellos la vida de clan.

—Pues este solitario no se ha mantenido lejos —repuso Río.

—Los clanes esconderse no necesitan —insistió Medianoche—. Si lo hicieran, no lo bastante fuertes serían para enfrentarse a desafíos externos.

—Mis guerreros pueden enfrentarse a cualquier desafío —le espetó Viento.

—No siempre con colmillos y garras afiladas se resuelven los desafíos —señaló la tejona.

Viento soltó un bufido y desenvainó las uñas, erizando el pelo del cuello.

—¡No me hables como si fuera imbécil! No eres capaz de admitir que cometiste un gran error. Los guerreros del Clan Estelar te confiaron sus secretos, ¡y tú se los contaste a un desconocido! De no ser por ti, ahora mismo el Clan de la Sombra no tendría ningún problema.

Medianoche se puso en pie.

—Envaina esas uñas, pequeña guerrera —le dijo con un gruñido gutural—. Insensato es buscar pelea con alguien que tu enemigo no es.

Durante unos segundos, Viento se mantuvo firme, y sólo retrocedió y escondió las garras cuando Trueno le posó la cola en el lomo.

—Pelear no servirá de nada —maulló el primero de los líderes del Clan del Trueno—. Los secretos han dejado de serlo. Tenemos que decidir qué podemos hacer ahora para ayudar a nuestros clanes.

Río negó con la cabeza.

—Pues yo no lo sé.

—Yo tampoco. —Sombra sacudió la cola, frustrada—. Me gustaría degollar a esta tejona desagradecida, pero eso ya no cambiaría nada.

—No lo entendemos —maulló Trueno, mirando a Medianoche—. Compartimos nuestros secretos contigo, y tú has hecho muchas cosas por nuestros clanes. ¿Por qué ibas a querer destruirlos de esta manera?

Antes de que terminara de hablar, el viento arreció y los gatos estelares comenzaron a desvanecerse, barridos como la niebla. Medianoche los observó con sus ojos brillantes como bayas, hasta que sus frágiles formas desaparecieron del todo y el brillo de las estrellas se apagó.

Un gato surgió por detrás de un arbusto azotado por el viento, a unas colas de distancia; era un gato calvo de ojos abultados y ciegos.

—¿Lo has oído, Pedrusco? —le preguntó Medianoche.

Pedrusco asintió.

—Sabía que a los líderes de los clanes les disgustaría que te confiaras a Solo —maulló con voz áspera—. Pero no tenías elección, Medianoche. El poder de los tres se acerca, y los clanes deben estar preparados.

1

La luna estaba enorme, un círculo dorado que descansaba sobre un oscuro risco montañoso. Las estrellas relucían por encima de Carrasca, recordándole que los espíritus de sus antepasados la estaban vigilando. La joven gata sintió un hormigueo al ver que algo se movía en el risco, donde, al instante, apareció un gato recortado contra la luna. Carrasca reconoció la cabeza ancha, las orejas peludas y la cola de punta poblada. Aunque la figura se veía negra a contraluz, la joven guerrera sabía de qué color tenía el pelaje aquel gato: blanco, con manchas marrones, negras y rojizas.

—¡Solo! —siseó.

La figura silueteada arqueó el lomo y luego se plantó sobre las patas traseras, estirando las delanteras como si fuera a arañar el cielo. Saltó hacia arriba y, mientras saltaba, se fue haciendo tan enorme que cubrió la luna y las resplandecientes estrellas. Carrasca se agazapó, temblando, sumida en una oscuridad más densa que los lugares más profundos del bosque.

A su alrededor brotaron alaridos de alarma, todo un clan de gatos ocultos que aullaban de miedo a la sombra que los separaba de la mirada protectora del Clan Estelar. Por encima del ruido, una voz clara exclamó:

—¡Carrasca! ¡Carrasca! ¡Sal!

Carrasca se revolvió, aterrorizada, y descubrió que tenía las patas enredadas en helechos y musgo blando. Una luz pálida gris se filtraba a través de las ramas de la guarida de los guerreros. A un par de zorros de distancia, Pinta estaba incorporándose en su lecho, sacudiéndose trocitos de musgo del pelo.

—¡Carrasca! —llamaron de nuevo.

Esta vez, la joven reconoció la voz de Betulón, que maullaba irritado desde el exterior de la guarida.

—¿Es que piensas pasarte todo el día durmiendo? Se supone que tenemos que salir a cazar.

—Ya voy.

Atontada de sueño, y con el pelo temblándole todavía por la pesadilla, Carrasca se dirigió hacia el hueco más cercano que había entre las ramas. Antes de llegar, tropezó con las patas de un gato que dormía medio oculto debajo de los helechos.

Nimbo Blanco levantó la cabeza.

—¡Por el gran Clan Estelar! —rezongó—. ¿Es que aquí no se puede dormir?

—Lo... lo siento —tartamudeó la joven, recordando que Nimbo Blanco había salido en la última patrulla nocturna.

Ella misma lo había visto volver muy tarde al campamento, durante la vigilia que le había tocado hacer como nueva guerrera.

«Menuda suerte la mía. Mi primer día, ¡y he molestado a uno de los guerreros más experimentados!»

Nimbo Blanco resopló y volvió a ovillarse, cerrando sus ojos azules y enterrando el hocico en el pelo.

—No pasa nada —murmuró Pinta, restregando el hocico contra el lomo de Carrasca—. Nimbo Blanco hace más daño con la lengua que con las garras. Y no dejes que Betulón te agobie. Se pone muy mandón con los guerreros nuevos, pero enseguida te acostumbrarás.

Carrasca asintió agradecida, pero no le contó a Pinta la verdadera razón de su nerviosismo. Betulón no era lo que la inquietaba; lo que resonaba por todo su interior era el recuerdo del sueño que había tenido. Eso era lo que le nublaba el pensamiento y hacía que se moviera con torpeza.

Miró hacia el lecho de su hermano Leonino... ay, no, que ya era Leonado... donde se había acostado tras la vigilia. Le habría encantado hablar con él, pero el lecho estaba vacío. Leonado debía de haber salido con la patrulla del alba.

Vigilando dónde pisaba, Carrasca salió de la guarida de los guerreros detrás de Pinta. Fuera, Betulón estaba arañando el suelo con impaciencia.

—¡Por fin! —le espetó—. ¿Por qué has tardado tanto?

—Relájate, Betulón... —Zarzoso, lugarteniente del Clan del Trueno y padre de Carrasca, estaba sentado a poca distancia, con la cola pulcramente enroscada alrededor de las patas. Sus ojos ámbar transmitían tranquilidad—. Las presas no se marcharán.

—No hasta que nos vean, por lo menos —añadió Tormenta de Arena, acercándose desde el montón de la carne fresca.

—Si es que hay presas. —Betulón sacudió la cola—. Desde la batalla, es mucho más difícil encontrarlas.

A Carrasca le rugió el estómago, como si le diera la razón a Betulón. Hacía varios amaneceres que los cuatro clanes se habían enfrentado en el territorio del Clan del Trueno. Sus gritos y escaramuzas habían ahuyentado a todas las presas o las habían empujado a esconderse bajo tierra.

—Quizá empiecen a regresar ahora —maulló.

—Quizá —coincidió Zarzoso—. Iremos hacia la frontera del Clan de la Sombra. Allí apenas hubo peleas.

Carrasca se puso tensa ante la mera mención del Clan de la Sombra. «¿Volveremos a ver a Solo?», pensó.

—Me pregunto si nos encontraremos con algún miembro del Clan de la Sombra —maulló Betulón, haciéndose eco de los pensamientos de la joven—. Me gustaría saber si todos le van a dar la espalda al Clan Estelar para seguir a ese solitario excéntrico.

Carrasca sintió un peso en su interior, como si tuviera piedras en el estómago. El Clan de la Sombra no se había presentado a la última Asamblea, hacía dos noches. Tan sólo había acudido su líder, Estrella Negra, acompañado de Solo, para explicar que los gatos de su clan ya no creían en el poder de sus antepasados guerreros.

«Pero ¡eso no puede ser! ¿Cómo va a sobrevivir un clan sin el Clan Estelar? ¿Y sin el código guerrero?»

—Ese tal Solo no es un excéntrico —señaló Pinta—. Él predijo que el sol desaparecería, y así fue. Ninguno de los curanderos supo que iba a suceder algo así.

Betulón se encogió de hombros.

—Pero luego el sol regresó, ¿no es cierto? Tampoco fue para tanto.

—Da igual lo que pasara —los interrumpió Zarzoso, poniéndose en pie—, ésta es una patrulla de caza. No vamos a hacerle una visita de cortesía al Clan de la Sombra.

—Pero ellos pelearon a nuestro lado... —protestó Betulón—. El Clan del Viento y el Clan del Río nos habrían hecho picadillo si los guerreros del Clan de la Sombra no hubieran aparecido. No podemos volver a convertirnos en enemigos tan pronto, ¿no?

—No somos enemigos —maulló Tormenta de Arena—. Pero ellos siguen perteneciendo a un clan distinto. Además, no estoy segura de que podamos ser amigos de un clan que rechaza al Clan Estelar.

«Entonces, ¿qué pasa con nuestros propios gatos? Nimbo Blanco nunca ha creído en el Clan Estelar.» Carrasca no se atrevió a decirlo en voz alta. Aun así, no tenía la menor duda de que Nimbo Blanco era un guerrero leal que moriría por cualquiera de sus compañeros de clan.

Zarzoso no dijo nada; se limitó a sacudirse y a hacer un gesto con la cola para reunir a los demás componentes de la patrulla. Cuando iban hacia el túnel de espinos, Fronde Dorado entró en el campamento, seguido de Acedera y Leonado. La patrulla del alba estaba de vuelta. Los tres gatos se dirigieron al montón de la carne fresca, y Carrasca corrió a interceptar a su hermano.

—¿Cómo ha ido? ¿Hay alguna novedad?

Leonado abrió la boca en un enorme bostezo. «Debe de estar agotado. Primero, toda la noche en vela, y luego, la patrulla del alba», pensó Carrasca.

—Ni una —respondió él, negando con la cabeza—. En la frontera del Clan del Viento está todo tranquilo.

—Nosotros vamos hacia el territorio del Clan de la Sombra. —A solas con su hermano, la joven podía confesar sus inquietudes—. Me da miedo que nos encontremos con Solo. ¿Y si les cuenta a los demás lo de la profecía?

Leonado hundió el hocico en el lomo de su hermana.

—¡Venga! ¿De verdad crees que Solo participa en las patrullas fronterizas? Debe de estar tumbado en el campamento del Clan de la Sombra, atiborrándose de carne fresca.

Carrasca negó con la cabeza.

—No lo sé. Es que... Ojalá no le hubiéramos contado nada.

—Sí, ojalá... —Leonado entornó los ojos y añadió con un tono más amargo—: Pero yo diría que a Solo no le importamos lo más mínimo. Él mismo decidió quedarse con Estrella Negra, ¿no? Prometió ayudarnos cuando le hablamos de la profecía, pero no tardó mucho en cambiar de opinión.

—Estamos mejor sin él. —Carrasca le dio un lametón en la oreja.

—¡Carrasca!

La joven se volvió en redondo: Zarzoso estaba esperándola junto a la entrada del túnel de espinos, agitando la punta de la cola con impaciencia.

—Tengo que irme —le maulló a su hermano, y cruzó el claro a la carrera para unirse al lugarteniente—. Lo siento... —se disculpó casi sin aliento, y se adentró en el túnel.

La mañana había sido desapacible y fría, pero mientras Carrasca recorría el bosque con sus compañeros de clan, las nubes comenzaron a disiparse. Largos rayos de sol atravesaban las ramas, ribeteando de fuego las hojas, que ya habían pasado del verde al rojo y el dorado. La estación de la caída estaba a punto de llegar.

Zarzoso condujo a su patrulla lejos del lago, hacia la frontera del Clan de la Sombra, manteniéndose a distancia del viejo sendero de los Dos Patas y la casa abandonada en la que los clanes habían peleado.

Saboreando el aire con la esperanza de localizar una ardilla o un ratón rollizo, Carrasca captó un rastro viejo de ella y sus hermanos, de cuando atravesaron el bosque en busca de Solo. Esperó que ninguno de los gatos de la patrulla lo notara, especialmente Zarzoso o Tormenta de Arena, porque eso implicaría que le hicieran preguntas incómodas que no estaba segura de saber responder.

Para su alivio, los demás gatos parecían demasiado concentrados en rastrear presas como para darse cuenta. Tormenta de Arena levantó la cola para pedir silencio, y Carrasca oyó el ruido de un tordo golpeando un caracol contra una piedra. Al asomarse por encima de una mata de helechos, descubrió al pájaro: dándole la espalda al grupo de gatos había un ejemplar estupendo y carnoso demasiado absorto en su propia presa para percibir a los cazadores que se aproximaban a él.

Tormenta de Arena adoptó la posición de caza y se deslizó por el suelo, deteniéndose para balancear las ancas antes del salto final. Aquel movimiento alertó al tordo, que soltó el caracol con un grito de alarma y echó a volar.

Sin embargo, Tormenta de Arena era demasiado rápida para él y, con un salto descomunal, lo atrapó en el aire entre un remolino de plumas. El ave se quedó inerte cuando la guerrera le mordió el cuello con fuerza.

—¡Un salto magnífico! —exclamó Pinta.

—No está mal —ronroneó Tormenta de Arena, enterrando a la presa para recogerla más tarde.

Carrasca captó el olor de un ratón, y lo siguió a lo largo de un zarzal. Descubrió a la pequeña criatura rebuscando por el suelo debajo de las ramas. Un par de segundos después, la joven tenía su propia presa que enterrar junto a la de Tormenta de Arena.

Zarzoso estaba echando tierra sobre un campañol, y le hizo un gesto de aprobación.

—Bien hecho, Carrasca. Sigue así, y pronto todo el clan estará alimentado.

Luego se metió en un arbusto de avellano, con la boca abierta para captar el rastro más mínimo.

Durante unos segundos, la joven guerrera se quedó mirando a su padre, reconfortada por su elogio. Después retomó la búsqueda de presas y encontró el rastro de una ardilla, pero cuando rodeó el tronco de un roble enorme, vio a Pinta delante de ella siguiendo el mismo olor. No se veía a la ardilla por ninguna parte, y su rastro iba derecho hacia la frontera del Clan de la Sombra. Carrasca ya percibía las marcas olorosas fronterizas, aunque Pinta parecía demasiado absorta en su presa como para reparar en ellas.

—Oye, Pinta —empezó Carrasca—, no...

Pero se interrumpió al ver que tres gatos surgían de una mata de helechos al otro lado de la frontera. Pinta estaba a sólo un par de colas de distancia y se detuvo, sobresaltada, agitando las orejas por la sorpresa.

Carrasca sintió alivio al reconocer a los recién llegados: Yedra, Crótalo y su aprendiz, Carboncillo. Los tres habían luchado al lado del Clan del Trueno; Yedra aún tenía cortes en el costado, y Carboncillo, una oreja desgarrada. Seguro que no se enfadarían con Pinta por haber llegado justo hasta la frontera.

—Hola —los saludó, acercándose a Pinta—. ¿Cómo vais con las presas en el Clan de la Sombra?

—¡Retroceded! —bufó Yedra—. No tenéis ningún derecho a entrar en el territorio del Clan de la Sombra. Que os ayudáramos a luchar no nos convierte en aliados.

—Típico del Clan del Trueno... —añadió Crótalo con un gruñido—. Creen que todos los clanes son amigos suyos.

—¿Y qué tiene eso de malo? —quiso saber Carrasca, dolida por su hostilidad.

Nadie respondió a su pregunta. En vez de eso, Yedra se acercó hasta el borde para colocarse frente a Pinta.

—¿Qué crees que estás haciendo tan cerca de la frontera?

—Estaba siguiendo el rastro de una ardilla... —Pinta sonó desconcertada—. Pero...

—¡Ladrona de presas! —le espetó Crótalo, erizando el pelo de los omoplatos con furia y sacudiendo su cola rayada.

—¡No estamos robando nada! —protestó Carrasca, indignada—. Seguimos dentro del territorio del Clan del Trueno, por si no os habéis dado cuenta. Pinta no ha traspasado la frontera.

—Sólo porque hemos llegado a tiempo de impedírselo —gruñó Crótalo.

Se oyó un susurro entre la vegetación a espaldas de Carrasca. Al volverse, la joven vio que se acercaba Zarzoso con Tormenta de Arena y Betulón.

—¡Gracias al Clan Estelar! —murmuró la joven guerrera negra.

Zarzoso avanzó hasta situarse junto a su hija y Pinta.

—Buenos días —saludó, inclinando la cabeza ante los tres gatos del Clan de la Sombra—. ¿Qué está ocurriendo aquí?

—Hemos tenido que frenar a estas guerreras tuyas —le explicó Crótalo—. Un par de segundos más, y habrían cruzado la frontera.

—¡Eso no es cierto! —exclamó Carrasca acaloradamente.

—Estaba siguiendo el rastro de una ardilla. —Pinta se volvió hacia el lugarteniente del Clan del Trueno con expresión de disculpa—. Durante un momento me he olvidado de dónde estaba, pero Carrasca me ha avisado, y entonces ha aparecido la patrulla del Clan de la Sombra. Te prometo que no he puesto una pata al otro lado de la frontera.

Zarzoso asintió.

—Vosotros estáis tan cerca de la frontera como lo estamos nosotros —les dijo a los gatos del Clan de la Sombra—. Pero nadie os está acusando de intentar traspasarla.

—¡Somos una patrulla fronteriza! —replicó Crótalo—. Y menos mal que hemos llegado justo en este instante.

—Nadie puede fiarse del Clan del Trueno —añadió Carboncillo, colocándose junto a su mentor.

Betulón soltó un bufido de rabia y se abrió paso entre la hierba alta para detenerse al lado de su lugarteniente.

—Zarzoso, ¿vas a dejar que un simple aprendiz insulte al Clan del Trueno cuando nosotros no hemos hecho nada?

Tormenta de Arena le dio un toque con la cola.

—Ya basta, Betulón. Deja que Zarzoso se ocupe de esto.

El joven guerrero soltó un resoplido de indignación y no dijo nada más, pero fulminó con la mirada a la patrulla del clan vecino.

—¡Betulón tiene razón! —protestó Carrasca—. Estos gatos sólo quieren buscar problemas. Nosotros no hemos quebrantado el código guerrero.

—¡Oh, el preciado código guerrero! —se mofó Yedra—. Creéis que es la respuesta a todo, pero os equivocáis. El código guerrero no impidió que el sol desapareciera, ¿o sí?

—Eso —maulló Crótalo apoyando a su compañera—. Quizá sea hora de que los clanes dejen de estar tan obsesionados con esos gatos muertos y empiecen a buscar otras respuestas.

Carrasca se quedó mirándolos, abatida. Sabía que aquellas ideas procedían de Solo. ¿Era eso lo que aquel gato extraño llevaba buscando desde el principio: destruir el código guerrero desde dentro de los clanes?

«¡Y pretendía empezar con nosotros!» Carrasca recordó lo simpático y colaborador que se había mostrado Solo. Aunque probablemente el Clan de la Sombra había resultado ser un objetivo más fácil. Ella no podía imaginarse a Estrella de Fuego abandonando sus creencias con tanta facilidad como Estrella Negra.

«¡Tengo que salvar al Clan de la Sombra! ¡No pueden darle la espalda al Clan Estelar y al código guerrero! ¡Tiene que haber cuatro clanes!» En su desesperación, la joven guerrera se olvidó de los gatos que la rodeaban.

—Carrasca, tranquilízate... —le susurró Zarzoso.

La joven se dio cuenta de que había erizado el pelo y estaba clavando las garras en la tierra húmeda. Los tres gatos del Clan de la Sombra la miraban también con el pelo erizado, como si esperaran que saltase sobre ellos. Tras respirar hondo, Carrasca envainó las uñas e intentó que se le alisara el pelo.

—Estoy bien —le respondió a su padre con un susurro.

—Os limitáis a repetir las palabras de ese tal Solo, ¿verdad? —se burló Betulón, dando un paso adelante para quedarse justo en la frontera—. ¡Estáis todos más locos que un zorro rabioso! Es de descerebrados escuchar a un gato al que ningún clan conocía.

—Escuchamos a Solo porque lo que dice tiene sentido —replicó Crótalo, dando un paso para encararse a Betulón—. Él sabe qué hacer para darle al Clan de la Sombra una vida mejor. Quizá si el Clan del Trueno lo escuchara, podría librar sus propias batallas. Quizá por eso desapareció el sol, para decirnos que el tiempo de los clanes ha terminado y que los gatos tienen que aprender a vivir por su cuenta. Si el Clan del Trueno es demasiado cobarde para afrontar...

Con un alarido de ira, Betulón saltó sobre Crótalo.

Los dos gatos rodaron por el suelo enmarañados en una bola de pelo furiosa. Carboncillo les saltó encima y le arañó el bíceps a Betulón. Entonces, Pinta se abalanzó sobre el aprendiz, intentando separarlo del guerrero atigrado.

—¡Betulón, Pinta, venid aquí ahora mismo! —les ordenó Tormenta de Arena adelantándose, pero Yedra le cortó el paso.

—¿Es que vuestros jóvenes guerreros no pueden librar sus propias batallas? —se mofó la gata del Clan de la Sombra—. Además, esta pelea la han empezado tus gatos.

Desenvainó las uñas y mostró los colmillos con un gruñido.

Zarzoso corrió al lado de Tormenta de Arena.

—No. Esta batalla la ha provocado el Clan de la Sombra.

Otro alarido surcó el aire. Carrasca hizo una mueca al oír unas uñas desgarrando piel, como si lo estuviera sufriendo ella misma en su propia carne.

—¡Deteneos! —chilló—. ¿Qué estáis haciendo?

Para su sorpresa, los combatientes se separaron resollando. De inmediato, Zarzoso empujó a Betulón y a Pinta para devolverlos a su territorio.

—Ya habéis peleado bastante —maulló—. Clan del Trueno, nos vamos ahora mismo. —Cuando ya echaban a andar, se detuvo para mirar por encima del hombro a la patrulla del Clan de la Sombra y añadió—: Podéis creer lo que queráis, siempre y cuando os mantengáis en vuestro lado de la frontera.

—No somos nosotros quienes la hemos traspasado —bufó Yedra.

Zarzoso le dio la espalda y guió a la patrulla hacia el bosque.

—¿Te encuentras bien? —le susurró Carrasca a Pinta, que caminaba a trompicones, tropezando con las ramas y arañándose con las zarzas.

—Estoy un poco mareada —confesó la guerrera—. Me he golpeado la cabeza con una rama cuando intentaba separar a Carboncillo de Betulón.

—Ven, yo te guiaré. —Carrasca posó la cola en su lomo—. Iremos a que te examine Hojarasca Acuática en cuanto lleguemos al campamento. Betulón ha tenido suerte de que lo ayudaras. Podría haber salido peor parado sin ti.

El joven guerrero del Clan del Trueno iba cojeando y sangraba por un corte en el hombro. Cuando la patrulla se detuvo a recoger el tordo de Tormenta de Arena y las demás presas, Betulón se sentó a la lavarse la herida dándose vigorosos lametazos.

—Te lo has buscado tú solo —maulló Zarzoso, que estaba desenterrando su campañol—. El Clan de la Sombra no debería habernos acusado de intentar traspasar la frontera, pero tú nos has dejado en mal lugar al empezar la pelea. Los guerreros deberían saber controlarse.

—Lo lamento —masculló el atigrado.

—Más te vale.

Cuando se pusieron en marcha de nuevo, Zarzoso y Tormenta de Arena permanecieron ceñudos y silenciosos. Betulón iba tras ellos, cabizbajo.

Pinta estaba empezando a recuperarse.

—Gracias, Carrasca —maulló, apartándose un poco—. Ya puedo arreglármelas sola. ¿No crees que Zarzoso ha sido muy duro con Betulón? El Clan de la Sombra estaba buscando pelea.

—Eso no significa que tuviéramos que dársela —respondió la joven, distraída.

Le estaba costando prestar atención. El horror la envolvía como un pelaje extra, tan espeso que la asfixiaba. El Clan de la Sombra creía que Solo tenía las respuestas para un futuro mejor, pero se equivocaba.

«Lo único que hará será destruir a los clanes. Tenemos que encontrar la manera de detenerlo como sea», pensó, y el terror le heló las patas hasta que apenas pudo poner una delante de la otra.

2

Glayino entró en la maternidad con un puñado de nébeda entre los dientes. El intenso olor de las hierbas no mitigó el cálido aroma lechoso de las reinas, y tampoco la profunda amargura que hacía que el pelaje del joven aprendiz se erizara de inquietud.

La voz adormilada de Dalia lo saludó:

—Hola, Glayino.

—Hola, Dalia —respondió él con la boca llena—. Hola, Mili.

Mili le respondió tosiendo. Glayino se le acercó, cruzando la densa capa de musgo y helecho que cubría el suelo de la maternidad, y dejó las hierbas a su lado.

—Hojarasca Acuática te ha preparado esto.

—Gracias, Glayino —contestó Mili con voz ronca—. ¿Podrías echarle un vistazo a Gabardilla? La noto muy caliente.

Glayino hundió el hocico entre los cachorros, que dormían apretujados contra el vientre de su madre, hasta que identificó a Gabardilla por el olor. La cachorrita se mostraba inquieta; estaba soñando y soltaba maullidos débiles, y no paraba de moverse sobre el musgo, como si estuviera incómoda. El aprendiz de curandero la olfateó de arriba abajo y captó el mismo matiz amargo que emanaba Mili.

Como la reina había dicho, la gatita estaba caliente y tenía la nariz seca.

«¡Tal vez se haya contagiado de la tos verde de su madre!», pensó preocupado.

—Le pediré a Hojarasca Acuática que le prepare unas hojas de borraja para la fiebre —dijo en voz alta—. Seguro que con eso se recupera...

«Espero haber sonado más convencido de lo que estoy», añadió para sus adentros.

Mientras Mili masticaba la nébeda, Glayino se preguntó si no sería mejor trasladar a la reina y a la cachorrita fuera de la maternidad, para que la infección no siguiera propagándose. Sería más fácil cuidarlas en la guarida de Hojarasca Acuática.

«Pero entonces Mili no podría amamantar a Floreta y Pequeño Abejorro.»

Percibía la ansiedad que sentía Dalia, su temor a que Rosina y Tordillo comenzaran también a toser. No había nada que Glayino pudiera hacer para tranquilizarla. El joven clavó las garras en la alfombra de musgo. «Si el poder de las estrellas está en mis manos, ¿por qué no puedo curar una simple tos?»

El ambiente en la maternidad estaba caliente y cargado. Los cinco cachorros y las dos reinas ocupaban casi todo el espacio, y Glayino estaba deseando salir al aire libre, pero debía esperar a ver si la nébeda ayudaba en algo a Mili.

Oyó unos ruidos del lado de Dalia, y la voz de Tordillo:

—¡Soy un guerrero del Clan del Viento y he venido a por ti!

—¡Yo te pillaré primero! —replicó Rosina.

Los dos hermanos comenzaron a pelear; Glayino recibió un manotazo en el lomo.

—¡Ya basta! —los riñó Dalia—. Si queréis jugar, hacedlo fuera.

Los cachorros pasaron junto a Glayino, que oyó sus maullidos de emoción mientras salían al claro.

La gata de pelo largo suspiró.

—A veces me muero de ganas de que los nombren aprendices.

—Ya no tardarán mucho —maulló Glayino—. Son unos cachorros fuertes.

Dalia volvió a suspirar. Glayino seguía percibiendo su preocupación, pero la reina no expresó sus miedos con palabras.

—Ahora me noto mejor la garganta —anunció Mili, tragándose las últimas hojas—. Gracias, Glayino...

Un nuevo ataque de tos le impidió acabar la frase, y el joven aprendiz hizo una mueca cuando notó que una gota de saliva pegajosa le daba en la oreja.

—Iré a hablar con Hojarasca Acuática —maulló, dirigiéndose rápidamente hacia la salida de la maternidad.

Antes de marcharse, agarró un puñado de musgo y se lo restregó por la oreja para limpiársela. «Me pregunto qué pasaría si un curandero cayera enfermo. ¿Quién cuidaría entonces del clan?» Se encogió de hombros y cruzó el claro en dirección a la guarida que compartía con su curandera.

Al traspasar la cortina de zarzas, captó el olor de otros gatos, aparte del de su mentora. Olfateó el aire, y reconoció a Betulón y a Pinta. Había olor a sangre en sus pelajes.

—¿Quién está herido? —quiso saber, erizando el pelo de la nuca ante la posibilidad de una nueva batalla.

—Betulón tiene una herida en el hombro —le explicó Hojarasca Acuática—. Por lo que he oído, iba buscando pelea con unos gatos del Clan de la Sombra.

—¡Eran ellos los que iban buscando pelea con nosotros! —protestó Betulón.

—¿Y quién ha sido el primero en sacar las garras? —replicó la curandera del Clan del Trueno—. Zarzoso me lo ha contado todo. Tienes suerte de no estar peor. Esta telaraña debería detener la hemorragia —continuó—, pero si empiezas a sangrar de nuevo, vuelve aquí. Y, en cualquier caso, quiero verte otra vez mañana, para asegurarme de que el corte está curándose bien.

—De acuerdo... —Betulón sonó malhumorado, pero luego añadió—: Gracias, Hojarasca Acuática.

—Y a ti te digo lo mismo, Pinta —siguió la curandera—. Si el mareo regresa, quiero que vengas de inmediato. Ahora, tomaos los dos estas semillas de adormidera y marchaos a la guarida de los guerreros a dormir un buen rato. No os ocupéis de ninguna tarea hasta mañana.

Betulón y Pinta salieron de la guarida. Cuando el olor de los jóvenes guerreros se disipó, Hojarasca Acuática le preguntó a su aprendiz:

—¿Cómo está Mili?

—Dice que nota la garganta mejor, pero sigue tosiendo. Y Gabardilla tiene fiebre. Creo que podría tener tos verde también.

—¡Oh, no! —exclamó la gata, angustiada—. Iré a verla. Y luego tendré que salir al bosque... Nos estamos quedando sin hojas de borraja para la fiebre. ¿Puedes echarles un vistazo a los veteranos?

Glayino reprimió un gruñido.

—Claro.

Él prefería salir al bosque; podía encontrar borraja con el olfato tan bien como Hojarasca Acuática con la vista.

—Me preocupa que Musaraña esté dolorida después de que trepara hasta la Cornisa Alta durante la batalla —continuó la curandera—. Y hay que comprobar si ella y Rabo Largo tienen garrapatas.

«Eso es trabajo de aprendiz —pensó Glayino, resentido, cuando su mentora pasó por su lado camino de la maternidad. Y a continuación se respondió—: ¿Y? Eso es lo que eres, ¿no?, un aprendiz. Pues ponte en marcha.»

Se había sentido muy orgulloso de sus hermanos cuando Estrella de Fuego los había nombrado guerreros, pero él no tenía ni idea de cuánto tardaría Hojarasca Acuática en darle su nombre oficial de curandero. Además, siempre caminaría a la sombra de su mentora hasta que ella muriera. No es que le deseara la muerte, pero aun así... «¿Acaso no puedo conseguir nada por mí mismo? ¿Cuánto tendré que esperar a que se cumpla la profecía?»

Tratando de acallar los pensamientos que le encogían el estómago, cogió un palito y clavó en él una bola de musgo empapada con bilis de ratón, que guardaban en la cueva de las provisiones. Arrugó el hocico por el hedor de la bilis y cruzó el claro hasta la guarida de los veteranos, que estaba debajo de un arbusto de madreselva.

—Hola, Glayino —lo saludó Rabo Largo con voz soñolienta.

Al joven le sorprendió que el gato ciego pudiera distinguir su olor a pesar del hedor a bilis de ratón.

—Me alegro mucho de verte —maulló Musaraña—. Tengo una garrapata en el hombro tan gorda como una mora.

—Déjame ver —masculló Glayino, que aún llevaba la ramita con el musgo entre los dientes.

Al menos aquella mañana Musaraña parecía estar de buen humor. Cuando estaba de mal genio, podía herir con la lengua casi tanto como Fauces Amarillas, la antigua curandera del Clan del Trueno a la que Glayino veía en sus sueños.

El joven no tardó en encontrar la garrapata, que no era tan grande como decía la veterana pero que se había hinchado lo bastante como para molestarla, y la empapó con bilis de ratón hasta que se soltó.

Musaraña flexionó los omoplatos.

—Gracias, Glayino. Ya estoy muchísimo mejor.

El aprendiz soltó el palo con la bola de musgo mojada y se puso a inspeccionar el pelaje de la gata para ver si tenía más garrapatas.

—Hojarasca Acuática cree que podrías estar dolorida por haber trepado a la Cornisa Alta.

Musaraña soltó un bufido.

—Dile a la joven Hojarasca Acuática que quizá sea vieja, pero no soy una completa inútil. ¿Por qué iba a estar dolorida por haber trepado unas pocas rocas?

—De acuerdo —masculló Glayino—. Pero ¿quieres que te libre de las garrapatas o no? Porque si es que sí, tendrás que estarte quieta.

—¿Así le hablas a una veterana?

El tono de la gata era agrio, pero Glayino se dio cuenta de que bromeaba. Musaraña se puso cómoda antes de continuar:

—Tú asististe a la Asamblea, ¿verdad? ¿Qué ocurrió? Sé que hubo problemas, pero nadie nos cuenta nada. ¿Fue cosa del Clan del Viento otra vez?

—No... —Glayino vaciló.

No quería hablar de Solo con nadie.

—¿Qué pasa? —le espetó la anciana—. ¿Te ha comido la lengua un tejón?

—El Clan de la Sombra no se presentó —comenzó el joven, escogiendo bien las palabras—. Sólo apareció Estrella Negra, acompañado de Solo.

—¿Solo? ¿Esa tramposa bola de pelo que nos dijo que el sol iba a desaparecer?

—Sí.

A Glayino le sorprendió que Musaraña se mostrara tan hostil.

—A ti no te cayó bien Solo, ¿verdad?

—Yo no me fío de ningún gato que dice que sabe cosas que el Clan Estelar no le ha contado a nuestra curandera. O ahí hay algo raro, o yo soy un conejo.

—Estrella Negra habló en la Asamblea —continuó el joven, aliviado por que Musaraña no supiera que Solo había estado a punto de convertirse en su mentor para cumplir la profecía secreta—. Nos dijo que Solo los había convencido de que no escucharan nunca más al Clan Estelar, a él y a todo el Clan de la Sombra.

—¿Qué...? —A Musaraña se le empezó a erizar el pelo—. Pero todos los clanes escuchamos al Clan Estelar. ¿Qué otra cosa se supone que tenemos que hacer?

Glayino se encogió de hombros.

—Estrella Negra cree que los gatos que estamos vivos podemos cuidar de nosotros mismos.

La veterana soltó un resoplido.

—No habría esperado otra cosa de ese cerebro de pulga. ¿Y qué dijo el Clan Estelar al respecto?

—Nada —admitió el aprendiz—. La luna siguió brillando, clara y luminosa.

La vieja gata se puso tensa.

—Eso no tiene sentido —masculló.

Aunque el aprendiz estaba de acuerdo, no respondió. Se limitó a coger de nuevo la bola con bilis de ratón para ocuparse de otra garrapata que la gata tenía en la cola.

—Ya he terminado —anunció cuando cayó el último parásito.

Musaraña le dio las gracias con un gruñido, y Glayino se volvió hacia Rabo Largo. El veterano ciego había permanecido en silencio mientras el joven hablaba sobre la Asamblea, inmerso en una mezcla de sentimientos de culpabilidad y confusión. El aprendiz de curandero supuso que seguía sintiéndose mal por no haber podido luchar junto a su clan. No había mucho que el joven pudiera decirle para reconfortarlo. Él también era ciego, pero, por lo menos, había podido ayudar con sus conocimientos de curandero.

—No te muevas —le pidió a Rabo Largo, separándole el pelo delicadamente con la zarpa, sin sacar las uñas—. Voy a ver si tienes garrapatas.

—Gracias, Glayino. —El veterano se relajó un poco—. ¿Podrías mirarme también la almohadilla? —añadió, levantando una de las patas delanteras—. Creo que me la arañé en las rocas cuando trepé a la Cornisa Alta.

—Claro.

Glayino no encontró garrapatas, y dejó a un lado la bilis de ratón para deslizar las zarpas por la almohadilla de Rabo Largo. No había señales de sangre, pero notó que sí tenía piedrecillas incrustadas en la piel endurecida.

Inclinó la cabeza y pasó la lengua por la almohadilla del veterano hasta que la notó lisa de nuevo.

—No creo que necesites milenrama, pero volveré a examinártela mañana. Mantenla limpia y dale un buen lametazo de vez en cuando.

—Lo haré —maulló el gato—. Ya noto cierto alivio.

Glayino recogió el palo con la bola de musgo empapada y salió de la guarida de los veteranos. «Ojalá pudiera solucionar lo de Solo y el Clan de la Sombra tan fácilmente como puedo curar una almohadilla arañada.»

Captó el olor de Carrasca muy cerca, y una oleada de impaciencia lo golpeó como si estuviera en medio de un vendaval. Casi sintió que le pegaba el pelo al cuerpo.

—¡Pensaba que no acabarías nunca! —exclamó su hermana.

—¿Qué pasa? —le preguntó Glayino.

—Tenemos que hablar —respondió ella en voz baja y tensa—. Esta mañana ha habido una pelea en la frontera del Clan de la Sombra.

—Ya lo sé. ¿Y qué? Hay refriegas fronterizas continuamente.

—Lo de hoy no ha sido una simple refriega fronteriza —bufó la joven—.Tiene que ver con Solo. Les está diciendo a los gatos del Clan de la Sombra que ignoren el código guerrero.

—Eso ya lo sabíamos.

La inquietud de Carrasca chisporroteó como un relámpago.

—Mira, ahora no podemos hablar. Necesitamos a Leonado. Tormenta de Arena y Nimbo Blanco están esperándome para salir en otra patrulla de caza, así que nos reuniremos cuando vuelva, ¿de acuerdo?

—De acuerdo.

Glayino sabía que su hermana no pararía hasta que asintiera.

—¡Carrasca! —la llamó Nimbo Blanco desde el otro extremo del campamento.

—¡Ya voy! —respondió ella—. Te busco después —le dijo a Glayino, y salió corriendo.

Negando con la cabeza, medio irritado y medio preocupado por lo nerviosa que estaba su hermana, el joven regresó a su guarida.

• • •

Glayino estaba ordenando las provisiones de milenrama cuando Hojarasca Acuática regresó del bosque con un puñado enorme de hojas de borraja.

—He tenido suerte de encontrarlas —maulló la curandera, dejando la carga a los pies de Glayino—. Ya es hora de empezar a almacenar reservas de cara a la estación sin hojas.

—Yo puedo ir a recolectar hierbas —sugirió el joven esperanzado.

«¡Cualquier cosa con tal de salir del campamento!»

—Dentro de un día o dos, tal vez —respondió la gata—. Primero deberíamos revisar lo que tenemos almacenado para ver qué necesitamos. Mientras tanto, puedes trocear y mascar unas cuantas de estas hojas para Gabardilla.

«¡Menudo aburrimiento!», pensó Glayino, aunque sabía de sobra que no debía protestar. Llevó la milenrama al fondo de la cueva, donde almacenaban las hierbas, y se puso a trocear hojas de borraja con las garras. Iba ya casi por la mitad cuando oyó unos pasos fuera de la guarida y captó olor a carne fresca. También distinguió el olor de su hermana; la patrulla de caza había regresado.

—Discúlpame —le dijo a Hojarasca Acuática, levantándose de un salto—. Tengo que hacer una cosa.

Salió por la cortina de zarzas y localizó a Carrasca con el olfato. Ella corrió a su encuentro y se restregó contra él. Estaba casi sin aliento.

—¡Vamos! Leonado nos espera detrás de la guarida de los guerreros.

Glayino la siguió, retorciéndose para entrar en el espacio donde solían jugar de cachorros.

—Estamos más apretujados de lo que recordaba —masculló al colocarse entre sus hermanos.

—Porque ahora somos más grandes, cerebro de ratón —le espetó Carrasca.

—Y porque han ampliado la guarida de los guerreros —añadió Leonado—. Y, aun así, sigue faltando sitio. Casi envidio a Raposino y Albina, ahora que tienen para ellos solos toda la guarida de los aprendices.

—No por mucho tiempo —repuso Glayino—. Rosina y Tordillo los acompañarán dentro de poco. —Hizo una mueca cuando Carrasca le hincó una pata en el costado—. ¡Eh, ten cuidado!

—Me noto una espina clavada entre los dedos y no consigo alcanzarla —explicó ella.

—A ver.

Glayino palpó la zarpa de su hermana hasta encontrar la espina, profundamente hundida en una de las almohadillas de los dedos.

—Carrasca, cuéntanos qué te preocupa —le pidió Leonado.

El aprendiz de curandero notó su impaciencia como una nube de moscas picadoras.

—No podemos quedarnos aquí todo el día —añadió su hermano.

—Lo que Solo les está enseñando a los gatos del Clan de la Sombra —empezó la joven—. Según Yedra, les dijo que no volvieran a escuchar al Clan Estelar.

Glayino se separó de su hermana con la espina atrapada entre los dientes. La escupió.

—Eso ya lo oímos en la Asamblea. ¿Tan malo es?

—¿Cómo dices? —Carrasca sonó escandalizada.

—No me refiero a lo de desoír al Clan Estelar. Pero creo que para los gatos puede ser bueno cuestionarse las cosas en vez de aceptarlas sin más.

—Hay cosas que no pueden cuestionarse —declaró Carrasca completamente convencida—. Y Solo parece creer que no deberíamos seguir el código guerrero. Y sin el código guerrero, ¿qué somos? Una banda de descarriados.

—Todo eso ya lo sabíamos —maulló Leonado—. ¿Por qué estás tan disgustada?

—Lo nuevo es que ahora sabemos que todo el Clan de la Sombra está de acuerdo con Solo, no únicamente Estrella Negra. Me sorprende que no os preocupe. ¿Es que tenéis el cerebro de una musaraña? ¿Acaso queréis en nuestra frontera a un clan que no siga el código guerrero? ¿Qué les impedirá entrar en nuestro territorio y robarnos las presas? ¿O incluso atacar el campamento y llevarse a nuestros cachorros?

—Me gustaría que lo intentaran —gruñó Leonado.

Aplastado contra él, Glayino notó cómo su hermano tensaba los músculos y sacaba las garras para clavarlas en el suelo.

—Los clanes acabaremos los unos con los otros si no permanecemos juntos y creemos en las mismas cosas —continuó Carrasca, cada vez más enfadada—. Tenemos que hacer algo.

—A mí me gustaría hacer trizas a ese solitario sarnoso.

La irritación de Leonado estaba convirtiéndose en una rabia tan feroz como la de su hermana, y Glayino trató de no sentirse sobrepasado por la fuerza de la ira que le llegaba por ambos lados.

—Solo prometió ayudarnos con la profecía, y luego nos abandonó para irse con el Clan de la Sombra. —Hizo una pausa, y añadió—: ¿Creéis que también hay una profecía sobre el Clan de la Sombra?

—Yo estoy seguro de que no —maulló Glayino—. Nosotros somos los tres de la profecía. Sé que lo somos.

Esperó que ninguno de sus hermanos le preguntara por qué estaba tan seguro. No se imaginaba cómo iba a contarles sus sueños en las montañas, cuando visitó a la Tribu de la Caza Interminable.

—Yo sigo pensando que Solo sabe más sobre la profecía de lo que nos ha dicho —continuó Glayino—. Y si él no va a venir hasta nosotros, entonces tendremos que ser nosotros quienes crucen la frontera para ir a buscarlo.

—¿Quieres que nos colemos en el territorio del Clan de la Sombra?

A Glayino, la conmoción de Carrasca le sentó como un zarpazo.

—¡No podemos hacer eso! Estaríamos quebrantando el código guerrero —añadió su hermana.

—Pues eso es justo lo que estaba diciendo. No podemos hacerlo sin quebrantar el código guerrero, pero es que en ciertas ocasiones es legítimo... ¡Por el gran Clan Estelar!

—exclamó al percibir que su hermana rechazaba la idea—. Cuando éramos cachorros, ¿acaso no oíamos historias sobre cómo Estrella de Fuego quebrantaba el código guerrero si creía que era lo correcto? No podemos hacer nada con la profecía hasta que sepamos qué es lo que sabe Solo. Tanto si tiene razón con lo del Clan Estelar como si no la tiene, sabía que el sol iba a desaparecer, y el Clan Estelar, no. Y no vamos a aprender nada de él quedándonos aquí.

—Yo estoy preparado —gruñó Leonado—. Haré que Solo nos dé las respuestas que estamos buscando. Carrasca, tú no tienes que venir si no quieres.

La indignación de la joven guerrera empezó a transformarse en incertidumbre.

—No. Estamos juntos en esto... Además —continuó, más decidida—, quizá la profecía signifique que somos los únicos gatos con el poder de salvar al Clan de la Sombra.

Glayino no dijo nada. Si la única forma de lograr que Carrasca traspasase la frontera vecina era que creyese que estaba haciéndolo por el bien del Clan de la Sombra, dejaría que siguiera creyéndolo. Pero Leonado y él iban a hacerlo por ellos tres, para descubrir qué significaba realmente la profecía y cómo podían conseguir el poder que les habían prometido.

—¡Glayino! ¿Estás ahí?

Glayino agitó las orejas al oír que Leonado lo llamaba en voz baja desde el otro lado de la cortina de zarzas. Aguzó el oído un momento, hasta que captó la respiración regular que indicaba que Hojarasca Acuática estaba dormida. Luego se levantó y salió al claro.

Se vio rodeado por el olor de Leonado y Carrasca.

—Seguidme de cerca —susurró Leonado—. La luna brilla, y tenemos que mantenernos en las sombras. Nimbo Blanco está montando guardia en la entrada.

—Vamos a escabullirnos por el lugar donde hacemos nuestras necesidades —le contó Carrasca.

—Oh, genial. —Glayino arrugó la nariz.

—Si lo prefieres, puedes arrastrarte por debajo de las zarzas —masculló Leonado—. Vamos.

Glayino sintió un hormigueo cuando siguió a su hermano deslizándose por el borde de la hondonada rocosa. Pero cuando las paredes del túnel se cerraron a su alrededor y las espinas se le engancharon en el pelo, Nimbo Blanco no dio ningún grito de alarma. El aprendiz de curandero sólo se relajó un poco al salir y cruzar el aliviadero, y al entrar en el bosque, fue restregándose contra las matas de hierba para librarse del mal olor.

El bosque estaba en silencio, excepto por el suave susurro de las hojas y algún que otro correteo de presas entre la vegetación.

—Debemos mantenernos juntos y en silencio —murmuró Leonado—. Podríamos toparnos con alguna de nuestras patrullas de caza nocturna, y no queremos que nadie nos haga preguntas.

—Vale —respondió Carrasca.

Glayino notó que su hermana estaba asustada, pero no por la posibilidad de tener que pelear con guerreros del Clan de la Sombra, sino porque no quería que la sorprendieran quebrantando el código guerrero. «Ojalá se relajara. Si de verdad tenemos el poder de las estrellas en las manos, entonces somos más poderosos que el código guerrero, ¿no?», pensó.

Leonado los guió hasta el arroyo que delimitaba parte de la frontera.

—Pégate a mí —le dijo a Glayino—. No es profundo.

Glayino se sulfuró.

—Estoy bien, gracias —masculló.

No quería que nadie supiera el miedo que le daba el agua, incluso después de haber enseñado a nadar a Carbonera. Se le revolvió el estómago al notar que el arroyo le mojaba las zarpas y que luego lo cubría por las patas al seguir avanzando. Sin embargo, antes de que le rozara la barriga, el nivel descendió, y Glayino trepó enseguida a la orilla del territorio vecino, donde lo rodeó el hedor del Clan de la Sombra.

—Deberíamos revolcarnos en sus marcas olorosas —propuso Carrasca—. Sólo así podremos enmascarar nuestro olor a Clan del Trueno.

—Maravilloso —rezongó Glayino, aunque la idea de su hermana era buena—. Primero el aliviadero, y ahora el Clan de la Sombra. No podré lamerme el pelo durante una luna.

Completamente rebozados en el olor del Clan de la Sombra, los tres hermanos se internaron en el territorio del clan rival. Glayino plantó las orejas para detectar si se acercaban patrullas, y avanzaba con la boca abierta para captar cualquier olor que lo avisara de la cercanía de guerreros. Pero el bosque estaba sumido en un silencio escalofriante.

—¿Dónde se han metido todos? —susurró Carrasca.

Era insólito que no hubiera gatos fuera del campamento por la noche, ni siquiera unos pocos cazadores, sobre todo cuando la luna brillaba.

La joven no obtuvo respuesta. Siguieron adelante hasta que Glayino notó que, bajo las patas, las hojas caídas daban paso a las agujas de los pinos.

—Ya estamos acercándonos al campamento —musitó.

Leonado volvió a ponerse en cabeza, guiando a Glayino en carreras cortas. El joven curandero comprendió que iba moviéndose de sombra en sombra. Por fin captó una oleada abrumadora del olor del Clan de la Sombra. El suelo comenzó a elevarse y a volverse más irregular, con rocas brotando entre la alfombra de hojas de pino.

Al poco, Leonado frenó a Glayino con la cola.

—¡Agáchate! —susurró—. Luego avanza a rastras una cola de distancia.

Glayino hizo lo que le decían, notando cómo las agujas le arañaban el lomo. Olfateando, distinguió el olor de la aulaga, y supuso que debían de estar escondiéndose debajo de un arbusto. Sus hermanos estaban apretujados junto a él, uno a cada lado.

—¿Qué veis? —preguntó.

—Estamos contemplando el campamento a nuestros pies. Y Solo está ahí —le dijo Carrasca al oído—. Plantado en lo alto de una roca, mientras todo el clan lo escucha... ¡incluso los cachorros! Veo a Estrella Negra y a Bermeja, y... ¡oh, ahí está Trigueña!

—¡Cierra el pico! —gruñó Leonado—. Quiero oír lo que está diciendo Solo.

Glayino tumbó las orejas hacia delante. Podía distinguir la voz de Solo alzándose desde la hondonada, y cuando los demás guardaron silencio, oyó las palabras del solitario:

—... ningún gato debería aceptar sin más lo que ha sucedido antes —maulló Solo, y su voz resonó por encima de los tenues sonidos del bosque—. El tiempo del Clan Estelar ha terminado. Esos gatos están muertos, y sus espíritus no tienen ningún poder sobre vosotros.

Glayino reprimió un estremecimiento. Ningún gato que se hubiera reunido con el Clan Estelar en la Laguna Lunar estaría de acuerdo con que el Clan Estelar no tenía poder. «Nosotros aún tendremos más poder. Pero somos los tres de la profecía. Los gatos comunes y corrientes deberían seguir volviendo los ojos hacia el Clan Estelar», pensó.

—Yo he compartido lenguas con el Clan Estelar... —Glayino reconoció la voz de Cirro, el curandero del Clan de la Sombra. Sonaba preocupado—. No puedo creer que nuestros antepasados guerreros carezcan de poder. ¿Acaso todo lo que yo he experimentado era mentira?

—Al Clan Estelar se le da muy bien engañar —replicó Solo como si nada—. Si no preguntaos: ¿os avisaron de que el sol iba a desaparecer? ¡No! Eso significa que no lo sabían o que no les importáis lo bastante como para avisaros. ¿Por qué deberíais confiar en ellos?

Los murmullos de conformidad se oyeron desde el escondrijo de los tres hermanos del Clan del Trueno. Cirro no volvió a protestar.

—Cuando el sol desapareció, todo en lo que creíais cambió —continuó Solo.

Su voz era tan poderosa y persuasiva que Glayino entendió que influyera en los gatos del clan.

—Lo que tenéis que preguntaros es qué deberíais hacer al respecto. ¿Dónde encontraréis ahora las respuestas?

—En nosotros mismos —respondió Estrella Negra, con una voz más profunda y áspera que la de Solo—. Lo que dice este gato es cierto —añadió, dirigiéndose a su clan—. El Clan Estelar nos trajo a vivir junto a este lago, y yo siempre he dudado de que ésa fuera la decisión correcta. Para empezar, aquí hay demasiados Dos Patas.

—Y han ido mal demasiadas cosas —gruñó Cedro—. Los dos mininos caseros de la vivienda de los Dos Patas...

—Disputas por las fronteras... —señaló Sapero.

—¡Un momento! —Glayino distinguió la voz de Trigueña, y se puso tenso—. En el viejo bosque también iban mal algunas cosas. No podéis esperar que la vida sea toda ratones y luz de luna.

—Eso no hace más que demostrar lo que dice Solo —replicó Estrella Negra con dureza—. El Clan Estelar tampoco fue capaz de ayudarnos allí. Ni siquiera pudo impedir que los Dos Patas nos expulsaran de nuestro hogar.

—¿Qué quiere decir Estrella Negra? —susurró Leonado, pegándose más a Glayino—. ¿Acaso quiere llevarse al Clan de la Sombra lejos del lago? ¡Debe de tener abejas en el cerebro! ¿Un clan solo, y con la estación sin hojas a punto de llegar?

—¡No puede hacer eso! —A Carrasca le tembló la voz—. Tiene que haber cuatro clanes.

—¡Chist! —bufó Glayino, intentando concentrarse en lo que estaba sucediendo en la hondonada.

Sin embargo, antes de que pudiera oír nada más, unas líneas plateadas irregulares destellaron ante sus ojos. Le pareció estar viendo un largo sendero forestal; la luz de la luna iluminaba de plata el suelo, surcado por las largas sombras negras de los árboles. Por el camino, un tejón avanzaba hacia él, y la franja blanca de su cara relucía como una llama plateada. Glayino contuvo el aliento de la impresión, pero la criatura se desvaneció y él volvió a sumirse en la familiar noche de su ceguera.

—¿Qué ocurre? —le preguntó Leonado.

Glayino advirtió que había tensado todos los músculos del cuerpo; tenía las garras clavadas en la tierra y el pelo erizado.

—¡He visto un tejón! —les contó a sus hermanos en voz baja.

—¿Que has visto...? —Carrasca sonó confundida.

—He tenido una visión. —Glayino estaba demasiado asustado para explicarse con detalle—. Aquí estamos en peligro.

Oyó que Leonado aspiraba una larga bocanada de aire, y se lo imaginó con la boca abierta, saboreando el aire.

—Aquí no hay ningún tejón —informó el joven guerrero al cabo de un momento—. ¿Estás seguro de que lo has visto?

Glayino sacudió la cola.

—No —espetó—. Sólo me lo estoy inventando por diversión. ¿Tú qué crees, cerebro de ratón?

Se detuvo a saborear el aire él mismo, y aguzó el oído, buscando el sonido de la enorme y patosa criatura aplastando la vegetación. Pero el bosque estaba tranquilo y en silencio, excepto por las voces que procedían del campamento del Clan de la Sombra. Glayino no pudo captar ni el menor rastro de olor a tejón.

—Esto tiene que significar algo... —maulló—. Todavía no sé qué, pero no creo que estemos seguros aquí. Deberíamos regresar al campamento lo más rápido posible.

—Pero si aún no hemos hablado con Solo... —protestó Leonado.

—Y no lo haremos esta noche —replicó Carrasca—. No con todo el Clan de la Sombra pendiente de sus palabras. Creo que Glayino tiene razón. Deberíamos irnos antes de que sea demasiado tarde.

Glayino notó que a Leonado no le gustaba aquella decisión, y percibió también su silenciosa rabia contra Solo, pero el joven guerrero no discutió cuando Carrasca echó a andar ladera abajo, alejándose del campamento en dirección a la frontera.

A Glayino no se le alisó el pelo hasta que vadearon de nuevo el arroyo y entraron sigilosamente en el campamento del Clan del Trueno. Se fue directo a su guarida y se dejó caer junto a Hojarasca Acuática, que seguía dormida.

«Tejones —pensó, sumiéndose, agotado, en un sueño—. Clan Estelar, ¿qué intentas decirme?»

Glayino se despertó al notar que le clavaban una zarpa en el costado. El sol le calentaba la piel, y el olor de Hojarasca Acuática lo envolvía.

—¡Despierta, Glayino! ¿Qué crees que eres, un lirón?

El joven parpadeó, soñoliento.

—¿Qué...?

—Hay trabajo que hacer. Necesito que examines a Mili y a Gabardilla.

—Mmm... vale.

Se levantó tambaleándose y se estremeció al oír unas pisadas fuera de la guarida, pero luego se dio cuenta de que sólo eran Raposino y Albina persiguiéndose.

Tenía la sensación de no haber dormido después de la expedición nocturna con sus hermanos. Le costó un gran esfuerzo apartar sus pensamientos de Solo y de los gatos del Clan de la Sombra, y de la visión aterradora del tejón.

—¿Qué quieres que haga? —le preguntó a su mentora.

—He ido a la maternidad a ver cómo estaban Mili y Gabardilla. Mili necesita más nébeda, y he preparado un fardo con hojas de borraja para la pequeña. Puedes llevárselas cuando...

El aprendiz dejó de escucharla y se pegó al suelo cuando oyó un chillido gutural procedente de alguna parte del bosque.

—Glayino, ¿qué te pasa? —La irritación de Hojarasca Acuática se había transformado en inquietud—. ¿Estás enfermo? —Empezó a olfatearlo—. Hueles un poco raro.

Glayino maldijo para sus adentros. No quería hablar de su olor, pues sólo provocaría más preguntas incómodas.

—Ese chillido me ha sobresaltado, eso es todo.

—Pero no es la primera vez que oyes chillar a un zorro. Está muy lejos de aquí, y si se acerca, las patrullas lo localizarán.

—Lo sé. —Se incorporó hasta quedarse sentado para lamerse el pecho con torpeza—. Es sólo que... esta noche he tenido un sueño. —«No hace falta que diga dónde lo he tenido», pensó—. He visto un tejón y me preguntaba si... si significaría peligro.

—¿Un tejón sólo? —quiso saber Hojarasca Acuática—. ¿O toda una horda de tejones?

Glayino negó con la cabeza.

—Uno sólo.

La curandera se sentó a su lado. Él percibió sus dudas, aunque no parecía tener miedo.

—Creo que viste a Medianoche —le dijo la gata.

—¿Quién es Medianoche?

Hojarasca Acuática se acomodó entre los tallos de helecho.

—Cuando vivíamos en el viejo bosque, el Clan Estelar llamó a cuatro gatos, uno de cada clan, para que hicieran un largo viaje hasta el lugar donde se ahoga el sol. Allí se reunieron con una tejona llamada Medianoche.

Glayino plantó las orejas.

—¿Fue así como los clanes supieron que tenían que abandonar el bosque?

—Sí, así fue —maulló Hojarasca Acuática—. Zarzoso fue el elegido del Clan del Trueno, y Esquiruela lo acompañó. Medianoche les advirtió que el viejo bosque iba a quedar destruido, y luego ayudó a todos los clanes a encontrar este hogar junto al lago.

Glayino notó que se le erizaba el pelo del cuello.

—¿El Clan Estelar le dio un mensaje a una tejona? Pero ¡si los tejones matan a los gatos!

—Medianoche no —lo tranquilizó Hojarasca Acuática—. Ella no es una criatura común. Más adelante, cuando ya nos habíamos instalado junto al lago, una horda de tejones hostiles invadió nuestro campamento para intentar matarnos y echarnos de aquí. Y Medianoche...

Se interrumpió. Glayino percibió en su mentora un torrente de emociones mezcladas: miedo, arrepentimiento y pesar. Se preguntó el porqué de aquellas sensaciones tan intensas por una batalla que había tenido lugar antes de que él naciera, pero Medianoche le despertaba demasiada curiosidad para buscarle la lógica a los sentimientos de la gata.

—¿Qué ocurrió con los tejones? —la animó a seguir.

—Intentamos defendernos —respondió, haciendo un gran esfuerzo por mantener la voz firme—, pero eran demasiados. Nos habrían destrozado si Medianoche no hubiera aparecido con el Clan del Viento para que nos ayudara.

—¿Estás diciendo que una tejona ayudó a unos gatos en contra de su propia especie?

—Sí. —Hojarasca Acuática respiró hondo y soltó otro largo suspiro—. No tienes nada que temer de ella. Pero puede que esté tratando de avisarnos de otro peligro. Me lo dirás si vuelve a visitarte, ¿verdad?

—Por supuesto.

«Quizá», corrigió para sí mismo. Si la tejona reaparecía, Glayino averiguaría qué tenía que decirle antes de decidir si se lo contaba a alguien.

—¿Por qué tenemos que quedarnos sentados esperándola? —preguntó—. Zarzoso sabe dónde vive, así que, ¿por qué no podemos ir a verla?

—Está demasiado lejos. —Ahora que habían dejado de hablar de la invasión de los tejones, la curandera parecía más tranquila—. En estos momentos hay mucha tensión entre los clanes, y Estrella de Fuego no prescindiría de ningún guerrero para hacer un viaje de esa clase, y mucho menos de Zarzoso. Ahora es nuestro lugarteniente; lo necesitamos aquí.

—¿Y qué pasa con...? —Glayino se interrumpió.

Había estado a punto de proponer a Esquiruela, pero acababa de abandonar la guarida de Hojarasca Acuática tras salir muy malherida de la batalla contra el Clan del Viento. Ni siquiera había retomado sus obligaciones como guerrera. En ningún caso podría plantearse un viaje tan largo.

—Bueno, supongo que tienes razón —masculló.

«Así que, Medianoche, si quieres algo de mí, tendrás que venir a buscarme.»

3

Una hoja roja descendió desde una rama dibujando unas espirales perezosas. Leonado pegó un salto para darle manotazos, y cuando aterrizó sintió que ardía de vergüenza. ¿Lo habría visto alguien comportándose como un cachorro?

La patrulla del alba regresaba a la hondonada rocosa. El sol se había elevado por encima de los árboles, pero, en las sombras, las hojas y la hierba seguían ribeteadas de escarcha. La estación de la caída de las hojas se iba extendiendo por el bosque, y los duros días de la estación sin hojas ya no quedaban muy lejos.

Cenizo encabezaba la patrulla, seguido a unas pocas colas de zorro por Espinardo y Centella, y Leonado respiró aliviado al comprobar que ninguno de ellos lo había visto. Se quedó inmóvil unos segundos, con la boca abierta y las orejas plantadas para captar cualquier rastro de invasores del Clan del Viento. Sin embargo, el leve olor que logró percibir procedía del otro lado de la frontera.

—¡Leonado! —Cenizo se había detenido y miraba por encima del hombro—. ¿Vas a quedarte ahí hasta que eches raíces?

—¡Ya voy! —respondió el joven guerrero, apresurándose para alcanzar al que había sido su mentor—. Sólo estaba comprobando si había rastros del Clan del Viento.

Cenizo le hizo un gesto de aprobación.

—Eso está bien, pero no creo que tengamos nada de lo que preocuparnos.

—Ser precavidos no está de más —maulló el joven, situándose al lado del guerrero gris.

Centella y Espinardo habían desaparecido entre las frondosas matas de helecho, y Leonado aprovechó la oportunidad que había estado esperando para hablar a solas con Cenizo. Lo miró de soslayo, y maulló:

—¿Puedo preguntarte una cosa?

Cenizo agitó los bigotes.

—Claro.

—Siento que necesito un poco de entrenamiento de combate extra. ¿Tú practicarías conmigo?

Su antiguo mentor se detuvo para mirarlo de frente, con sus ojos azules dilatados por la sorpresa.

—Ahora ya eres guerrero, Leonado —le recordó—. Y uno de los mejores combatientes del clan. ¿De verdad crees que tienes algo más que aprender?

El elogio de Cenizo reconfortó al joven guerrero como un rayo de sol. A veces, en su época de aprendiz, había llegado a perder la esperanza de complacer a su mentor.

—Siempre hay algo que aprender —maulló convencido—. Quiero mantenerme tan fuerte y en forma como pueda, y así estar listo para la próxima batalla.

Cenizo parpadeó, pensativo.

—No estoy seguro de que vaya a haber otra batalla. Al menos, durante un tiempo.

—El Clan del Viento podría causar más problemas. Y, en cualquier caso, creo que sigo necesitando practicar —insistió Leonado, que flexionó las garras para arrancar la hierba con frustración, pero se contuvo; no quería que Cenizo supiese cuánto significaba aquello para él—. Por favor.

—De acuerdo. —El guerrero no parecía muy convencido, pero, para alivio del joven, no puso más objeciones—. Podríamos entrenar ahora mismo. Iré a hablar con Centella para que informe en mi lugar a Estrella de Fuego. Nosotros nos vemos en la hondonada arenosa.

Y se alejó, dejando que Leonado se fuera solo a la hondonada de entrenamiento. De repente, la luz del sol le pareció más brillante, y disfrutó con el frescor de la brisa en el pelo y del rocío en las zarpas. Sabía que tenía que seguir practicando para hacer el mejor uso posible de sus poderes, pero no quería que Estrella de Tigre volviera a actuar como su mentor.

El joven se estremeció, como si el mero hecho de pensar en el guerrero oscuro pudiera materializarlo. Miró a su alrededor, pero no había rastro de sombras atigradas ni de abrasadores ojos ámbar.

Al principio se había sentido especial, incluso honrado, cuando Estrella de Tigre lo eligió para el entrenamiento de combate, y le encantaba vencer a los demás aprendices con movimientos que le enseñaba el guerrero oscuro. Pero en las últimas lunas, Estrella de Tigre había cambiado, le había mostrado un lado hostil y había tratado de manipularlo.

«Quizá no es que haya cambiado. Quizá sólo sea que ahora veo lo que Estrella de Tigre siempre ha sido», pensó el joven.

Recordó cómo Fronda reñía a Raposino y Albina antes de que fueran aprendices: «Si no os portáis bien, ¡Estrella de Tigre vendrá a por vosotros!» Los dos cachorros gritaban despavoridos y se acurrucaban en el vientre de su madre.

«¿Cómo pude ser tan descerebrado? —se avergonzó el joven guerrero—. Me convencí de que Estrella de Tigre estaba ayudándome cuando, de hecho, estuvo utilizándome todo el tiempo.»

Si practicaba con Cenizo, no iba a necesitar nunca más a Estrella de Tigre. Y si el gato oscuro volvía a visitarlo, él estaría preparado para vencerlo.

«Quizá me deje en paz si le demuestro que soy un guerrero lo suficientemente bueno sin él.»

La hondonada de entrenamiento estaba vacía a esa hora temprana de la mañana, y aún había algunos jirones de niebla desplazándose sobre la hierba. Leonado se dirigió al centro y comenzó a practicar sus movimientos de combate, saltando y retorciéndose en el aire, imaginando cómo aterrizaría en el lomo de Estrella de Tigre y cómo hundiría las garras en su pelaje atigrado oscuro.

—Bastante bien —dijo Cenizo desde el otro extremo de la hondonada.

—Gracias... —maulló el joven sin aliento.

Estaba todavía volviéndose para mirar a su antiguo mentor cuando éste lo embistió por el costado, derribándolo. Furioso por no haber estado preparado, Leonado soltó un alarido y pateó con las patas traseras a su rival, que intentó clavarle los dientes en el pescuezo. El guerrero gris pesaba más que él e inmovilizó a Leonado contra el suelo, dejándolo sin respiración.

—¿Aún quieres pelear? —se mofó Cenizo.

Haciendo un esfuerzo tremendo, Leonado logró rodar sobre sí mismo y zafarse del guerrero. Se puso en pie resollando y saltó sobre Cenizo antes de que pudiera recuperarse. Le dio un par de mandobles veloces con las patas delanteras y luego trató de apartarse de un salto.

Sin embargo, Cenizo era demasiado rápido para él. Con una pata, enganchó las traseras de Leonado, y los dos rodaron enzarzados por el suelo. A Leonado le dolió la oreja cuando el guerrero le lanzó un zarpazo, y se defendió golpeándolo a ciegas; le estaba costando mucho mantener las uñas envainadas y notaba que la nebulosa roja de la batalla amenazaba con engullirlo.

—¡Alto!

Leonado apenas oyó el grito, pero Cenizo rodó para separarse de él y se puso en pie de un salto. El joven se quedó revolcándose por el suelo y tuvo que sacudir la cabeza para volver a la realidad.

—En el nombre del Clan Estelar, ¿qué estáis haciendo?

Leonado reconoció la voz de Estrella de Fuego. Se levantó trabajosamente, parpadeando para librarse de la arenilla que se le había metido en los ojos, y vio al líder del Clan del Trueno en el lindero de la hondonada, acompañado de Candeal, Albina y Betulón. Los ojos de Estrella de Fuego ardían con llamaradas verdes.

—¿Guerreros luchando? ¿Por qué? —exigió saber.

Cenizo se sacudió la suciedad del pelo.

—Sólo estábamos practicando, Estrella de Fuego.

—Ahora Leonado es guerrero. Ya no es tu aprendiz.

—Ha sido idea mía, Estrella de Fuego —maulló Leonado—. Le he pedido a Cenizo que practicara conmigo. Sólo intentábamos...

—No quiero oír excusas —lo interrumpió el líder con un tono glacial—. Lo que acabo de ver era muchísimo más violento que una práctica de combate. En un momento como éste, con problemas a ambos lados de nuestro territorio, no podemos permitirnos tener guerreros heridos. Además, con lo cerca que está la estación sin hojas, Hojarasca Acuática no puede malgastar sus hierbas con heridas innecesarias. ¿Es que tenéis el cerebro de un ratón?

—Lo lamento, Estrella de Fuego. —Leonado bajó la cabeza—. Es culpa mía. Cenizo no...

«Pero ¿cómo se supone que vamos a pelear bien si no se nos permite practicar?»

—Cenizo es un guerrero experimentado; debería tener más sentido común —replicó el líder con un movimiento de la cola. Luego se relajó un poco—. Sé que eres un entusiasta, Leonado, y eso es bueno, pero intenta pensar a largo plazo, ¿vale? Éste no es un buen momento para correr riesgos.

Con un hormigueo de vergüenza y frustración, Leonado aceptó la reprimenda entre dientes.

—Candeal, Betulón y Albina van a salir a cazar —continuó Estrella de Fuego—. Será mejor que vayas con ellos. Consume algo de esa energía con las presas, en vez de con otro guerrero. Cenizo, ven conmigo.

Y con un gesto de la cola, salió del claro seguido del guerrero gris.

—Habíamos pensado en probar junto al lago —le dijo Candeal a Leonado.

—Como quieras.

El joven dejó que Candeal y Betulón se pusieran en cabeza, y se internaron juntos en la vegetación, con Albina saltando emocionada en la retaguardia.

El ardor del combate seguía latiendo en el cuerpo de Leonado, que deseaba clavar las garras en algo. Esperó cruzarse pronto con una ardilla o un conejo.

No podía evitar sentir que Estrella de Fuego había sido injusto. ¿Seguro que aquél no era un buen momento para practicar movimientos de combate? Cualquier día de ésos podía estallar otra batalla con el Clan del Viento o el Clan de la Sombra. Además, ¿cómo iba a cumplir la profecía si nunca tenía ocasión de trabajar sus habilidades para convertirse en el mejor guerrero que ningún clan hubiera visto jamás?

Leonado atravesó el túnel de espinos con dos ratones y un campañol colgando de la boca; el olor de las presas le inundaba los sentidos. En el claro vio a sus hermanos delante de la guarida de la curandera. Y al ver que Carrasca le hacía una señal con la cola, fue a dejar la carga en el montón de la carne fresca y a continuación se reunió con ellos.

—¿Qué es eso que he oído de que Cenizo y tú estabais peleando? —le preguntó Carrasca.

—¿Qué? —Leonado la miró boquiabierto—. ¿Cómo te has enterado?

Glayino agitó las orejas.

—Las noticias corren por este campamento más deprisa que un conejo. ¿Todavía no lo sabes?

—Me lo ha contado Bayo. —Carrasca se puso a la defensiva—. Os ha oído cuando estaba de caza con una patrulla. Dice que sonabais de lo más violento.

—¡Bayo! —bufó el joven sacudiendo la cola—. ¿Es que no tiene nada mejor que hacer que cotillear sobre otros guerreros?

—¿Es cierto o no? —insistió su hermana—. ¿Por qué estabais peleando?

A Leonado se le erizó el pelo del cuello. Desenvainó las uñas tensando los músculos; él quería un enemigo real contra el que combatir, no cotilleos y preguntas innecesarias.

—No estábamos peleando —le soltó de mala gana—. Estábamos entrenando. Déjalo correr, ¿vale? Ya he tenido que aguantar un rapapolvo de Estrella de Fuego, ¡y creo que no tiene razón! Yo necesito practicar. ¿Cómo voy a defender a mi clan si me olvido de cómo se pelea?

Lanzó esa última pregunta escupiendo las palabras y arañando el suelo con frustración.

Carrasca posó delicadamente la punta de la cola en su lomo, y Leonado se estremeció, intentando sofocar el torrente de rabia que había estado a punto de desbordarse.

—No perderás tus habilidades de combate —maulló la joven—. ¿Es que ya no te acuerdas? Ése es el poder especial que te dio la profecía: luchar mejor que ningún otro guerrero de los clanes.

—Tú no lo entiendes —masculló él—. Yo no siento eso. Lo que siento es que tengo que seguir practicando.

—Bueno, pues será mejor que no dejes que Estrella de Fuego te pille otra vez. Los gatos están empezando a hablar —le advirtió su hermana—. No podemos dejar que el resto del clan descubra la profecía, no hasta que estemos seguros de su significado.

—Haré todo lo que pueda... —prometió Leonado, hundiendo los hombros—. No me meteré en peleas con otros guerreros.

«Al menos no donde Estrella de Fuego pueda oírnos.»

Una densa oscuridad rodeaba a Leonado. Los maullidos de gatos en combate resonaban en sus oídos. Percibía el hedor de la sangre, pegada a sus patas y apelmazada en su pelo. Resollaba como si hubiera estado peleando toda la noche. Un destello de luz de luna atravesó las nubes que daban vueltas en el cielo; un único rayo de luz pálida que alumbró el suelo a sus pies. Leonado contuvo la respiración, horrorizado, al reconocer el cuerpo de Zarpa Brecina desmadejado en el barro delante de él.

Un corte profundo le cruzaba el cuerpo desde el cuello hasta la cola. Su pelaje atigrado claro estaba tan empapado de sangre que parecía negra bajo la luz plateada. Tenía la boca abierta en una mueca congelada, y sus ojos azules miraban ciegamente al cielo.

—No... no... —gimió el joven guerrero.

Se sobresaltó al notar una cola en el omoplato, y al volverse se encontró con la intensa mirada ámbar de Estrella de Tigre.

—Bien hecho —ronroneó el enorme atigrado—. Has peleado muy bien en este combate.

—Pero... ¡esto no es lo que yo quería! —protestó él.

—¿Ah, no? —gruñó Estrella de Tigre con ojos llameantes—. ¡Recuerda que ella te traicionó, y que estuvo a punto de destruir a todo tu clan cuando le habló de los túneles al Clan del Viento!

—Pero... —Leonado alargó una pata para posarla delicadamente en el costado de Zarpa Brecina. Tenía la piel fría—. Ella no se merecía morir así —murmuró.

—¡Todos los traidores merecen morir!

Los ojos de Estrella de Tigre llamearon hasta abrasar a Leonado. El joven soltó un alarido de pavor, pensando que iba a quemarle el pelo. Sacudió las patas en el suelo empapado de sangre, pero no logró moverse.

Otro gato le dio un manotazo por detrás. Leonado se revolvió desenvainando las uñas, listo para saltar sobre su enemigo.

Frente a él estaba Manto Polvoroso, con un destello de irritación en los ojos. La luz del sol se colaba entre las ramas de la guarida de los guerreros.

—¡Por el gran Clan Estelar! ¡Pensaba que nos estaba invadiendo el Clan del Viento! —le espetó el guerrero a Leonado—. ¿Tienes que armar tanto escándalo?

—Lo siento... —masculló el joven.

Había pataleado con tanta fuerza que el musgo y las hojas de helecho de su cama estaban desperdigados, y varios gatos lo miraban soñolientos para ver a qué se debía tanto alboroto.

—Eso espero —maulló Manto Polvoroso, antes de volver a ovillarse al lado de Fronda.

Leonado seguía alterado por su sueño, y la sangre aún le latía con el calor de la batalla. Se levantó para salir de la guarida. Tormenta de Arena y Zancudo, que estaban junto al montón de la carne fresca, se volvieron y lo miraron con curiosidad.

La visión del cuerpo destrozado de Zarpa Brecina seguía dando vueltas en la mente del joven guerrero con más nitidez que el claro que tenía alrededor.

«¿Es eso en lo que voy a convertirme? ¿En un gato que mata a otros gatos? ¿En un gato como Estrella de Tigre?»

Deseó no saber nada de la profecía y poder ser un gato como los demás, con las mismas habilidades de combate que sus compañeros de clan.

Sin embargo, las palabras de la profecía habían sido pronunciadas, y Leonado sabía que era imposible escapar del destino que les aguardaba a él y a sus hermanos.

4

Glayino dejó de contar cabezuelas de amapola al oír que Hojarasca Acuática entraba en la guarida. El olor de su mentora se mezclaba con el de Gabardilla, y cuando el joven oyó una débil tos, se dio cuenta de que la curandera llevaba por el pescuezo a la cachorrita.

—¿Gabardilla está peor? —preguntó Glayino, nervioso.

Hojarasca Acuática dejó a la pequeña en una cama de helechos; los tallos crujieron mientras Gabardilla intentaba ponerse cómoda.

—Eso me temo —respondió la curandera—. Gabardilla se ha contagiado de la tos de Mili, y Mili no mejora. Me gustaría trasladarla también aquí, pero dudo mucho que Dalia pueda encargarse de alimentar a Pequeño Abejorro y Floreta además de a sus propios cachorros. Y aquí no tenemos espacio para todos ellos.

Glayino recibió la ansiedad de su mentora como las olas en la orilla del lago.

—¿Por qué estás tan preocupada? Sólo es tos blanca.

Hojarasca Acuática suspiró.

—Podría derivar fácilmente en tos verde, sobre todo con el frío que se avecina. —Y bajando la voz para que no la oyera la pequeña, añadió—: En el clan hay cinco cachorros, y Musaraña está muy frágil. Podríamos terminar perdiendo gatos... —Se metió en la cueva de las provisiones—.

Además, casi no nos queda nébeda —murmuró—. Hay bastante para darle una dosis a Gabardilla ahora, y otra para Mili, pero nada más.

—Iré a recolectar toda la que pueda —se ofreció el joven de inmediato.

—Eso sería muy útil, pero llévate a alguien contigo... No es que piense que no puedes arreglártelas solo —aclaró, como si supiera que él iba a sulfurarse—; pero, si vais dos, podréis cargar con el doble de nébeda.

—Vale. ¿Le llevo lo que queda a Mili antes de irme?

—No, ya lo haré yo. Cuanto antes te vayas, antes estarás de vuelta con provisiones frescas.

Cuando Glayino salió al claro, el primer miembro del clan al que localizó fue Rosella, que estaba junto al montón de la carne fresca. Corrió hacia ella.

—¿Estás ocupada?

Rosella engulló un bocado de campañol.

—No mucho. Centella ha insinuado que podría ayudar a renovar los lechos de la guarida de los guerreros... Ahora somos muchos allí dentro, y es un trabajo muy duro para sólo dos aprendices. Aunque, para serte sincera, no me importaría tener una excusa para no hacerlo. —Se comió el último trozo de la presa y se incorporó—. ¿Qué quieres de mí?

Glayino le explicó lo de Gabardilla y la necesidad de recolectar más nébeda.

—Pobre criaturita —maulló Rosella, compasiva—. Por supuesto que te ayudaré. ¡Vámonos!

Cruzó el claro en dirección al túnel, dejando que Glayino la siguiera. Una vez fuera del campamento, el joven la alcanzó y se dirigieron hacia la senda que llevaba a la vivienda abandonada de los Dos Patas. Glayino sintió un hormigueo en las zarpas al recordar la batalla; aunque el olor a sangre y miedo se había desvanecido, los alaridos de los combatientes seguían resonando en su cabeza. Guió a Rosella lejos del túnel por el que los gatos del Clan del Viento habían invadido el territorio del Clan del Trueno. No quería ni pensar en la posibilidad de que hubiese otra entrada a las cuevas subterráneas en las que había visto a Pedrusco por primera vez.

Cuando se acercaron a la vivienda de los Dos Patas, comenzó a olfatear en busca de nébeda, pero en vez del intenso y limpio aroma de la hierba, sólo pudo captar un olor rancio.

—¡Oh, no! —Rosella se detuvo bruscamente.

—¿Qué ocurre?

—La nébeda... ¡Ha desaparecido casi toda, Glayino!

El joven fue tras la guerrera. Notó hierba mullida y espesa bajo las patas, y luego una franja de suelo revuelto, donde antes cultivaban plantas los Dos Patas. Ahora el olor rancio lo rodeaba, mezclado, de vez en cuando, con un matiz leve a hojas nuevas.

—¿Qué ves, Rosella? —quiso saber.

—Está todo aplastado —respondió la gata, angustiada—. Los tallos están rotos, negros y podridos.

Glayino sintió que un oscuro espacio de miedo se abría en su interior.

—Eso no servirá para nuestros gatos enfermos.

—Lo sé. Debió de suceder durante la batalla...

Glayino sacudió la cola.

—Seguro que el Clan del Viento y el Clan del Río lo hicieron a propósito.

—Ningún gato sería tan cruel, ¿no te parece?

El joven, furioso, hundió las garras en la tierra y notó tallos rotos bajo las zarpas.

—Tendremos que contárselo a Estrella de Fuego. ¡No pueden quedar impunes!

—No... Espera. —Rosella lo detuvo con la cola antes de que echara a correr hacia el campamento—. Aquí pelearon muchos gatos... Probablemente aplastaron la nébeda mientras luchaban.

Glayino rezongó. Quizá Rosella tuviese razón, pero eso no evitaba que él tuviera sus sospechas. Aun así, lo más importante era ver si podían encontrar nébeda fresca para Gabardilla y Mili. Informar a Estrella de Fuego podía esperar.

Saboreando el aire atentamente, logró identificar unos cuantos brotes nuevos asomando en el suelo, pero había muy pocos y eran muy pequeños. Empezó a cortarlos con mucho cuidado.

Rosella se movía a su alrededor.

—Estoy retirando los tallos rotos —le explicó la gata—. Así, los nuevos tendrán más espacio para crecer.

—Buena idea. Te ayudaré. Corta todos los brotes nuevos que encuentres y ponlos con los míos.

Comenzó a apartar los tallos podridos y las hojas caídas que entorpecían a los nuevos brotes. Imaginó el sol calentando las maltrechas plantas, animándolas a crecer otra vez... Sin embargo, pronto llegaría la estación sin hojas, cuando nada crecía. ¿Podrían esperar hasta la estación de la hoja nueva para tener nébeda?

Poco después, ya no hubo nada más que pudieran hacer. Glayino y Rosella se repartieron la cosecha, a pesar de que un solo gato habría podido llevar todo lo que habían encontrado. Luego se dirigieron al campamento.

—¿Qué ha pasado? —La voz de Hojarasca Acuática, cortante de preocupación, recibió a Glayino en cuanto el joven apareció por la cortina de zarzas—. ¿Por qué has tardado tanto? ¿Por qué sólo has traído eso?

El aprendiz dejó las hierbas a sus pies.

—Esto es todo lo que hay.

—¿Qué?

Rosella entró tras él y añadió su carga al montón. Con tristeza, explicó lo que se habían encontrado en la vivienda de los Dos Patas.

—¡Es espantoso! —se lamentó Hojarasca Acuática—. Ésas son las únicas matas de nébeda que conozco en nuestro territorio.

—Entonces tienes que darle toda la que haya a Gabardilla... —maulló una áspera voz que Glayino casi no reconoció.

Luego, el joven distinguió el olor de Mili, y supuso que la reina había ido a la guarida para estar un rato con su cachorrita.

—Yo estaré bien, en serio, Hojarasca Acuática... —Pero otro ataque de tos hizo que se interrumpiera.

Glayino sabía que no era cierto. Sonaba incluso más enferma que la última vez que la había visto, y percibió que la curandera temía por ella.

—Iré a informar a Estrella de Fuego —murmuró Rosella, saliendo de la guarida.

—No estás bien, Mili. —Hojarasca Acuática habló con brusquedad, sin poder ocultar su preocupación—. Mira la mucosidad que has tosido. Tienes tos verde. Tendrás que quedarte aquí, para que Glayino y yo podamos cuidarte.

—¿Y qué pasa con Pequeño Abejorro y Floreta? —La voz de Mili se convirtió en un lamento que terminó en otro espasmo de tos seca—. Dalia no puede alimentarlos a ellos además de a sus propios cachorros.

—No voy a discutir contigo —replicó la curandera—. Dalia tendrá que arreglárselas. Además, Gabardilla ya está enferma. ¿Quieres que tus otros hijos también acaben enfermando de tos verde?

Antes de que Mili pudiera contestar, sonaron unos pasos en la entrada de la guarida, y Glayino reconoció el olor de Látigo Gris.

—¿Qué está pasando? —quiso saber el guerrero—. Mili, te oigo toser desde el otro extremo del campamento.

—Tiene tos verde —le explicó Hojarasca Acuática—. ¡No! ¡Quédate donde estás!

Le cerró el paso para que no corriera a reunirse con su pareja.

—¿Es que quieres contagiarte tú también y propagar la enfermedad por todo el campamento?

Se produjo un silencio en el que Glayino percibió la mezcla de rabia y miedo que sentía Látigo Gris por la situación de Mili.

—De acuerdo —aceptó el guerrero al fin—. ¿Qué puedo hacer para ayudar?

—Ve a hablar con Dalia —contestó Hojarasca Acuática—. Tendrá que alimentar a los cuatro cachorros de la maternidad, porque no voy a permitir que Mili salga de aquí por nada del mundo. Rosina y Tordillo ya están comiendo carne fresca, así que eso debería ayudar.

—De acuerdo. —Látigo Gris sonó aliviado por tener algo que hacer—. Me aseguraré de que Dalia disponga de las presas suficientes... y también os traeré a vosotros. Y, por supuesto, pídeme cualquier cosa que necesites.

—Gracias, Látigo Gris —maulló Hojarasca Acuática.

—Te quiero, Mili —le dijo el guerrero a su pareja—. No te preocupes por nuestros hijos. Iré a verlos todos los días.

La única respuesta de Mili fue un murmullo cansado; estaba agotada de tanto toser. Glayino oyó cómo atraía a Gabardilla junto a su vientre.

—Aliméntate bien, pequeñina —susurró la reina—. Ponte fuerte y no tardarás en mejorar.

—Yo podría llevarle un poco de borraja a Dalia para que la ayude a producir más leche —se ofreció el aprendiz.

—Bien, pero antes quédate un momento aquí con Mili y Gabardilla —le pidió Hojarasca Acuática—. He de decirle a Estrella de Fuego que tenemos tos verde en el campamento.

Glayino se fue a la cueva de suministros para inspeccionar las reservas de hojas de borraja. También se estaban acabando, aunque él sabía dónde encontrar más. Apartó las suficientes para Dalia, y se puso a mascar la penosa provisión de nébeda para preparársela a Mili y Gabardilla.

«Necesitamos más, pero no sé dónde encontrarla. Y si éstos son los únicos dos miembros del clan a los que tendremos que tratar antes de la estación de la hoja nueva, entonces yo soy un ratón.»

Para cuando Hojarasca Acuática regresó, una brisa fría vespertina agitaba las zarzas de la entrada de la guarida. Una media luna nítida flotaba sobre la hondonada, justo por encima de los árboles más altos.

—Es hora de ir a la Laguna Lunar —maulló la curandera con desasosiego—. ¡Ojalá el cielo estuviera nublado! No quiero dejar a Gabardilla y a Mili.

—No tienes por qué ir —declaró el joven aprendiz—. Tienes razón: te necesitan aquí. Puedo ir yo solo.

—Ya, pero... —Su protesta quedó en el aire.

Glayino se obligó a permanecer inmóvil y callado mientras escuchaba el silencio de su mentora. Le habría gustado añadir que estaba demasiado cansada para ir; se había pasado el día cuidando de las gatas enfermas, y si insistía en hacer el viaje, probablemente se derrumbaría en la montaña, exhausta. Pero él sabía de sobra que no debía decirle nada; si sugería que Hojarasca Acuática no era capaz, ella se decidiría aún más a demostrar que podía hacerlo todo.

—Los aprendices no suelen ir sin los mentores —murmuró la gata, casi para sí misma—. Pero por una vez no creo que pase nada. Conoces el camino... y yo tengo que quedarme con Mili y Gabardilla.

«¡Bien!» Glayino ordenó a sus patas que no lo impulsaran en un salto triunfal.

—De acuerdo —decidió Hojarasca Acuática al final—. Pero ten cuidado. Y no discutas con Blima.

«¿Por qué iba a hacerlo?» No es que la aprendiza de Ala de Mariposa fuera la gata preferida de Glayino, pero él era lo bastante sensato como para no irritarla, ya que era el único representante del Clan del Trueno que iba a acudir a la Asamblea.

—Vale, entonces me pondré en marcha —maulló.

—Bien... y, oye, Glayino, si por casualidad captas olor a nébeda...

—Traeré la que pueda al volver —le prometió él, aunque sabía que era una promesa falsa.

No había ninguna otra zona en el territorio del Clan del Trueno donde creciera la nébeda. Puede que tuvieran que alejarse mucho del lago para encontrar hierba suficiente con la que salvar a las gatas enfermas.

5

Glayino salió por el túnel de espinos y se internó en el bosque. Los olores y sonidos de la noche parecían más intensos que nunca porque iba solo. No había otros gatos revoloteando a su alrededor, pero cuando tropezaba con una rama o metía una pata en un agujero, sabía valerse por sí mismo.

Para entonces, el territorio ya le resultaba familiar, sobre todo desde que había participado en la batalla. Pronto dejó atrás el territorio del Clan del Trueno y trepó por el risco rocoso. Más adelante identificó el olor de otros gatos, de Blima, del Clan del Río, y Cascarón, del Clan del Viento, que iba con su aprendiz, Azorín. Cirro no estaba con ellos.

Los olores no tardaron en volverse más fuertes, y Glayino comprendió que los demás estaban esperando a que los alcanzara. Se detuvo ante ellos inclinando la cabeza.

—Saludos.

—Saludos, Glayino —respondió Cascarón—. ¿Cómo van las presas? —Sonaba incómodo.

El joven aprendiz captó una potente sensación de arrepentimiento, como si el curandero del Clan del Viento quisiera disculparse por la hostilidad entre sus clanes.

Glayino inclinó la cabeza, a modo de reconocimiento de lo que el viejo curandero no podía decir en voz alta.

—Bien, gracias.

—¿Y dónde está Hojarasca Acuática? —le preguntó Blima.

—No ha podido venir. Tenía cosas que hacer.

Aunque los curanderos se regían por reglas distintas, no quería contar a los demás clanes que en el campamento del Clan del Trueno había un brote de tos verde. Eso los haría parecer débiles.

Los tres gatos se mostraron sorprendidos, y Blima se molestó un poco.

—Yo tuve que esperar a tener mi nombre oficial antes de que Ala de Mariposa me permitiera venir sola —maulló la joven.

«Seguro que a partir de ahora Ala de Mariposa te deja venir siempre sola. Para ella, esto es una pérdida de tiempo.» Glayino se moría de ganas de soltarle lo que pensaba, pero se contuvo. La curandera del Clan del Río no creía en el Clan Estelar, así que podía pasarse la noche de la media luna en su guarida, ahorrándose el trayecto de ida y el de vuelta hasta la Laguna Lunar.

—No parece que Cirro vaya a venir —murmuró Cascarón—. Yo pensaba que al menos él se mantendría fiel al Clan Estelar.

«Lo está intentando», quiso decirle Glayino, pero de ninguna manera iba a revelarles que habían ido de expedición al territorio del Clan de la Sombra. Cirro había protestado contra lo que Solo le estaba contando al clan, aunque sus protestas habían sido inútiles. El Clan de la Sombra les había dado la espalda a sus antepasados guerreros, y Estrella Negra debía de haberle prohibido a su curandero que asistiera a la Asamblea.

—Quizá pueda compartir lenguas con el Clan Estelar desde su propio territorio —susurró Blima.

—Y tal vez el Clan Estelar nos muestre qué hacer con Solo —añadió Glayino, aunque, en su fuero interno, creía que era algo muy improbable.

Cascarón coincidió con un gruñido.

—Será mejor que avancemos sin él. Estamos malgastando la luz de la luna.

• • •

Glayino oyó el sonido de la cascada y siguió las suaves pisadas que los demás dejaban en el sendero en zigzag que descendía hasta la Laguna Lunar. Se sintió muy cercano a Pedrusco, Hojas Caídas y los otros gatos antiguos cuando notaba que sus zarpas encajaban en los huecos que habían dejado sus pasos muchísimo tiempo atrás.

«Espero tener un buen sueño esta noche —pensó—. Ya iría siendo hora.»

Desde la visión que había tenido en el territorio del Clan de la Sombra y la charla con Hojarasca Acuática, esperaba volver a encontrarse con Medianoche, la extraña tejona. Si ella no aparecía allí, en aquel lugar especial bajo la media luna, entonces no tenía ni idea de cuándo pretendía hacerlo.

Los demás gatos estaban acomodándose alrededor de la orilla. Glayino ocupó su lugar junto a Cascarón, y Azorín se tumbó al otro lado de su mentor, mientras que Blima se instaló a cierta distancia de ellos.

El joven aprendiz acercó la cabeza al agua y se mojó el hocico en la Laguna Lunar; su helado contacto le provocó un escalofrío. Ovillándose, el Glayino dejó que el sueño se apoderara de él.

Al abrir los ojos, se encontró en un peñasco áspero y abrupto; a sus pies se abría un precipicio, y mareado por la visión del abismo, Glayino dio un paso atrás. El viento gemía entre las rocas, y el joven gato hundió las garras en el suelo pedregoso, temiendo que una ráfaga lo derribara. Una luz pálida iluminaba la cima de la montaña. Mirando a su alrededor, Glayino no supo decir si anochecía o amanecía. Al principio pensó que estaba solo, hasta que algo se movió en lo alto de una de las rocas, y reconoció el cuerpo pelado y deforme y los ojos ciegos de Pedrusco.

—¡Estás aquí! —exclamó Glayino con un hilo de voz—. ¿Tienes algo que contarme?

Pedrusco negó con la cabeza.

—He traído a alguien que desea conocerte.

Una forma negra se alzó detrás de Pedrusco, avanzando con lentitud hacia el espacio abierto. Glayino clavó más las garras en el suelo y comenzó a erizar el pelo del cuello. Los ojos de la tejona, brillantes como bayas, lo miraban fijamente.

—¿Eres... Medianoche? —Lo enfureció no poder evitar que le temblara la voz—. ¿Eres la tejona que ayudó al Clan del Trueno?

La criatura enorme asintió, y la brillante franja blanca de su cabeza refulgió bajo la media luz.

—Nada que temer tienes, pequeño. ¿Conmigo hablarás?

—Sí, yo... quería preguntarte por qué apareciste la noche que fuimos al territorio del Clan de la Sombra. Eras tú, ¿verdad?

Medianoche asintió.

—Allí fui. Averiguar quería qué decía a los clanes Solo.

—¿Conoces a Solo? —Glayino se quedó pasmado.

—Por mi guarida pasó. De gatos en el lago había oído hablar, y muchas preguntas me hizo.

—¿Y tú se las respondiste?

«¿Por eso Solo sabía tantas cosas de los clanes?»

—¿Por qué? ¡Hojarasca Acuática me contó que eras nuestra amiga! —protestó Glayino.

La tejona se encogió de hombros.

—Hay más de una manera de ser amigos. Cierto, a Solo conocimiento le di. Pero el conocimiento no siempre poder da.

—Pues a Solo ya le ha proporcionado suficiente poder —maulló Glayino con amargura—. Ha convencido a todo un clan de que abandone su fe en el Clan Estelar.

—Quizá sea tarea del Clan Estelar recuperar del Clan de la Sombra la fe.

Glayino parpadeó. Creía que Pedrusco le había enseñado que el Clan Estelar no tenía esa clase de poder.

—¿Y cómo va a hacerlo?

Los ojos de Medianoche brillaron con una luz negra.

—Bastante fuerte es la fe; cualquier cosa logra —lo tranquilizó.

—¡Eso no es una respuesta! —exclamó el joven, frustrado—. ¿Por qué hablaste con Solo y no conmigo?

Medianoche no contestó. El corpulento cuerpo de la tejona empezó a desvanecerse en las sombras. La raya blanca de la cabeza brilló levemente unos instantes más, y luego desapareció por completo.

Glayino miró a su alrededor, desesperado. Pedrusco también se había esfumado, y él se había quedado solo en la cima de la montaña. Hizo un esfuerzo por despertarse, parpadeando con la esperanza de abrir los ojos a la oscuridad, pero fue inútil. «¿Es que voy a quedarme aquí tirado?», se preguntó, comenzando a sentir pánico.

Entonces vio que dos gatos se acercaban por el suelo áspero, con el viento revolviéndoles el pelo. El primero era un atigrado musculoso con una oreja desgarrada, y el segundo, un pequeño gato blanco y gris de nariz goteante. El centelleo de las estrellas en sus patas era muy débil. Ambos avanzaban nerviosamente, lanzando miradas fugaces a las sombras, como si esperaran que los enemigos saltaran sobre ellos.

El atigrado se detuvo ante Glayino e inclinó la cabeza.

—Saludos, Glayino —maulló—. Soy Estrella Mellada; fui líder del Clan de la Sombra. Y éste es Nariz Inquieta, fue nuestro curandero.

Glayino se quedó mirándolos. Había conocido a Nariz Inquieta tiempo atrás, y parecía que el antiguo curandero aún no había logrado curarse el resfriado.

—¿Por qué habéis venido a hablar conmigo?

—Por el bien de nuestro clan —respondió Estrella Mellada con la voz rebosante de tristeza—. Si nadie nos ayuda, Solo los separará. ¡Se dispersarán y se convertirán en gatos descarriados! ¡Su honor y orgullo desaparecerán!

—Yo he hablado con Cirro en sueños —dijo Nariz Inquieta, posando la cola sobre el lomo de su líder—. Conserva la fe, pero son pocos los gatos que lo escuchan, y ahora

Estrella Negra le ha prohibido que hable del Clan Estelar. No le permite salir del campamento para compartir lenguas con nosotros en la Laguna Lunar.

—Pero... ¿qué esperáis que haga yo al respecto? —preguntó Glayino, desconcertado—. No puedo ir al territorio del Clan de la Sombra a hablar con Estrella Negra, y si lo hiciera, no me escucharía. Me mandaría de vuelta al Clan del Trueno hecho pedazos.

—Yo no puedo decirte qué hacer —admitió Estrella Mellada—. Sólo sé que mi corazón me dice que tú podrías ser el gato que salve a mi clan.

Cruzó una mirada de desesperación con Nariz Inquieta. Al verlos, Glayino comprendió que no sólo el Clan de la Sombra rechazaba al Clan Estelar, sino que sus propios antepasados guerreros estaban a punto de darse por vencidos con ellos.

La furia le atravesó el estómago como una espina y le erizó el pelo del cuello de nuevo. «De acuerdo —gruñó para sus adentros—. Si ellos no hacen nada, ¡lo haré yo! Debe de haber una forma de derrotar a Solo y de restaurar la fe del Clan de la Sombra en sus antepasados guerreros. Tal vez así, Solo podría mantener su promesa y ayudarnos a cumplir la profecía.»

—Lo intentaré —prometió, sin molestarse en disimular su rabia y su desdén—. Yo, al menos, no pienso quedarme sentado, lloriqueando como un cachorrito perdido.

—Gracias. —Estrella Mellada inclinó la cabeza de nuevo—. Tus antepasados guerreros...

Su voz comenzó a apagarse, como si la visión se desvaneciera, aunque Glayino seguía viendo claramente a los dos gatos. Perplejo, miró hacia todos lados y se quedó helado de pavor: podía ver la áspera superficie del suelo rocoso a través de su propio cuerpo.

«¡Me estoy desvaneciendo!»

De repente, sus ojos se abrieron a la oscuridad. Estaba ovillado en la Laguna Lunar, con el suave chapoteo del agua susurrando en sus oídos y con los demás curanderos despertándose a su alrededor.

• • •

Mientras seguía a Cascarón, Azorín y Blima por el risco, Glayino pensaba en lo que acababa de ver. Medianoche no le había contado prácticamente nada, excepto que era ella quien le había dado a Solo la información sobre los clanes. ¿Le había contado también a Solo que el sol iba a desaparecer? A Glayino no le habría extrañado. Sin embargo, Medianoche no le había dicho nada que pudiera ayudarlo con el problema del Clan de la Sombra. La tejona parecía pensar que el Clan Estelar podía hacer que restauraran la fe en ellos, pero era evidente que el Clan Estelar no iba a hacer nada, excepto suplicar ayuda a un aprendiz de curandero.

El joven se detuvo en la frontera del Clan del Viento para despedirse de los demás. Una brisa suave soplaba desde el páramo, cargada con el aroma de la hierba y los conejos. Blima se acercó a Glayino para rozarle el omoplato con la cola.

—Que el Clan Estelar te acompañe, Glayino. Hasta la próxima.

—Gracias —masculló él—. Lo mismo te digo.

Blima no tenía por qué esperar que ahora él empezara a ser simpático con ella, no después de las cosas que se habían dicho el día que se habían conocido. La joven se había mostrado demasiado orgullosa por haber recibido su nombre oficial antes que él. Además, él no tenía ganas de charlar, sólo quería pensar.

La única manera de derrotar a Solo era lograr que el Clan de la Sombra recuperara la fe en el poder de sus antepasados guerreros. «¿Cómo se supone que voy a hacer eso?»

Recordó su visita a la Tribu de las Aguas Rápidas, y lo destrozado que se había quedado Narrarrocas tras descubrir que la Tribu de la Caza Interminable les había dado la espalda a los gatos que vivían detrás de la cascada. Glayino no se fiaba de Narrarrocas, pero en aquel momento sintió lástima por el viejo líder.

Sin embargo, Narrarrocas no les contó a sus gatos que sus antepasados los habían abandonado, les mintió para convencerlos de que fueran a la batalla contra los invasores. Sus mentiras los llenaron de valor, y consiguieron derrotar a los intrusos. La Tribu de las Aguas Rápidas se había vuelto más fuerte porque tenía fe en sus antepasados guerreros.

«Aun así, no hay ninguna mentira tan fácil como ésa con la que convencer al Clan de la Sombra —se dijo Glayino—. ¿O sí?»

Para cuando llegó a la hondonada rocosa, una brisa refrescante le indicó que estaba amaneciendo, mientras los pájaros comenzaban a trinar en los árboles. «Podría zamparme un mirlo bien gordo», pensó, muerto de hambre.

Su preocupación por Mili y Gabardilla volvió a asaltarlo cuando cruzó el claro, pero al entrar en la guarida oyó la respiración profunda y regular de las tres gatas. «Eso está muy bien. Necesitan dormir.»

En vez de unirse a ellas, volvió a salir sigilosamente. No se sentía cansado; al contrario, temblaba de emoción. Camino del campamento, había comenzado a urdir un plan, y necesitaba hablar con sus hermanos. Saboreó el aire para buscarlos, y enseguida localizó a Carrasca junto al montón de la carne fresca, con Ratonero y Bayo.

—¡Eh, Carrasca! —la llamó.

No quería acercarse y tener que hablar con los demás.

La joven guerrera acudió de inmediato. A Glayino le rugió el estómago cuando captó el olor a ratón fresco que desprendía el pelo de su hermana.

—¿Pasa algo? —le preguntó ella al notar su urgencia crepitando como un rayo.

—Tenemos que hablar. ¿Dónde está Leonado?

—Sigue durmiendo en la guarida de los guerreros —contestó Carrasca.

—Ve a buscarlo. Nos vemos en la parte de atrás.

Y se coló por el hueco que quedaba detrás de la guarida de los guerreros, flexionando las garras de impaciencia hasta que sus hermanos aparecieron en el estrecho espacio.

—Tenemos que buscar un lugar mejor en el que reunirnos —rezongó Leonado—. Cuando crezcamos un poco más no entraremos.

—Deja de quejarte —le espetó Glayino, retorciéndose para ocupar su parte justa en aquel hueco—. Esto es importante.

—¡Pues suéltalo ya! —maulló Carrasca.

Glayino les contó el sueño que había tenido junto a la Laguna Lunar, y su encuentro con la tejona Medianoche y luego con Estrella Mellada y Nariz Inquieta.

—¿El Clan Estelar te ha pedido ayuda? —se admiró Carrasca, impresionada—. ¡Eso es asombroso!

Glayino soltó un bufido leve de irritación.

—Podrías no sonar tan sorprendida...

—¿Crees que puedes hacer lo que te han pedido? —preguntó Leonado—. Nosotros te ayudaremos, ya lo sabes.

—He tenido una idea. Debemos lograr que el Clan de la Sombra vuelva a creer en sus antepasados, ¿no? De modo que lo que necesitan es una señal del Clan Estelar... una señal tan clara que todos la puedan ver.

—Si el Clan Estelar pudiera hacer eso, ¿no lo habría hecho ya? —maulló Carrasca poco convencida.

—Sí, creo que sí... —Glayino notó un cosquilleo de emoción—. Pero si el Clan Estelar no puede, tendremos que hacerlo por él.

Hubo un breve silencio. Leonado fue el primero en romperlo:

—¿Mandar una señal como si fuéramos el Clan Estelar?

—¿Por qué no?

—No sé... —Su hermano parecía confundido—. Es sólo que... hay algo en esto que no me parece bien. Además, si nosotros somos más poderosos que el Clan Estelar, ¿qué importa que el Clan de la Sombra crea o no en sus antepasados guerreros?

—¡Por supuesto que importa, cerebro de ratón! —bufó Carrasca tensando los músculos; por unos instantes, pareció que estuviera a punto de saltar sobre su hermano—. Todos los clanes, los cuatro, deben seguir el código guerrero.

—Vale, vale, tranquilízate —murmuró Leonado.

Carrasca no le hizo el menor caso.

—Glayino, no sé cómo lo vamos a hacer, pero sé que podemos. ¡Yo estoy dispuesta a ayudarte en lo que sea necesario para salvar al Clan de la Sombra de Solo!

La voz le temblaba notablemente, y Glayino pudo imaginarse cómo llameaban sus ojos verdes. Un escalofrío le recorrió la columna. Cada vez estaba más claro que no había nada que le importase más a Carrasca que el código guerrero, y, por primera vez en su vida, Glayino sintió miedo de su hermana.

6

El ruido de toses despertó a Carrasca, que levantó la cabeza para inspeccionar la guarida de los guerreros. A unas pocas colas de distancia estaba sentado Espinardo, tosiendo con la cabeza inclinada.

Centella, la hermana del guerrero, le hundió el hocico en el bíceps.

—No te preocupes —murmuró—. Iré a buscar a Hojarasca Acuática para que me dé algo que te haga sentir mejor.

—Pues ve ya —intervino Zancudo con voz ronca—. Así, con un poco de suerte, los demás podemos dormir un rato.

—Eso, que esto es como intentar dormir con un monstruo metido en la guarida —añadió Bayo.

Centella los fulminó con la mirada, mostrando los colmillos con un gruñido.

—No esperéis que os ayude si os ponéis enfermos —les soltó con rabia, y salió entre las ramas.

Espinardo volvió a toser.

—Lo siento...

—No te disculpes con esas estúpidas bolas de pelo —maulló Carrasca—. Si no les gusta, pueden ir fuera a hacer algo útil.

Zancudo y Bayo la ignoraron por completo y volvieron a ovillarse tapándose el hocico con la cola. Espinardo también se tumbó, pero cada vez que intentaba respirar, un ataque de tos lo sacudía.

Carrasca estaba demasiado nerviosa para volver a dormirse. Se enroscó en su lecho, escuchando la lluvia que caía sin cesar sobre las ramas de la guarida. ¿Cuántos gatos enfermarían antes de que Hojarasca Acuática tuviera bajo control el brote de tos verde?

Sus pensamientos se desviaron hacia la conversación que había mantenido el día anterior con sus hermanos. ¿De verdad necesitaban mandar una señal falsa para que el Clan de la Sombra volviera a creer en el Clan Estelar? ¿Eso no provocaría que sus antepasados guerreros se enfureciesen con ellos tres? Quizá deberían buscar otra forma de demostrar que Solo no era un líder digno.

A su pesar, recordó cómo se había sentido cuando Solo había hablado con ella: la joven se deleitó con la calidez de su mirada, y su voz tranquila y profunda hizo que sintiera que todo iba a estar bien mientras siguiese escuchándolo.

Y, sin embargo, Solo había alejado a todo un clan del Clan Estelar. ¡Eso no podía ser bueno! «¡El Clan Estelar siempre ha estado ahí! Ninguno de los clanes debería darle la espalda», pensó.

Se estaba mareando de tanto discutir consigo misma. A pesar del golpeteo de la lluvia, salió de la guarida. El suelo del claro se había convertido en fango por el agua, y a Carrasca se le embarraron las patas y el pelo de la barriga al correr hacia el túnel de espinos. Se quedó allí debajo, aprovechando el cobijo de la pequeña galería. Estaba temblando, pero se moría de ganas de atravesar el bosque a la carrera, como si allí pudiera encontrar las respuestas que buscaba rastreándolas como a una presa.

La luz gris del amanecer se colaba, reticente, en la hondonada. No se veía ningún otro gato en el campamento, hasta que Centella salió de la guarida de Hojarasca Acuática y cruzó disparada el claro con unas hojas en la boca. Poco después, un movimiento en la Cornisa Alta atrajo la atención de Carrasca: Tormenta de Arena estaba bajando por las rocas desprendidas. La gata rojiza se dirigió hacia el túnel del aliviadero, pero, al ver a Carrasca, cambió de dirección y fue a reunirse con ella.

—¿Qué haces levantada tan temprano? —le preguntó—. No habrá patrullas hasta que salga el sol. —Y agitando la cola, añadió—: Con un poco de suerte, la lluvia habrá amainado para entonces.

—Espinardo no para de toser —contestó Carrasca, consciente de que no estaba contando toda la verdad.

Los ojos verdes de Tormenta de Arena se llenaron de inquietud.

—Lo último que necesitamos es una epidemia en el campamento. Muchos gatos siguen débiles por la batalla... especialmente Esquiruela.

Carrasca se estremeció. Su madre había resultado gravemente herida en la pelea, y la herida apenas había empezado a curarse. Aunque ya no dormía en la guarida de Hojarasca Acuática, no le estaba permitido salir del campamento. Y si se contagiaba de tos verde, tal vez no tuviera fuerza suficiente para combatirla.

Tormenta de Arena restregó el hocico contra la cabeza de Carrasca; por un instante, la joven volvió a sentirse como una cachorrita, segura y reconfortada.

—No pongas esa cara de preocupación —le dijo Tormenta de Arena—. Hay bastantes guerreros para cuidar del clan, y Hojarasca Acuática es una curandera excelente. Tú sólo debes concentrarte en aprender todo lo que puedas para servir al Clan del Trueno.

—Eso es lo que intento hacer —maulló Carrasca, dolorosamente consciente de lo lejos que estaba de lo que le gustaría ser.

—Empezaste muy bien en la batalla —la animó la gata—. Estrella de Fuego está muy orgulloso de ti. Pero no debes cargar con más responsabilidades de las necesarias.

Carrasca reprimió una carcajada amarga. Tormenta de Arena no tenía ni idea de las responsabilidades a las que ella tenía que enfrentarse.

—No olvides lo que te he dicho.

La gata de color melado le acarició el lomo delicadamente antes de dirigirse de nuevo hacia el túnel del aliviadero.

La luz de la mañana era cada vez más intensa, aunque el cielo seguía cubierto de nubes y aún llovía en el campamento. Carrasca vio que Látigo Gris cruzaba el claro en dirección a la guarida de Hojarasca Acuática, pero no pasó de la cortina de zarzas.

«Habrá ido a ver cómo se encuentra Mili», supuso la joven.

Poco después, fue Cenizo quien salió de la guarida de los guerreros, seguido de Nimbo Blanco y Carbonera. Los tres pusieron rumbo hacia el túnel de espinos.

Cenizo saludó a Carrasca inclinando la cabeza al acercarse. Un brillo de curiosidad se reflejó en sus ojos azules.

—Pareces helada —maulló—. ¿Quieres venir con nosotros a patrullar por las fronteras para entrar en calor?

—¡Claro!

No quería regresar a la guarida de los guerreros, y sabía que Glayino no decidiría nada sobre la señal falsa sin consultarlo también con ella.

Cenizo abrió la marcha por el bosque, yendo hacia el antiguo sendero de los Dos Patas. El resto de la patrulla lo seguía, con la lluvia amortiguando el sonido de sus pasos. Carbonera se colocó junto a Carrasca, con una sombra de inquietud en los ojos.

—No me gusta ir por aquí —confesó—. Me recuerda demasiado a la batalla.

Carrasca asintió con un murmullo. El recuerdo también la alteraba a ella, sobre todo cuando la vivienda abandonada de los Dos Patas quedó a la vista. La lluvia había borrado los restos de sangre de las piedras, pero no costaba nada imaginarse que el hedor seguía flotando en el aire, y que los chillidos de los combatientes continuaban resonando entre los ruinosos muros. A la joven guerrera se le erizó el pelo al ver las paredes cubiertas de musgo y las matas frondosas de helecho, casi como si esperara que surgieran de ellas guerreros del Clan del Viento.

—¡Alto! —La orden de Nimbo Blanco devolvió a Carrasca a la realidad. El guerrero alzó la cola para detener a la patrulla—. Hay algo más adelante.

—¿Puedes decirnos qué es? —le preguntó Cenizo en voz baja—. ¿El Clan del Viento?

Nimbo Blanco negó con la cabeza, abriendo la boca para saborear el aire.

Cenizo les indicó con la cola a las jóvenes guerreras que se quedaran atrás para que Nimbo Blanco se pusiera en cabeza. El gato blanco era el mejor rastreador del Clan del Trueno; no tardaría en descubrir qué los acechaba.

Nimbo Blanco avanzó sigilosamente a lo largo del sendero de los Dos Patas, cerca de la vegetación azotada por la lluvia, y se deslizó por debajo de las hojas para camuflar su pelaje claro. Cenizo lo siguió, con Carrasca y Carbonera a la zaga. Avanzando tras el guerrero, la joven gata captó un rastro de olor poco familiar. Se puso tensa y empezó a erizar el pelo del lomo. Su mirada se cruzó con la de Carbonera.

¡El Clan de la Sombra!

La joven intentó convencerse de que aquel olor procedía de la batalla, aunque sabía que el rastro era reciente y, a medida que avanzaban, lo percibía cada vez más intenso. Se le revolvió el estómago. Solo no se habría atrevido a ordenar al Clan de la Sombra que invadiera el territorio del Clan del Trueno, ¿verdad?

«¿Seguro que no?», creyó oír la voz de Glayino, llena de ironía.

Nimbo Blanco y Cenizo se agazaparon, listos para combatir. Las dos jóvenes guerreras se apresuraron a imitarlos. La lluvia casi había cesado, aunque el viento seguía arrastrando ráfagas de agua que salpicaban la cara de Carrasca. En ese momento captó unos sonidos: unos gatos se abrían paso entre la vegetación empapada.

Luego oyó una vocecilla lastimera:

—¡Mamá, ese helecho me la lanzado un chorro de agua al cuello!

—No alces la voz... Llegaremos enseguida.

—¡Trigueña! —Carrasca echó a correr hacia ella, sin hacer el menor caso del bufido de rabia de Cenizo.

Las hojas de los helechos se separaron a un lado del camino, y ante ellos apareció la gata del Clan de la Sombra. La seguían sus tres hijos, que se sacudieron el agua del pelo al salir entre la vegetación.

—¡Eres tú! —exclamó Trigueña aliviada, entrechocando la nariz con la de Carrasca—. Gracias al Clan Estelar que eres alguien a quien conozco. —Se volvió para inclinar la cabeza ante Nimbo Blanco y Cenizo—. Saludos —maulló—. He venido para...

—No tienes ningún derecho a estar aquí —la interrumpió Cenizo, erizando el pelo del lomo—. ¿Qué quieres? ¿Estás sola, o te has traído al resto de tu clan?

—Espera... —Nimbo Blanco le dio un toque con la cola—, déjala hablar.

Trigueña le dedicó un guiño de agradecimiento al guerrero blanco.

—He traído a mis hijos al Clan del Trueno. —Habló en voz baja para que los gatitos no la oyeran; los tres estaban apretujados unos contra otros al borde del camino, mirando a su alrededor con los ojos abiertos de par en par—. No quiero formar parte de un clan que ya no escucha a sus antepasados guerreros.

Mientras Trigueña hablaba, Carrasca advirtió que parecía muy cansada y hambrienta, y que le temblaba la voz. Estaba muy lejos de ser la guerrera dura e ingeniosa que había conocido en su viaje a las montañas.

—¿Y qué te hace pensar...? —empezó Cenizo, todavía con hostilidad.

—Intenta no ser más descerebrado de lo necesario —lo interrumpió Nimbo Blanco—. ¿Qué debemos temer? Sólo son una reina y sus cachorros.

—¡Ya somos aprendices! —intervino Roso, indignado.

Nimbo Blanco agitó las orejas.

—Lo que sea. En cualquier caso, podéis venir al campamento. A Estrella de Fuego le interesará oír lo que está sucediendo en el Clan de la Sombra. —Lanzó una mirada a Cenizo—. Y será Estrella de Fuego quien decida qué hacer.

Los ojos azules de Cenizo llameaban de rabia.

—De acuerdo —maulló con reticencia—. Volvamos al campamento. Pero si el Clan del Viento decide traspasar la frontera de nuevo aprovechando que no hemos terminado de patrullar, no me culpéis a mí.

Se puso en cabeza, pasando por delante de Nimbo Blanco y Trigueña a grandes zancadas. Carbonera echó a andar tras él, mientras los tres pequeños aprendices del Clan de la Sombra se arremolinaban alrededor de Carrasca.

—¡Hola, Carrasquera! —la saludó el atigrado—. Ahora yo me llamo Zarpa de Tigre, y mis hermanos son Canelita y Roso.

—Pues ahora yo me llamo Carrasca. ¡Ya soy guerrera! —respondió ella.

—¡Uau, guerrera! —A Canelita se le dilataron los ojos—. Felicidades.

—¡Carrasca! ¡Carrasca! —se puso a corear Roso, y sus hermanos se le unieron.

Carbonera se volvió hacia ella con un brillo risueño en sus ojos azules.

—Parece que tienes tres aprendices nuevos —le dijo a su amiga.

—Eh, tomáoslo con calma —les pidió Carrasca a los hermanos, ardiendo de vergüenza—. No puedo moverme sin tropezar con vosotros. Nos quedaremos atrás.

Los nuevos aprendices dejaron de gritar y comenzaron a trotar junto a Carrasca, con la cola bien alta.

—¿Qué es eso? —preguntó Canelita al pasar junto a la vivienda abandonada.

—Antes, ahí vivían Dos Patas —explicó Carrasca—. Pero hace mucho tiempo que se fueron —añadió al ver que los hermanos intercambiaban miradas de inquietud—. ¿Captáis olor a Dos Patas por aquí?

Los tres abrieron las boquitas para saborear el aire, y luego negaron solemnemente con la cabeza.

—¡Nada de nada! —anunció Zarpa de Tigre.

—Bien—maulló Carrasca, preguntándose si era así como se sentían los mentores.

—¿Dónde está el resto de vuestro clan? —quiso saber Roso mientras trotaban para alcanzar a los demás.

—La mayoría, en el campamento. Nosotros hemos salido en la patrulla del alba. A estas horas puede que hayan salido también patrullas de caza, aunque todavía es bastante temprano.

—¿Nosotros podremos cazar? —preguntó Canelita—. ¡Estamos muertos de hambre!

—¡No seas una bola de pelo estúpida! —la riñó Zarpa de Tigre, tocándole la oreja con la punta de la cola—. No se caza en el territorio de otro clan.

—Bueno, ¡sólo era una pregunta! —replicó su hermana.

—Ahora no hay tiempo de cazar —respondió Carrasca, pensando si los aprendices serían ya lo suficientemente hábiles.

Todavía eran muy jóvenes; no podían haber entrenado mucho.

—Pero espero que podáis comer algo al llegar al campamento —añadió.

A Roso se le iluminaron los ojos.

—¡Gracias!

Al fijarse más en ellos, Carrasca pensó que Canelita tal vez estuviera hablando en serio cuando decía que se morían de hambre. Estaban todos muy flacos; se les notaban las costillas debajo del pelaje. Trigueña también estaba en los huesos, y parecía que llevara una luna entera sin acicalarse el pelo. ¿Tendría el Clan de la Sombra algún problema para conseguir presas?

—¿Crees que Solo sabe que estamos aquí? —preguntó Zarpa de Tigre cuando dejaron el sendero de los Dos Patas para dirigirse hacia el campamento.

Carrasca no estaba muy segura de qué contestar. Solo lo sabía todo sobre ella y sus hermanos, y también que el sol iba a desaparecer. Pero Glayino le había contado que Solo había averiguado muchas cosas a través de Medianoche. ¿Era posible que supiese dónde estaban ahora Trigueña y sus hijos? ¿Y estaría enfadado por que se hubiesen marchado a otro clan?

—Yo no sé qué sabe Solo —admitió finalmente—. ¿Vuestra madre no le ha dicho que os marchabais?

—¡Claro que no! —Canelita se estremeció, con los ojos dilatados de miedo—. Él nunca nos habría dejado irnos.

Carrasca se salvó de tener que buscar una respuesta a eso; acababan de rodear una zona de avellanos tupidos, y estaban ya frente a la barrera de espinos que protegía el campamento. Zarzoso se encontraba en la entrada saboreando el aire, con su pelaje atigrado aún revuelto porque acababa de levantarse. Cuando la patrulla apareció ante el pequeño claro, el lugarteniente se quedó mirando a Trigueña sin pestañear, pero luego corrió hacia ella y le hundió el hocico en el pelo.

—Me alegro de verte —maulló—. ¿Tú y tus hijos estáis bien? ¿Cómo va todo en el Clan de la Sombra?

—Bien —respondió la guerrera mirando cautelosa a Cenizo—. En el territorio del Clan de la Sombra no nos faltan presas.

Zarzoso entornó los ojos y miró largamente a su hermana. Carrasca notó que su padre no se creía que ella estuviera contándole toda la verdad. Si el Clan de la Sombra tenía presas suficientes, ¿por qué Trigueña y sus hijos estaban tan flacos?

—Será mejor que entréis en el campamento —maulló el guerrero al final—. Le diré a Estrella de Fuego que estáis aquí.

Los guió a través del túnel de espinos. Los tres aprendices corrieron nerviosos tras su madre, pero, al llegar al claro, vacilaron y miraron alrededor con el pelo erizado.

—No pasa nada —los tranquilizó Carrasca—. Zarzoso ha dicho que podíais entrar, así que nadie os va a hacer daño.

Los tres hermanos se relajaron un poco. A Zarpa de Tigre le brillaron los ojos al ver el montón de la carne fresca.

—¿Podemos comer algo? —le preguntó a Carrasca—. ¡Tenemos muchísima hambre!

—Será mejor que se lo preguntes a Zarzoso.

El lugarteniente, que estaba hablando con Trigueña a una cola de distancia, había oído la lastimera petición.

—Coged lo que queráis —los invitó con un movimiento de la cola—. Hay de sobra.

Carrasca acompañó a los hermanos hasta el montón de la carne fresca.

—No os lo traguéis de un bocado o después os dolerá la barriga —los avisó.

Roso asintió rápidamente y empezó a rebuscar entre las presas junto con sus hermanos. Apartaron las piezas empapadas de la parte superior para encontrar las más secas y jugosas de debajo, y luego se sentaron a comer con ronroneos de entusiasmo.

Carrasca escogió un ratón, y cuando ya estaba empezando a comérselo, Leonado salió de la guarida de los guerreros, seguido de Glayino. Cruzaron el claro en dirección a ella y sacudieron las orejas, sorprendidos al reparar en los aprendices del Clan de la Sombra.

—¿Qué pasa? —preguntó Glayino, que olía a hierbas, probablemente porque debía de habérselas llevado a Espinardo—. ¿Gatos del Clan de la Sombra?

—¡Hola, Leonado! —saludó Canelita con la boca llena—. Me alegro de volver a verte.

—Yo también me alegro —respondió él, contemplando las presas desperdigadas—. Ya veo que os sentís como en casa...

—¿Adónde va nuestra madre? —preguntó Roso al ver que Trigueña se dirigía con Zarzoso hacia la Cornisa Alta.

—Zarzoso la lleva a hablar con Estrella de Fuego —le explicó Carrasca—. Él tiene la guarida en ese saliente de ahí arriba.

—¿Ahí arriba? —se admiró Zarpa de Tigre—. ¡Uau!

—Pero ¿qué hacen aquí? —insistió Glayino con cierta crispación.

Carrasca les contó que la patrulla del alba se había encontrado con Trigueña y sus hijos en el bosque y los había llevado hasta el campamento.

—Trigueña dice que no quiere formar parte de un clan que ya no escucha a sus antepasados guerreros —concluyó.

Glayino no dijo nada, pero se quedó pensativo, y sus bigotes temblaron como si hubiese captado el olor de una presa. Carrasca supuso que estaba pensando en cuántos gatos más querrían dejar el Clan de la Sombra, y si Trigueña y sus hijos le serían de ayuda en su plan para mandar una señal falsa del Clan Estelar.

Habían empezado a salir más gatos de la guarida de los guerreros. Manto Polvoroso se acercó al montón de la carne fresca, seguido de Ratonero y Melada. Raposino y Albina salieron de la guarida de los aprendices.

—En el nombre del Clan Estelar, ¿qué está ocurriendo aquí? —preguntó Manto Polvoroso, frunciendo el hocico—. ¿Qué le ha pasado al montón de la carne fresca? Parece como si lo hubiera pisoteado una horda de tejones.

—Esto... tenemos visitantes —maulló Carrasca.

Manto Polvoroso levantó la cola de repente al ver a los aprendices.

—¿Gatos del Clan de la Sombra? —Soltó un pequeño bufido de irritación—. ¿Queda alguna pieza seca?

—No queríamos comernos las empapadas —explicó Zarpa de Tigre.

—Nosotros tampoco —señaló Melada, rebuscando entre los restos del montón para ver si encontraba una presa menos mojada.

—¿Y qué se supone que tenemos que hacer? —quiso saber Albina, tocando con la cola un conejo chorreante—. ¡Musaraña nos arrancará el pellejo si le llevamos esto!

Carrasca se volvió hacia los tres aprendices del Clan de la Sombra.

—Lo que habéis hecho no demuestra muy buena educación, ¿sabéis?

100

Los hermanos se miraron las patas, con la cola por el suelo.

—Lo sentimos mucho... —musitó Roso.

—Solo dice que únicamente podemos confiar en nosotros mismos para cuidarnos lo mejor posible —explicó Canelita—. Dice que no deberíamos emplear tanto tiempo en pensar en combatir y en marcar fronteras. Así todos los gatos podrían dedicarse a cazar suficientes presas para ellos mismos y no habría ningún problema.

Carrasca le lanzó una mirada de espanto a Leonado. ¿Dónde quedaba el código guerrero en la forma de vida que Solo pretendía imponer al Clan de la Sombra?

—¿Y qué pasa con los gatos que no pueden cazar para alimentarse? —le preguntó la joven guerrera a Canelita.

La aprendiza vaciló.

—Bueno... no dejaríamos que nadie se muriera de hambre.

«Quizá tú no, pero otros sí que lo harían, si eso les evitara pasar hambre a ellos. Y parece que vosotros tres vais escasos de comida», pensó Carrasca.

—Canelita, no deberías hacerle caso a ese estúpido gato viejo —maulló Zarpa de Tigre—. No va a dejar que sigamos entrenando para ser guerreros. ¡Y yo quiero luchar por mi clan!

—Y a mí me encantaría ser curandero —añadió Roso, dando un manotazo de rabia a la tierra húmeda—. Pero Solo dice que no necesitaríamos curanderos si todos los gatos supieran de hierbas y remedios. Yo iba a convertirme en aprendiz de Cirro, pero ahora ya ni siquiera tenemos mentores.

—Y Estrella Negra dice que tenemos que llamarlo Patas Negras —añadió Canelita con la cola gacha.

—Suena como si el Clan de la Sombra se estuviera desintegrando —maulló Manto Polvoroso, engullendo el último bocado de mirlo y pasándose la lengua por la boca—. Jamás pensé que diría esto, pero lamentaría que sucediera. Vuestro clan tiene algunos guerreros estupendos. —Hizo una señal a Ratonero y Melada con la cola—. Venga... vamos a organizar las patrullas de caza, a ver si encontramos piezas que estén en condiciones.

Se fue hacia la guarida de los guerreros. Raposino y Albina agarraron el conejo y entre los dos lo llevaron a la guarida de los veteranos.

—Explícales tú por qué el conejo está mojado —le dijo Raposino a su hermana.

—No, tú —replicó ella.

Carrasca los observó marchar. Le temblaban las patas, y a la vez se sentía clavada al suelo.

—¿Qué vamos a hacer? —preguntó, casi sin esperar una respuesta.

No había nada que ellos pudieran hacer para restaurar la fe del Clan de la Sombra en sus antepasados guerreros. Ni siquiera el plan de Glayino de crear una señal falsa del Clan Estelar le parecía ya esperanzador, después de haber oído cómo Solo había envenenado al Clan de la Sombra en contra del código guerrero.

Leonado negó con la cabeza.

—No lo sé.

—Contadnos más cosas sobre Solo —les pidió Glayino a los hijos de Trigueña—. ¿Él...?

—Oye, yo me parezco a ti, ¿verdad? —lo interrumpió Zarpa de Tigre, alargando una pata para comparar su pelaje dorado con el de Leonado—. Debe de ser porque somos familia.

—Exacto —respondió Leonado, dándole un lametón amistoso en la oreja—. Vuestra madre y nuestro padre son hermanos.

El aprendiz asintió muy orgulloso.

—Y ellos son hijos de Estrella de Tigre. Yo me llamo Zarpa de Tigre por él. ¡Era el mejor guerrero que ha existido jamás en el mundo!

Leonado agitó las orejas.

—Todos deberíamos intentar ser el mejor guerrero del mundo.

Canelita estaba mirando hacia la Cornisa Alta, como si esperara ver salir a su madre.

—¿Vamos a unirnos al Clan del Trueno? —preguntó; no sonaba muy entusiasmada—. Después de todo, es donde nació mamá.

Roso suspiró.

—Yo no quiero. Hojarasca Acuática ya tiene aprendiz, y, además, yo quiero ser curandero del Clan de la Sombra.

Zarpa de Tigre le tocó la oreja con el hocico.

—Ya lo sé. Y yo quiero luchar por nuestro clan.

A Carrasca se le rompió el corazón, compadecida por los tres aprendices. Era normal que quisieran irse a su casa. Seguían siendo leales al Clan de la Sombra, aunque todo estuviese cambiando. Sintió el calor de una pequeña llama en su interior: Solo había intentado destruir el código guerrero, pero había fracasado. El código guerrero vivía dentro de aquellos aprendices, y Solo nunca podría cambiar una creencia tan enraizada en ellos desde hacía tanto tiempo.

La joven guerrera hundió las garras en la tierra mojada. Fuera como fuese, debían encontrar la manera de librarse de Solo y de devolver al Clan de la Sombra a las viejas costumbres.

7

Con el rabillo del ojo, Leonado captó un movimiento en la Cornisa Alta. Estrella de Fuego acababa de aparecer con Zarzoso y Trigueña.

—¡Que todos los gatos lo bastante mayores para cazar sus propias presas se reúnan aquí, debajo de la Cornisa Alta, para una reunión del clan! —anunció el líder.

Y bajó ágilmente por las rocas desprendidas para detenerse sobre un peñasco, justo por encima de los gatos que se habían reunido. Incluso en un día tan gris como ése, su pelaje rojo resplandecía. Zarzoso y Trigueña lo siguieron más despacio y se quedaron detrás de él.

Musaraña y Rabo Largo salieron de la guarida de los veteranos, y Raposino y Albina iban tras ellos con una bola de musgo sucio cada uno. Leonado notó que Musaraña tenía el pelo erizado y una mirada recelosa, e imaginó que los aprendices le habrían contado lo que ocurría.

Látigo Gris apareció por el túnel del aliviadero y se unió al grupo que había alrededor del montón de la carne fresca, saludando amistosamente con la cabeza a los tres hermanos del Clan de la Sombra. Hojarasca Acuática fue a sentarse delante de la cortina de zarzas que protegía su guarida, mientras que Dalia salió a la entrada de la maternidad con los cuatro cachorros asomándose curiosos a su espalda. Candeal y Betulón salieron de la guarida de los guerreros y cruzaron el claro para sentarse al pie del peñasco sobre el que estaba Estrella de Fuego, y los siguió Espinardo, que sólo asomó la cabeza entre las ramas de la guarida. Acedera y Esquiruela estaban juntas, moviendo la punta de la cola.

Mientras los gatos se congregaban en el claro, Leonado percibió miradas de inquietud dirigidas a Trigueña y sus tres hijos. También oyó murmullos, como si muchos de los guerreros estuvieran descontentos de ver gatos del Clan de la Sombra en su campamento.

Bayo se acercó al montón de la carne fresca dando grandes zancadas.

—Estrella de Fuego no irá a traer más forasteros al clan, ¿verdad?

—Espero que no —lo apoyó Zancudo—. Eso provocó el enfrentamiento con el Clan del Río y el Clan del Viento.

—¿Dónde estarías tú, Bayo, si Estrella de Fuego no te hubiera acogido en nuestro clan cuando eras un cachorro? —le maulló Leonado, irritado, erizando el pelo del cuello.

Bayo soltó un bufido y le dio la espalda.

—Eso es diferente.

Glayino se inclinó hacía su hermano:

—Claro, porque él es un gato de lo más especial —le susurró al oído.

—¡Gatos del Clan del Trueno! —empezó Estrella de Fuego cuando todos se hubieron reunido a su alrededor—. Ya veis que Trigueña, del Clan de la Sombra, ha venido con sus cachorros...

—Somos aprendices —masculló Roso.

—... y ha solicitado asilo por el modo en que está cambiando su propio clan.

—¿Y tú vas a aceptar? —quiso saber Musaraña, que estaba delante de la guarida de los veteranos—. ¿Acaso no hemos tenido ya bastantes problemas por acoger a otros gatos?

Antes de que Estrella de Fuego pudiera responder, Látigo Gris se levantó de un salto.

—Estos gatos son parte del Clan del Trueno —bufó—. Se merecen tener un hogar aquí.

—Nadie obligó a Trigueña a marcharse —replicó Musaraña—. Y si quieres saber mi opinión, los gatos deberían poder decidir dónde quieren vivir y quedarse allí.

Hubo un murmullo de aprobación. Leonado vio el desánimo en los ojos de los tres aprendices.

—No nos quieren —masculló Zarpa de Tigre.

—Algunos gatos no —admitió Leonado, posando la punta de la cola en el omoplato del joven—. Pero todo va a ir bien. Estrella de Fuego los convencerá, ya verás.

—Comprendo vuestra preocupación —continuó el líder—, pero Trigueña no ha solicitado que el Clan del Trueno se convierta en su hogar permanente. Ella y sus cachorros...

Canelita puso los ojos en blanco.

—¿Cuántas veces más nos va a llamar así?

—... únicamente estarán aquí mientras Solo tenga dominado al Clan de la Sombra. Si ella ha sabido ver sus mentiras, también lo harán otros, y no permitirán que Solo permanezca con ellos durante mucho tiempo.

—Entonces deberíamos formar una patrulla para cruzar la frontera y echarlo del Clan de la Sombra —maulló Nimbo Blanco—. Al lago le iría bien librarse de él.

—¡Sí! —coincidió Betulón—. El Clan de la Sombra nos ayudó en la batalla, así que nosotros deberíamos...

Los aullidos de protesta ahogaron sus últimas palabras.

—Ya hemos peleado bastante —maulló Acedera, lanzándole una mirada a Esquiruela—. Algunos gatos aún están recuperándose de sus heridas.

—El Clan de la Sombra debería ocuparse de sus propios problemas —añadió Zancudo—. No son asunto nuestro.

Nimbo Blanco giró la cabeza para encararse al guerrero negro.

—Si hay gatos del Clan de la Sombra que quieren trasladarse aquí, entonces ya no es sólo asunto de ellos.

—¡Ya basta! —Estrella de Fuego levantó la cola para exigir silencio—. Trigueña es bienvenida en este clan, y puede quedarse todo el tiempo que quiera. Los aprendices...

—¡Por fin! —masculló Zarpa de Tigre.

—... entrenarán y realizarán sus tareas junto con Raposino y Albina.

Los dos aprendices del Clan del Trueno intercambiaron una mirada, encantados, y algunos de los guerreros más jóvenes suspiraron aliviados, pues así se libraban de ayudar con las tareas de los aprendices.

—Trigueña dormirá en la guarida de los guerreros y participará en las patrullas —continuó el líder.

—¡¿Podemos fiarnos de ella?! —exclamó Cenizo—. ¿Sobre todo cuando patrullemos a lo largo de la frontera con el Clan de la Sombra?

Leonado vio que Zarzoso empezaba a erizar el pelo, pero Estrella de Fuego alzó la cola para indicarle que no respondiera a la provocación.

—Es la hora de que salgan las patrullas habituales —maulló el líder, haciendo caso omiso de la pregunta de Cenizo—. Hay que reabastecer el montón de la carne fresca, y necesitamos supervisar la frontera con el Clan del Viento.

Zarzoso bajó de las rocas y comenzó a llamar a los guerreros, dividiéndolos en patrullas.

—Leonado, Carrasca, os quiero en una patrulla de caza con Manto Polvoroso y Acedera. Y vosotros, aprendices, id a hablar con Estrella de Fuego.

Zarpa de Tigre, Roso y Canelita se levantaron de un salto, un poco intimidados por la idea de tener que hablar con el líder del clan.

—No pasa nada —los tranquilizó Leonado antes de reunirse con Manto Polvoroso y Acedera.

Mientras la guerrera guiaba a la patrulla hacia la salida del campamento, Leonado se volvió para mirar atrás. Estrella de Fuego estaba seleccionando mentores para los aprendices del Clan de la Sombra. A Roso le tocó Nimbo Blanco; a Zarpa de Tigre, Fronde Dorado, y a Canelita, Zancudo. Tormenta de Arena y Candeal llamaron a sus respectivos aprendices, Raposino y Albina.

—Iremos todos al claro a hacer prácticas de caza —anunció Tormenta de Arena.

Siguiendo a Acedera por el túnel de espinos, Leonado se sintió aliviado al ver que los aprendices del Clan de la Sombra no iban a recibir entrenamiento de combate, al menos de momento. Si aprendían las técnicas del Clan del Trueno, ¿no les daría eso una ventaja injusta en futuras batallas?

Una llamarada de curiosidad se encendió en su interior. Se preguntó si Estrella de Tigre visitaría a alguno de los tres aprendices en sus sueños. Zarpa de Tigre sería la elección más obvia: era grande y fuerte, y parecía más interesado en sus orígenes, sobre todo en el guerrero cuyo nombre compartía. Aunque Leonado quería deshacerse de la amenazante influencia de Estrella de Tigre en sus sueños, no pudo evitar sentir una punzada de celos ante la posibilidad de que el guerrero oscuro pudiera escoger a otro para convertirse en su mentor, un gato de un clan diferente.

«Quizá debería avisar a Zarpa de Tigre. Pero entonces tendría que contarle que Estrella de Tigre me visita en sueños. Y no puedo hacer eso», pensó.

Negó con la cabeza, confundido. Parecía que, desde que Solo había llegado al lago, nada era sencillo.

Acedera guió a la patrulla hacia la parte más elevada del territorio, donde la frontera daba paso a un páramo extenso que no había reclamado ningún clan. Aunque la lluvia había cesado, el suelo estaba embarrado y la vegetación chorreaba. Todos los olores quedaban amortiguados y costaba detectarlos. Leonado se estremeció mientras avanzaba despacio; cada helecho o mata de hierba que rozaba le soltaba una rociada de agua, y no tardó en tener el pelo empapado y pegado al cuerpo.

Se encorvó ligeramente, y deseó estar practicando el entrenamiento de combate en vez de cazando ratones mojados. «Deben de estar todos escondidos en lo más profundo de sus madrigueras, al abrigo de la lluvia. A veces creo que tienen más sentido común que nosotros.»

Con la cabeza gacha, tropezó con una mata de helechos, y soltó un bufido de rabia al recibir una ducha de gotas de lluvia.

—¡Leonado! —le gritó Acedera—. Mira por dónde vas, acabas de espantar al campañol que estaba acechando.

—Disculpa...

El joven sintió un hormigueo de frustración y vergüenza.

—Las disculpas no llenan el estómago —replicó la guerrera.

Y se quedó inmóvil, con la cabeza erguida y la boca abierta para intentar localizar de nuevo al campañol. Leonado retrocedió para dejarle espacio, y vio que Carrasca aparecía por detrás de un zarzal con un ratón colgando de la boca.

—Bien hecho —le dijo a su hermana, que dejó la presa a sus pies.

—Leonado, tenemos que hablar —maulló ella, ignorando el elogio; tenía los ojos dilatados y parecía inquieta—. No podemos permitir que Solo siga haciendo de las suyas en el Clan de la Sombra. ¡Está destruyendo el código guerrero!

—No te sulfures. —Al joven le sorprendió la vehemencia de su hermana—. Nosotros...

—Ha llegado el momento de hacer lo que sugirió Glayino: crear una señal falsa del Clan Estelar. ¡Y tenemos que hacerlo pronto! Estoy dispuesta a lo que sea para que los gatos del Clan de la Sombra recuerden a sus antepasados guerreros.

La sorpresa de Leonado se convirtió en inquietud: la intensidad de la mirada de Carrasca lo ponía nervioso.

—Tranquilízate —murmuró, hundiendo el hocico en su omoplato—. ¿Por qué te importa tanto? Nosotros tenemos nuestro propio destino, y no tiene nada que ver con el de los otros clanes.

—¡Porque sí! —replicó ella—. Se suponía que Solo iba a ayudarnos, ¿recuerdas? ¿Y qué pasará con todos nosotros si el Clan de la Sombra abandona el código guerrero?

—Ya lo sé. Pero ¿cómo vamos a crear una señal falsa cuando el Clan de la Sombra se muestra tan hostil? Defenderán sus creencias porque no querrán admitir que se han equivocado. Por el gran Clan Estelar, ¡ni siquiera conocemos su territorio!

—Nosotros no. —Carrasca entornó los ojos—. Pero en el Clan del Trueno hay tres aprendices nuevos que sí lo conocen.

—¡Carrasca, qué gran idea! —exclamó Leonado—. Pero ¿tú crees que ellos...?

Lo interrumpió un bufido de irritación. Al volverse, Leonado vio a Manto Polvoroso a una cola de distancia.

—¿Vais a pasaros todo el día ahí cotilleando? —les preguntó el guerrero sacudiendo la cola—. ¿O creéis que podríais encontrar algo de tiempo para cazar un poco?

—Lo siento —masculló Leonado.

«¡Hoy no hago nada bien!»

—Quizá no os hayáis enterado —continuó Manto Polvoroso con ironía—, pero tenemos cuatro bocas nuevas que alimentar. Y algunos de nuestros gatos están enfermos, así que no pueden colaborar con las patrullas.

Leonado asintió. Se dio cuenta de que el guerrero atigrado se había enfadado porque estaba preocupado.

—De verdad que lo siento —insistió—. Nos pondremos a cazar ahora mismo.

—Eso espero...

Manto Polvoroso se sacudió el agua del hocico y siguió con la caza.

Mientras saboreaba el aire con las orejas plantadas, Leonado se dijo que Carrasca tenía razón. Debían ayudar al Clan de la Sombra para que Trigueña y sus hijos pudieran regresar a su hogar, y para que el Clan del Trueno pudiera concentrarse en volver a ser fuerte.

• • •

Leonado trabajó duro durante el resto de la partida de caza, pero la mayoría de las presas seguían metidas en sus escondrijos. Cuando la patrulla regresó al campamento, con el sol ya en su cénit, sólo había atrapado dos ratones y una musaraña. Dejó la escasa contribución en el montón de la carne fresca y se fue a buscar a Glayino. Después de mirar en la guarida de la curandera, Leonado lo encontró en la de los veteranos.

—A ver, Musaraña... —estaba diciendo Glayino cuando Leonado se metió por debajo de las ramas bajas del arbusto de madreselva—, estas hojas de atanasia deberían evitar que te contagies de tos verde. ¿Por qué no quieres comértelas?

La veterana apartó las hojas con una zarpa.

—Ya te he dicho que no las necesito. Deja de darme la tabarra y guárdalas para los gatos que están realmente enfermos.

—Glayino no quiere que enfermes —intentó explicarle Rabo Largo.

Musaraña le dio un toque con la cola, enfadada.

—¿Desde cuándo eres curandero?

El joven aprendiz soltó un suspiro exasperado.

—Musaraña, por última vez...

—¿Por última vez? —le espetó la vieja gata—. Genial. Lárgate.

Y le dio la espalda ostentosamente.

Glayino clavó las garras en el suelo de la guarida y masculló:

—Musaraña, no voy a irme de aquí hasta que te comas estas hierbas.

Era obvio que estaba intentando controlarse.

—Venga, Musaraña —maulló Leonado alegremente—. No seas cascarrabias y cómetelas.

La gata se volvió en redondo y lo fulminó con la mirada. Leonado se puso tenso, preparándose para recibir un zarpazo de la anciana. No podía defenderse si lo atacaba una veterana de su propio clan. Pero Musaraña asintió bruscamente con la cabeza, se inclinó, y comenzó a mascar las hojas con cara de asco.

—¿Satisfecho? —gruñó al terminar.

Luego se ovilló tapándose el hocico con la cola.

—No puedo creerlo —masculló Glayino, mientras Rabo Largo soltaba un resoplido risueño y se ovillaba al lado de la gata marrón—. Gracias por la ayuda —añadió, mientras él y su hermano salían de la guarida.

Leonado se encogió de hombros.

—De nada. Tenemos que hablar sobre eso de la señal falsa.

A su hermano se le erizó el pelo del cuello.

—Ojalá pudiera multiplicarme por diez, con todas las cosas que tengo que hacer. Nuestra guarida está llena con Mili y Gabardilla, pero es imprescindible sacar a Espinardo de la guarida de los guerreros porque él también está enfermo, y Raposino ha empezado a toser. No sé cómo vamos a hacerlo.

Leonado sintió que la frustración lo invadía; sacudió la cola y hundió las garras en la tierra. Podía luchar contra un enemigo ordinario, pero no tenía forma de proteger a su clan de la enfermedad.

—Sería más fácil si no tuviéramos que alimentar las bocas extra del Clan de la Sombra —señaló.

«Y si Solo abandonara el Clan de la Sombra para convertirse en nuestro mentor, como nos prometió.»

Glayino asintió con un gruñido.

—Cierto. Vale, ¿qué pasa con la señal? —preguntó mientras iban hacia la guarida de la curandera.

—Carrasca ha tenido una idea. Cree que los aprendices del Clan de la Sombra podrían ayudarnos con la señal porque conocen su territorio.

Glayino pareció dudar.

—¿Creéis que van a ayudarnos a engañar a su propio clan?

—Ya los has oído al llegar. Lo único que quieren es volver a su casa... al verdadero Clan de la Sombra, no al desastre en que lo ha convertido Solo. ¿No crees que ayudarían a cualquiera que pudiera lograr eso?

Glayino vaciló delante de la cortina de zarzas, ladeando la cabeza.

—Quizá tengas razón... —accedió—. De acuerdo, hablaremos con ellos más tarde.

Y dicho eso, desapareció en la guarida.

Cuando dio media vuelta, Leonado notó un temblor en el túnel de espinos que protegía la entrada del campamento. Los aprendices y sus mentores estaban volviendo de las prácticas de caza. Los tres hermanos del Clan de la Sombra tenían un aspecto lamentable, con el pelo apelmazado y lleno de trocitos de hojas y musgo. Canelita cargaba con un ratón y cruzó el claro triunfante, con la cola bien alta, para dejarlo en el montón de la carne fresca.

—Pero eso no tiene lógica... —discutía Zarpa de Tigre con Raposino—. Si acechas la presa hasta que estás casi encima de ella, le das la oportunidad de saber que estás ahí. Nosotros saltamos sobre ellas a mucha más distancia.

—Eso es porque en nuestro territorio la vegetación es frondosa —le explicó Raposino—. Nos oculta y disimula nuestro olor hasta que estamos cerca, y entonces es más fácil atacar.

—Aaah... —Zarpa de Tigre lo pensó un instante—. Bueno, sea como sea, a mí me sigue pareciendo absurdo —concluyó.

—¡Eh, Leonado! —Carrasca salió corriendo de la maternidad, y su hermano se olvidó de los aprendices.

—¿Cómo se las arregla Dalia con los cuatro cachorros? —le preguntó él.

—Bastante bien. Fronda está con ella, ayudándola a distraer a los pequeños. Acabo de llevarles algo de comer... —Y tras asegurarse de que nadie los escuchaba, añadió—: ¿Has hablado con Glayino?

Leonado asintió.

—Dice que sí, que hablemos con los aprendices del Clan de la Sombra.

Carrasca agitó los bigotes con satisfacción.

—Bien. Yo distraeré a Raposino y Albina, y tú puedes llevarte a los hermanos detrás de la guarida de los guerreros. Allí no nos oirá nadie.

Los mentores y los aprendices estaban en medio del claro: Nimbo Blanco daba explicaciones sobre cómo seguir un rastro oloroso. Carrasca se les acercó saltando.

—Raposino, Albina, ¿podéis ir a por un poco de musgo fresco para la guarida de los veteranos?

Los dos aprendices de guerrero intercambiaron una mirada hosca.

—¿Por qué no lo hacen ellos? —preguntó Albina, apuntando con las orejas a los aprendices del Clan de la Sombra.

—Porque no están aquí para hacer las tareas que no os gustan a vosotros —replicó la joven guerrera—. Además, los veteranos agradecerán contar con el respeto de sus propios compañeros de clan.

—Sí, vosotros ya decidiréis quién lo hace cuando seáis guerreros —intervino Tormenta de Arena—. No antes.

—Vale, vale, ya vamos —masculló Raposino, reprimiendo una tos mientras se dirigía de nuevo hacia la barrera de espinos—. Pero estará todo mojado, ya lo sabéis.

—Como si ellos pudieran saber cuáles son los mejores lugares para encontrar musgo... —maulló Albina, moviendo la punta de la cola mientras seguía a Raposino.

Carrasca se volvió hacia el grupo de mentores.

—¿Qué os parece si me llevo a Canelita, Roso y Zarpa de Tigre para que se laven? —les preguntó.

A Leonado le hizo gracia el tono servicial de su hermana.

—Cualquiera puede ver que no están acostumbrados a cazar en el sotobosque —añadió Carrasca.

—En un sotobosque empapado, no —coincidió Roso, sacudiéndose de arriba abajo y esparciendo gotas de agua y trocitos de hojas, ramitas y musgo—. Yo preferiría cazar en nuestro territorio. Es mucho más limpio.

Nimbo Blanco se apartó de un salto cuando las gotas que se sacudía Roso le mojaron el pelo.

—Llévatelos, Carrasca. Cuanto antes, mejor.

En ese momento, por el túnel de espinos entraron más gatos. La patrulla fronteriza estaba de vuelta, encabezada por Cenizo, con Melada y Fronde Dorado tras él.

—Sí, adelante, Carrasca —maulló Tormenta de Arena, dirigiéndose hacia los componentes de la patrulla—. Tenemos que averiguar qué ha pasado a lo largo de la frontera del Clan de la Sombra.

Candeal, Nimbo Blanco, Acedera y Zancudo la siguieron.

—¿Crees que habrán entrado más gatos en nuestro territorio? —le preguntó Zancudo.

Leonado no se paró a escuchar la respuesta de Tormenta de Arena. En vez de eso, fue a reunirse con su hermana, que guiaba ya a los tres aprendices del Clan de la Sombra con la cola a través del claro.

—La verdad es que queremos hablar con vosotros —les iba diciendo Carrasca.

En los ojos ámbar de Zarpa de Tigre se encendió un brillo receloso.

—No se trata tan sólo de lavarnos, ¿verdad?

—No, pero no tenéis que preocuparos —los tranquilizó Leonado—. Hemos pensado en una forma de ayudar a vuestro clan.

Cuando pasaron por delante de la guarida de Hojarasca Acuática, Carrasca se detuvo.

—¡Oye, Glayino! Nos vemos donde siempre.

La única respuesta fue un ataque de tos cansada.

—¿Ésa es la guarida de la curandera? —preguntó Roso con curiosidad—. ¿Puedo echar un vistazo? Yo quería ser curandero —añadió.

—Ahora mismo no —respondió Leonado—. Hay demasiados gatos.

Sonaron más toses a través de la cortina de zarzas, y a Canelita se le dilataron los ojos.

—¡Puaj, suenan muy enfermos!

Leonado intercambió una mirada con Carrasca. Era natural ocultarle los problemas a un clan rival; si les contaba a los aprendices que había tos verde en el campamento, el Clan del Trueno parecería débil. Sin embargo, era poco probable que aquellos jóvenes iniciaran un ataque. Eso sólo podría suceder si el Clan de la Sombra comenzara a creer de nuevo en el Clan Estelar. El joven guerrero suspiró. Todo los empujaba hacia la señal falsa...

—¿Glayino? —llamó Carrasca de nuevo.

—¡Vale, vale! —Glayino sonó irritado—. Te he oído la primera vez. Iré en cuanto pueda.

Carrasca guió al grupo hasta el espacio que había detrás de la guarida de los guerreros. Estaba resguardado del viento, pero parecía aún más estrecho con los tres aprendices allí.

—Os resultará más fácil si os laváis unos a otros —les aconsejó la joven guerrera—. Quitaos del pelo todos los palitos y los abrojos, y luego ya podéis lavaros bien de arriba abajo.

—Esto es un engorro —suspiró Canelita, tirando de un nudo rebelde en el pelo de Zarpa de Tigre—. Ojalá volviéramos a pisar las blandas agujas de los pinos.

—Con un poco de suerte, así será —les prometió Leonado.

—¿Qué quieres decir? —le preguntó Roso.

—Esperad a que llegue Glayino —maulló Carrasca.

—Ya estoy aquí. —Glayino apareció por el borde de la guarida de los guerreros—. Por el gran Clan Estelar, esto está más abarrotado que nunca —añadió, abriéndose paso hasta Leonado y retorciéndose hasta conseguir algo de espacio.

—Leonado dice que pronto estaremos de vuelta en nuestro territorio. —Canelita temblaba de curiosidad—. Pero yo no veo cómo podría ocurrir algo así.

—Hemos tenido una idea —empezó Glayino—, aunque no tenemos mucho tiempo. Cuanto más tiempo pase Solo en el Clan de la Sombra, más difícil será deshacerse de él.

—Nadie puede deshacerse de él —replicó Roso, descorazonado.

Glayino tensó los músculos.

—Nosotros sí. Vamos a crear una señal del Clan Estelar para convencer al Clan de la Sombra de que Solo los está mintiendo. Después, Estrella Negra... quiero decir, Patas Negras... lo echará a patadas enseguida.

Los tres hermanos se quedaron mirando a Glayino desconcertados. Al cabo de unos segundos, Roso susurró:

—¿Eso no enfurecerá al Clan Estelar?

—Lo dudo mucho. —Glayino agitó las orejas—. Ha sido el propio Clan Estelar quien me ha pedido ayuda. No pueden poner objeciones a mi manera de ayudarlos.

Los tres aprendices abrieron los ojos de par en par.

—¡Uau! —exclamó Canelita con voz estrangulada.

—Queremos saber cuál es el mejor sitio para crear la señal —les explicó Leonado—. Y tenemos que conseguir que Patas Negras y Cirro la vean, para que se convenzan de que el Clan Estelar sigue velando por ellos.

—Y no olvidéis que, a estas alturas, vuestro clan ya sabrá que os habéis marchado —les recordó Carrasca—. Cualquier idea que nos planteemos, deberá tener eso en cuenta.

—Ya entiendo —maulló Zarpa de Tigre—. Lo mejor sería mandarla desde algún lugar cercano a la frontera, para que no tengáis que internaros demasiado en nuestro territorio.

—¿Qué tal la zona cenagosa cerca del límite? —propuso Canelita—. Por allí no van muchos gatos. No queremos que nos interrumpan, ¿no?

—No. Yo creo que sería mejor junto al lago —la interrumpió Zarpa de Tigre—. Un gato del Clan Estelar podría salir del agua y...

—Genial —rezongó Glayino—. ¿Y cómo sugieres que hagamos eso?

—¿Y cómo conseguimos que Patas Negras y Cirro vean la señal? —preguntó Canelita.

—Podríamos decirles que hemos visto a unos gatos cruzando la frontera... —propuso Roso.

—O a un zorro —maulló Zarpa de Tigre—. Podríamos dejar un rastro de olor a zorro.

—¿Cómo? —Canelita erizó el pelo del cuello—. Tienes el cerebro de un ratón, ¿o qué? ¿Acaso vas a pedirle educadamente a un zorro que...?

—Podríamos usar sus cagarrutas —aportó Roso.

Canelita frunció la boca con asco.

—Podrías tú. Yo no pienso ni acercarme a ninguna cagarruta de zorro, muchas gracias. —Y luego, con un brillo malicioso en los ojos, añadió—: ¿Por qué no les damos semillas de adormidera y luego los llevamos hasta allí?

—¡De eso nada! —protestó Zarpa de Tigre—. Patas Negras es un gato enorme. No voy a llevarlo a rastras por la mitad del territorio.

—Cerca del roble del arroyo crecen algunas hierbas curativas —apuntó Roso—. Seguro que si se lo decimos a Cirro, irá a buscarlas... —El aprendiz enroscó la cola, divertido—. Luego podríamos bombardearlo con bellotas. Él creería que vienen del Clan Estelar.

—¡Eso es ridículo! —exclamó Canelita saltando sobre su hermano, y los dos rodaron por el suelo.

En aquel espacio tan estrecho, una de las patas traseras de Roso se clavó en la barriga de Carrasca.

—¡Cuidado! —gruñó la joven guerrera.

Cuando los dos aprendices se incorporaron, continuó más tranquila:

—No os lo estáis tomando en serio. Esto no es un juego. Se trata de preservar el código guerrero. ¿Queréis que vuestro clan se desintegre y acabe siendo una colección de gatos descarriados? Porque eso es lo que sucederá si no logramos que vuelvan a creer en el Clan Estelar.

Ya más serios, con los ojos dilatados por la inquietud, los tres aprendices intercambiaron miradas incómodas.

—Lo sentimos... —masculló Zarpa de Tigre.

—Bueno, ¿y qué os parece la zona pantanosa? —preguntó Canelita, retomando su primera idea—. No habrá muchos gatos cerca de allí, sobre todo después de esta lluvia, así que no nos molestaría nadie mientras estuviéramos preparando la señal. Y Solo nunca se adentra en esa zona; no quiere que se le mojen las patas.

—Suena bastante bien —maulló Leonado—. ¿Qué pensáis? —les preguntó a sus hermanos.

Carrasca asintió, y Glayino murmuró:

—Vale la pena comprobarlo.

—Pero ¿cuál será la señal? —quiso saber Roso, impaciente.

—Lo decidiremos al llegar allí —respondió Glayino—. Será mejor que nos vayamos enseguida.

Leonado asomó la cabeza por el agujero. Una luz solar acuosa brillaba a través de las nubes. Delante de la guarida de los guerreros, Acedera y Fronde Dorado compartían lenguas, con Esquiruela dormitando bajo la luz del sol a poca distancia. Los cuatro cachorros sanos jugaban en la entrada de la maternidad, vigilados por Dalia y Fronda. Aparte de eso, todo estaba tranquilo. Leonado supuso que la mayoría de los gatos debían de estar durmiendo en sus guaridas, recuperando fuerzas para la siguiente patrulla o enfermos.

—Todo despejado —informó—. Vámonos.

—Pero tengo hambre... —se quejó Roso—. ¿No podemos comer primero?

—Apenas hay comida suficiente para el Clan del Trueno —gruñó Glayino.

Al ver la expresión de culpabilidad de los aprendices, Leonado posó la cola en el lomo de su hermano.

—No es culpa suya —murmuró, y luego miró a Roso—: Ahora no tenemos tiempo de comer, pero intentaremos cazar algo en el camino de regreso... —Y al ver el espanto que reflejaron los ojos verdes de Carrasca, añadió—: Vale, ya lo sé, primero hay que alimentar al clan. Pero crear una señal del Clan Estelar tampoco forma parte exactamente del código guerrero, ¿verdad? Además, no somos una patrulla de caza. Yo creo que nuestro territorio puede prescindir de unos pocos ratones.

Carrasca no respondió, tan sólo sacudió la cola.

—Iré a decirle a Hojarasca Acuática que salgo a recolectar hierbas —maulló Glayino—. Vamos escasos de casi todo, y puedo traer algo de regreso.

Dicho eso, salió del escondrijo y cruzó la cortina de zarzas de la guarida de la curandera.

Leonado esperó a que su hermano apareciera de nuevo, y luego se puso en cabeza para salir del campamento e internarse en el bosque mojado.

8

A Canelita le temblaba hasta el último pelo.

—¡Esto es como si te enviaran a una misión guerrera de verdad!

Carrasca la entendió a la perfección; recordaba muy bien qué sentía cuando era aprendiza y estaba haciendo algo para ayudar a su clan.

—¿Creéis que nos nombrarán guerreros cuando todo esto termine? —preguntó Zarpa de Tigre—. ¿Por haber salvado a nuestro clan?

—No —respondió Carrasca con delicadeza—. No olvidéis que nadie debe saber lo que estamos haciendo. Además, sois demasiado jóvenes para convertiros en guerreros. Todavía tenéis mucho que aprender.

Los seis gatos se dirigieron hacia el extremo más alejado del territorio del Clan del Trueno, siguiendo la misma ruta que habían tomado Carrasca y sus hermanos cuando fueron en busca de Solo. A lo largo de la frontera, las marcas olorosas del Clan de la Sombra eran muy débiles, y tampoco había rastro alguno de gatos de los dos clanes vecinos. Sólo se oía el goteo del agua que caía de las hojas y el susurro de los helechos y la hierba mientras los gatos avanzaban entre ellos.

Los tres aprendices saltaban de emoción, internándose en la vegetación a la carrera o dándose golpes entre ellos, peleándose en broma.

—¡Ya basta! —les ordenó Leonado, encarándose a Roso y empujándolo hacia delante—. ¿Creéis que los guerreros se persiguen unos a otros de esa manera?

Los jóvenes del Clan de la Sombra se tranquilizaron y continuaron adelante en silencio, pero Carrasca notó que se morían de ganas de jugar. Se comportaban como si Patas Negras ya hubiese visto la señal y hubiera decidido que su clan iba a confiar de nuevo en el Clan Estelar y a respetar el código guerrero.

«Pero eso no va a ser tan fácil», se dijo Carrasca. Se le revolvió el estómago al pensar qué pasaría si fracasaban. Sólo tendrían una oportunidad. Si Patas Negras se daba cuenta de que lo estaban engañando, se volvería el doble de receloso después de eso. El Clan de la Sombra estaría perdido para siempre. Aún peor: Patas Negras podría decidir invadir el territorio del Clan del Trueno, como castigo por inmiscuirse en asuntos que no eran suyos.

«¿Y si mueren gatos por lo que vamos a hacer?», se preguntó la joven guerrera.

—Glayino, ¿has decidido qué...?

Su hermano agitó las orejas, irritado.

—No puedo decidir nada hasta que lleguemos. Ahora mantén la boca cerrada y déjame pensar.

—Deberíamos cruzar la frontera por aquí... —anunció Zarpa de Tigre, deteniéndose para mirar a su alrededor—. La zona cenagosa está a sólo unos pocos zorros de distancia.

Aunque apenas podía captar las marcas olorosas del Clan de la Sombra, Carrasca se sintió culpable al traspasar los límites del territorio del clan rival.

«No sé por qué. Si a ellos les importaran sus fronteras, las marcarían. El código guerrero les tiene completamente sin cuidado —pensó, aunque luego se respondió a sí misma—: Pero a nosotros no. Entrar en el territorio de otro clan está mal.»

Zarpa de Tigre los guió entre unos árboles rodeados de zarzas que se les engancharon en el pelo, y luego hasta un espacio mucho más despejado.

—Ya hemos llegado.

El agua rodeaba las patas de Carrasca, que escudriñó la ciénaga que tenían delante. Alrededor de las charcas, cubiertas de espigas de agua de color verde vivo, crecían grupos de cañas de largo tallo. Entre ellas había matas de hierba quebradiza y juncos, y unos cuantos arbolillos larguiruchos que habían echado raíces en el agua. Olía a agua estancada, y reinaba un profundo silencio.

—¿Qué veis? —quiso saber Glayino cuando se detuvieron.

—Suelo pantanoso y agua —respondió Leonado.

—¿Algún tipo de escondrijo?

—Sí, cañas y hierba alta. Y unos pocos árboles.

—¿Cómo son los árboles? ¿Son muy grandes? —Glayino empezó a sonar emocionado—. ¿Cómo son sus raíces?

—Son pequeños —contestó Carrasca, preguntándose qué le estaría pasando por la cabeza a su hermano—. Parece que las raíces se extienden bastante, pero son poco profundas, al menos hasta donde alcanzo a ver.

Glayino no dijo nada y se quedó inmóvil, aunque sus bigotes temblaban levemente.

—Yo no veo qué podemos hacer aquí —maulló Carrasca nerviosa, preguntándose si deberían haber escogido otro lugar—. No hay nada que...

—Cierra el pico, que estoy pensando —le soltó Glayino.

Carrasca intercambió una mirada con Leonado.

—Déjalo tranquilo —le susurró Leonado a su hermana—. Si alguien puede resolver esto, es él.

La joven guerrera esperaba que Leonado tuviera razón. Intentando contener su impaciencia, miró a los tres aprendices, que estaban acechando alrededor del borde de la ciénaga en busca de presas.

—¡Aquí no hay nada más que moscas de charca! —exclamó Canelita, indignada.

Glayino rompió su silencio por fin:

—Los árboles... ¿Alguno parece fácil de derribar?

«¿Qué? ¿Es que ha perdido la chaveta por completo?» Carrasca flexionó las garras, obligándose a no hablar.

—Lo comprobaré —maulló Leonado—. Puede que algunos sí.

Leonado se metió en la charca, con el agua rozándole la barriga y las espigas pegándosele al pelaje dorado. Los tres aprendices dejaron de buscar presas para observarlo, y Carrasca esperó impaciente mientras su hermano daba vueltas alrededor de varios de los arbolillos, olfateando los troncos. Poco después, regresó chapoteando.

—Creo que podríamos hacerlo —informó—. He notado algunas raíces debajo de las zarpas, así que me parece que podríamos desenterrarlas.

—Pero ¿para qué vamos a hacer eso? —Carrasca se contuvo para no gimotear como una cachorrita frustrada.

Los ojos ciegos de Glayino centellearon.

—Vamos a hacer que parezca que el territorio del Clan de la Sombra está derrumbándose.

A Carrasca le latió el corazón con más fuerza. Sólo a Glayino se le habría ocurrido hacer que unos árboles derribados fueran el mensaje del Clan Estelar. Si funcionaba, debería bastar para convencer a Patas Negras de que hacer caso a Solo era un error.

Siguiendo las indicaciones de Glayino, Carrasca y Leonado escogieron dos arbolillos que no estuvieran muy lejos el uno del otro.

—Quiero que se mantengan de pie, pero que queden listos para caer. Y cuando yo dé la orden, quiero que caigan el uno hacia el otro, de modo que las ramas de ambos se queden enganchadas —explicó el aprendiz de curandero—. Vale, empezad a cavar.

Carrasca vadeó la charca, haciendo una mueca cuando el agua helada y el barro le empaparon el pelo. Canelita la ayudó con uno de los árboles, mientras Leonado y Zarpa de Tigre se encargaban del otro.

Como había dicho su hermano, Carrasca notó enseguida las raíces del árbol bajo las zarpas. Las arañó vigorosamente, intentando desenterrarlas del barro. Al principio le pareció que no podría moverlas.

—¡Esto es imposible! —resolló Canelita.

Tenía la barriga hundida en el espeso lodo, que le había salpicado la cabeza y los omoplatos.

—Jamás lo conseguiremos.

—Sí, claro que sí —gruñó Carrasca, clavando las garras con más fuerza todavía—. ¡Tenemos que lograrlo!

Al ceder la raíz de la que estaba tirando, la guerrera se tambaleó y se salvó por los pelos de hundirse en el agua embarrada. Estaba tan excitada que le ardía la piel, y empezó a rebuscar a su alrededor otra raíz que desenterrar.

A unos pocos zorros de distancia, Leonado forcejeaba con el segundo árbol. Zarpa de Tigre se afanaba a su lado, pero Roso se mantenía al margen, mirándolos con inquietud.

—¿Y a ti qué te pasa? —le espetó Zarpa de Tigre, sacudiéndose barro de las orejas—. ¡Ven a ayudarnos!

—Es que no sé... —maulló Roso, vacilante—. No estoy seguro de que esté bien crear una señal falsa del Clan Estelar.

Canelita lo miró por encima del hombro.

—Ya hemos hablado del tema —bufó exasperada—. Y hemos acordado que intentaríamos lo que fuera necesario. Esto podría surtir efecto, y nos permitiría regresar a nuestro clan.

Roso dudó, y luego respiró hondo.

—De acuerdo.

Y se metió en el barro junto a Leonado y su hermano.

Carrasca no conseguía mover la raíz con la que estaba peleándose por mucho que le clavara las garras. Con un gruñido de desesperación, tomó una bocanada de aire y luego se sumergió en el agua fangosa para morder la tozuda raíz. El barro le llenaba la boca, pero la guerrera siguió forcejeando con ímpetu. Le dolía el pecho, pero cuando ya estaba a punto de sacar la cabeza para respirar, la raíz se partió.

La joven gata salió a la superficie tosiendo y escupiendo lodo. Lo tenía pegado por todo el cuerpo y en la boca notaba un sabor asqueroso, pero no le importaba. Una llamarada de triunfo le recorrió el cuerpo de las orejas a la punta de la cola: «¡Estoy dispuesta a hacer cualquier cosa para salvar al Clan de la Sombra!»

—¡Creo que ya lo tenemos! —exclamó Canelita—. El tronco parece inestable.

Carrasca le dio un empujón al arbolillo para probar. El tronco se ladeó, y por debajo del barro se oyó un sonido como de succión.

—¡Alto! —ordenó Glayino.

Estaba olfateando el árbol de Leonado, y corrió chapoteando para examinar el de su hermana. Lo tocó con una pata, y el tronco se bamboleó. Carrasca observó el vaivén del arbolillo una vez más.

—Ya está —maulló el aprendiz de curandero—. Ya podéis parar.

—¡Gracias al Clan Estelar! —suspiró Canelita.

Glayino regresó junto a Leonado, mientras Carrasca y la aprendiza se dirigían a la orilla más cercana para poder sacudirse de encima algo de barro.

—¡Pensaba que iba a convertirme en rana! —Canelita se dio un par de lametones en el pecho—. ¡Puaj! Tardaré lunas en quitarme esta cosa del pelo.

Leonado y los otros dos aprendices seguían peleándose con su árbol. Carrasca flexionó las garras con impaciencia. Unos rayos de sol débiles se colaban oblicuamente en el bosque. Si no lograban desenterrar las raíces de los árboles antes de que cayera la noche, el plan de Glayino fracasaría. Parecieron pasar varios amaneceres antes de que el aprendiz de curandero anunciara:

—Con eso es suficiente.

—Ahora, uno de nosotros tiene que ir a por Patas Negras y Cirro —maulló Leonado, subiendo a un lugar seco.

—Iré yo —se ofreció de inmediato Zarpa de Tigre.

—No, yo —protestó Canelita.

—Yo soy el más indicado para hablar con Cirro —señaló Roso.

—Pero yo soy el más fuerte —replicó Zarpa de Tigre—. Y el que lucha mejor. Si me atacan, tengo más probabilidades de salir con vida.

Leonado asintió.

—Pero necesitas un guerrero de apoyo. Yo...

—Yo iré con él —lo interrumpió Carrasca.

No hubiera soportado quedarse allí esperando, preguntándose qué estaba ocurriendo mientras otro se internaba en lo más profundo del territorio del Clan de la Sombra en busca de Patas Negras.

—Sabes que soy la mejor siguiendo rastros y ocultándome. Tengo las patas ligeras y el pelo negro.

—Bueno, ahora tienes el pelo del color del barro... —la corrigió Canelita, con un brillo risueño en los ojos.

—Vale, sí. Pero el barro hará que mi olor pase desapercibido. —Carrasca se levantó de un salto—. En marcha, Zarpa de Tigre.

El aprendiz del Clan de la Sombra se puso en cabeza, bordeando la ciénaga para internarse en su territorio.

—Yo iré unos pocos pasos por detrás de ti —murmuró Carrasca—. No esperes verme, a menos que haya problemas.

Zarpa de Tigre asintió.

—Primero voy a probar con Cirro. Si él me escucha, me ayudará a convencer a Patas Negras.

—De acuerdo. Buena suerte.

Carrasca se quedó a unas pocas colas de distancia, siempre con el aprendiz a la vista mientras ella atravesaba la vegetación hacia el campamento del Clan de la Sombra. Iba con las orejas plantadas por si captaba sonidos de otros gatos, y se detenía de vez en cuando para saborear el aire. El silencio del bosque le ponía el pelo de punta. A esas alturas, y en condiciones normales, ya deberían haber visto a alguna patrulla, pero los rastros olorosos del Clan de la Sombra eran erráticos y estaban dispersos, como si los gatos cazaran solos. Únicamente entrevió un pelaje atigrado, pero estaba tan lejos que no tuvo forma de saber de quién se trataba.

«Los guerreros no deberían vivir así», pensó la joven.

Zarpa de Tigre se dirigió hacia el arroyo y lo cruzó ágilmente por los pasaderos. Carrasca lo siguió, más cautelosa que nunca, ahora que los árboles que también crecían en el territorio del Clan del Trueno empezaban a verse sustituidos por los pinos, sin apenas arbustos a su alrededor. Sus pisadas no producían ningún sonido sobre la blanda alfombra de pinaza.

Por fin comenzó a captar una mezcla de olor a hierbas. Zarpa de Tigre ascendió por una loma a toda prisa y se detuvo en lo alto. Sin mirar atrás, levantó la cola para indicarle vía libre a Carrasca y desapareció por el otro lado.

La guerrera ascendió despacio tras él, y luego trepó hasta un árbol que crecía casi en la cima de la loma y se agazapó en una rama desde la que podría ver qué ocurría. El suelo descendía hasta una hondonada poco profunda, densamente cubierta de arbustos de brillantes hojas verdes. Cirro, el curandero del Clan de la Sombra, estaba cerca del fondo, cortando unos tallos y dejándolos cuidadosamente a un lado.

—¡Cirro! —Zarpa de Tigre corrió hacia él.

El pequeño atigrado pegó un salto, erizando el pelo del cuello por la sorpresa.

—¡Zarpa de Tigre! ¿Te encuentras bien? ¿Y Trigueña y tus hermanos?

—Sí, estamos todos bien, gracias. —El aprendiz se detuvo delante de él e inclinó la cabeza—. Cirro, necesito pedirte una cosa.

El curandero cortó un ramillete más de hojas y las dejó con las otras.

—Tú dirás —maulló al final.

—Roso y Canelita están en la frontera —empezó Zarpa de Tigre—. Los tres queremos regresar al Clan de la Sombra, pero... nos da miedo tener problemas con Patas Negras.

—De acuerdo —asintió Cirro.

—¿Tú nos ayudarías? Por favor...

—¿Qué opina Trigueña de esto?

—Trigueña no sabe que estamos aquí. Si Patas Negras nos acepta de nuevo, se lo contaremos. Aunque ella quizá no desee volver. Está muy disgustada con eso de que el Clan de la Sombra ya no siga el código guerrero...

Cirro soltó un suspiro profundo.

—Ella no es la única.

Carrasca se puso tensa y clavó las garras en la áspera corteza del árbol. ¿Y si a Zarpa de Tigre se le ocurría desvelarle el plan a Cirro? Eso lo estropearía todo... Pero el aprendiz no dijo nada al respecto. En lugar de eso, se limitó a insistir:

—Por favor, ayúdanos.

—Por supuesto que voy a ayudaros —ronroneó Cirro—. Espera aquí. No estoy seguro de que Patas Negras vaya a escucharme, pero haré todo lo que pueda para convencerlo.

Dicho eso, el curandero recogió el montón de hojas, dio media vuelta, y se dirigió hacia el extremo opuesto de la hondonada.

—¡No le cuentes nada de esto a Solo! —exclamó Zarpa de Tigre.

Cirro miró por encima del hombro para asentir con la cabeza, y luego desapareció entre los pinos.

Zarpa de Tigre miró hacia el árbol de Carrasca, moviendo la cola entusiasmado.

«¡Gracias, Clan Estelar! —pensó la joven guerrera—. ¡El plan está funcionando!»

9

Leonado y Glayino estaban sentados con los dos aprendices del Clan de la Sombra en una mata de hierba puntiaguda. Canelita no dejaba de retorcerse y de alzar la cabeza para ver por encima de los tallos.

—¡Por el Clan Estelar, estate quieta! —rezongó Glayino—. Y agacha la cabeza.

—La hierba se me clava por todas partes —se quejó la aprendiza—. Y quiero ver si viene alguien.

Leonado le apoyó la cola en el lomo.

—Captaremos sus pisadas y su olor antes de verlos —le recordó—. No te muevas o nos delatarás.

Canelita se tumbó, aunque Leonado notó el temblor de emoción que la recorría de arriba abajo cuando ella se pegó a su costado. El joven guerrero también estaba inquieto, pero intentaba disimularlo. «¿Por qué tardan tanto?», se preguntó. El sol iba descendiendo poco a poco, y era improbable que Patas Negras acudiera una vez que cayese la noche... Si es que acababa acudiendo, claro.

De repente, Leonado oyó un susurro leve al otro extremo de la ciénaga. Plantó las orejas y abrió la boca para saborear el aire. «¡Huele al Clan de la Sombra!»

—Id a los árboles —susurró Glayino.

Leonado estaba ya a punto de dirigirse sigilosamente hacia su escondite cuando, de pronto, Roso bufó:

—¡Esperad! ¡Ése no es Patas Negras!

El joven guerrero se quedó de piedra. Las ramas más bajas de un arbusto del otro lado de las charcas se agitaban arriba y abajo; luego apareció un gato marrón oscuro, olfateando el aire con desconfianza.

Canelita clavó las garras en el suelo.

—¡Sapero!

—¡Cagarrutas de ratón! —exclamó Glayino.

A Roso se le dilataron los ojos por la angustia.

—¿Qué hacemos ahora?

Durante unos instantes, Leonado se sintió tan impotente como una presa bajo las zarpas de un guerrero. Se imaginó que Sapero estaba siguiendo el rastro que habían dejado Carrasca y Zarpa de Tigre. ¿Qué iban a hacer si Patas Negras aparecía justo entonces? Luego se reprendió a sí mismo: ¡no era momento de dejarse llevar por el pánico!

—Roso —maulló, haciéndole una señal con las orejas—. Bordea en silencio la ciénaga por ese lado, y asegúrate de que Sapero no te ve. Yo iré por aquí. Cuando salte sobre él, ven a ayudarme.

El aprendiz asintió con un gesto tenso, se agazapó todo lo que pudo, y se alejó hacia la orilla con la barriga pegada al suelo. Leonado rodeó la ciénaga por el otro lado y se ocultó en una mata de helechos, a un par de colas de Sapero.

El guerrero del Clan de la Sombra avanzaba lentamente, con un brillo agresivo en los ojos y un gruñido quedo en la garganta.

—Sé que estás ahí —maulló—. ¡Sal!

—¡Ahora! —aulló Leonado.

Saltó desde la mata de helechos y derribó a Sapero, que se quedó atónito. En ese mismo instante, Roso cruzó a la carrera el suelo embarrado y se abalanzó sobre su compañero de clan. Leonado inmovilizó a Sapero poniéndole las dos patas delanteras en la barriga.

Sapero lo golpeó con sus potentes patas traseras y, lanzando manotazos a ciegas, alcanzó a Roso en el cuello y el bíceps, pero el aprendiz aguantó el ataque y se tumbó sobre él.

—¡Llevémoslo a cubierto! —ordenó Leonado.

Él y Roso arrastraron al guerrero del Clan de la Sombra, que no paraba de debatirse, hasta que consiguieron llevarlo detrás de una mata de helechos. Sapero le propinó un golpe fuerte a Leonado en el costado, pero no logró liberarse. Sus alaridos de rabia dejaron de oírse cuando Roso le aplastó la cabeza contra el suelo y le puso una pata en la boca.

En cuanto Sapero se quedó callado e inmóvil, Leonado oyó que entre los árboles se acercaban más gatos. Resollando, levantó la cabeza. A través de las frondas vio a Zarpa de Tigre con Cirro, seguidos a una cola de distancia por Patas Negras.

El líder del Clan de la Sombra se detuvo a escudriñar recelosamente la ciénaga.

—He oído algo —gruñó.

—Algún gato cazando, quizá —se apresuró a mentir Zarpa de Tigre—. Por aquí, Patas Negras. Roso y Canelita están esperando junto a la frontera.

Al oír la voz de su líder, Sapero se impulsó en un nuevo intento de escapar, pero Leonado volvió a empujarlo hacia abajo.

—Guarda silencio si quieres salvar a tu clan —le bufó, poniéndole una zarpa en el cuello.

Sapero lo fulminó con la mirada, pero no logró moverse.

Mientras Leonado y Roso forcejeaban con Sapero, Glayino y Canelita se habían internado en la ciénaga para ocupar sus puestos junto a los arbolillos. Casi cubiertos de lodo, resultaban prácticamente invisibles para cualquiera que no estuviera buscándolos.

Las finas ramas temblaban como si los árboles fueran a caer en cualquier momento. Zarpa de Tigre guió a Cirro y a Patas Negras como si se dirigieran a bordear la ciénaga. Entonces Leonado distinguió a Carrasca —estaba detrás de un arbusto de aulaga y se metió en el barro para ayudar a Canelita—, y sintió que le palpitaba el pecho. «¡Ahora, ahora», pensó.

Glayino levantó la cola y golpeó con ella el lodo, y entonces empujó el tronco de su árbol con las patas. Carrasca y Canelita hicieron lo mismo con el suyo. Poco a poco, los arbolillos se ladearon. Se oyó un sonido de succión, y en la superficie de la ciénaga estallaron decenas de burbujas marrones.

Patas Negras soltó un aullido de alarma, pero era demasiado tarde para huir. Los árboles se derrumbaron, y sus ramas se engancharon entre sí al caer, mientras las raíces brotaban del fango y se sacudían en el aire como colas gigantescas. Al mirar entre los helechos, Leonado vio que Zarpa de Tigre se metía entre las ramas y se refugiaba debajo de uno de los troncos. También vio que Patas Negras arañaba en vano la maraña de ramas; le preocupaba que Cirro estuviera herido, pero entonces oyó la voz del curandero.

—¿Patas Negras? ¿Te encuentras bien?

—No. Siento como si me hubieran arrancado la piel —gruñó el líder del Clan de la Sombra—. ¿Qué ha pasado? ¿Dónde está Zarpa de Tigre?

—No lo veo. ¡Zarpa de Tigre!

Glayino se arrastró por el barro y se situó entre las raíces del árbol más cercano, fuera de la vista de los gatos que habían quedado atrapados.

—Zarpa de Tigre ha desaparecido... —susurró, lo bastante alto para que lo oyeran los gatos del Clan de la Sombra.

—¿Qué? ¿Quién habla? —quiso saber Patas Negras.

—Soy uno de los espíritus de los que has renegado. No sólo será Zarpa de Tigre: se perderán más gatos si sigues rechazando a tus antepasados guerreros... —El susurro de Glayino se volvió más intenso—: El bosque se derrumbará...

—¿Qué quieres decir?

Desde donde estaba, Leonado podía distinguir el rostro de Patas Negras, que mostraba los colmillos y gruñía. A su lado, Cirro se asomaba entre las ramas estirando el cuello, con los ojos desorbitados por el temor.

—¡Nos está hablando un guerrero del Clan Estelar! —maulló.

Sapero comenzó a revolverse de nuevo. Leonado se agazapó encima de él, mientras Roso, que seguía tumbado sobre el cuello y los hombros del guerrero, le ponía una pata en la boca. Inmovilizando a Sapero con su propio cuerpo, que continuaba retorciéndose, Leonado volvió a asomar la cabeza desde su escondrijo.

Patas Negras arañaba furiosamente las ramas.

—¡Tonterías supersticiosas! —bufó.

Aunque Leonado pudo notar cierta vacilación en su voz.

—Debemos escucharlo —replicó Cirro—. El Clan Estelar tiene un mensaje para nosotros. ¿Y si se han llevado a Zarpa de Tigre y no volvemos a verlo?

Patas Negras soltó un resoplido desdeñoso.

—Si quien habla es un guerrero del Clan Estelar, que se muestre ante nosotros.

A Leonado se le encogió el estómago. Glayino no era un guerrero con estrellas en el pelo, sino un aprendiz atigrado, más pequeño de lo normal y cubierto de barro. Si Patas Negras no iba a creer sus palabras sin verlo, entonces el plan fracasaría.

—El bosque se derrumbará... —repitió Glayino.

Leonado apenas podía distinguirlo, agachado como estaba entre las raíces, con los músculos tensos y las uñas clavadas en la corteza.

—Los árboles morirán... Tus guerreros se dispersarán, y cuando fallezcan, no hallarán un lugar entre las estrellas.

«Esto no funciona...», pensó Leonado, perdiendo toda esperanza. Patas Negras seguía sin querer escuchar; sólo se esforzaba más y más por abrirse camino entre las ramas para salir de allí.

—¡Muéstrate ante nosotros! —repitió con un gruñido.

—El bosque se derrumbará... —Ahora la voz de Glayino parecía tener eco, como si se le hubiera unido otra voz—. El bosque se derrumbará... —Y una tercera, que se entrelazó a las otras dos.

A Leonado le pareció ver un resplandor en la superficie de la ciénaga. Parpadeó, y luego se le pusieron de punta todos los pelos del cuerpo. Había dos gatos flotando sobre el barro: un gran atigrado con una oreja desgarrada y otro más pequeño de color blanco y gris. Sus zarpas lanzaban destellos de escarcha, y la luz de las estrellas se reflejaba en sus ojos.

—¡Estrella Mellada! ¡Nariz Inquieta! —exclamó Cirro desde las ramas de los árboles caídos.

Patas Negras dejó de arañar frenéticamente y se quedó mirándolos, boquiabierto.

—El tiempo de Solo en el Clan de la Sombra debe llegar a su fin —ordenó Estrella Mellada, con los ojos clavados en los de Patas Negras—. Él es como la oscuridad que cubrió el sol.

—Parece que se ha hecho con el control de vuestro clan —añadió Nariz Inquieta—, pero pasará y será olvidado en la claridad que se aproxima. Una claridad que brillará en el Clan de la Sombra durante incontables lunas.

—Yo os... os escucho —balbució Patas Negras—. Haré lo que decís.

Cirro inclinó la cabeza todo lo respetuosamente que pudo, con el pelaje lleno de trocitos de rama.

—El Clan de la Sombra volverá a escuchar a sus antepasados guerreros —prometió—. ¿Qué habéis hecho con nuestro aprendiz?

—Está a salvo —respondió Estrella Mellada.

Los guerreros del Clan Estelar deslizaron la mirada por Carrasca, Glayino y Leonado, que se obligó a no encogerse. ¿Estarían aquellos gatos estelares enfadados con ellos tres por lo que habían hecho?

Los miembros del Clan Estelar no dijeron nada; tan sólo inclinaron la cabeza con un gesto muy digno. Sus relucientes formas comenzaron a desvanecerse hasta que no fueron más que volutas de luz estelar suspendidas por encima de la ciénaga. Se habían ido. Sólo entonces, Leonado se dio cuenta de que había estado conteniendo la respiración.

Patas Negras consiguió salir de entre las ramas que lo habían aprisionado, y Cirro lo siguió a través del agujero que había excavado su líder. Los dos se dirigieron, renqueantes, a la orilla que rodeaba la ciénaga. Tenían pegotes de barro en el pelo, con trocitos de ramas y hojas, y Patas Negras sangraba por una oreja.

—¡El Clan Estelar no nos ha abandonado! —exclamó Cirro, con voz temblorosa pero extasiada.

Patas Negras negó con la cabeza.

—Nos han hablado... —susurró—. Tenías razón, Cirro. No podemos darles la espalda a los espíritus de nuestros antepasados guerreros, no cuando ellos todavía velan por nosotros.

—¿Qué vas a hacer ahora? —le preguntó Cirro.

—Para empezar, librarme de Solo. —Patas Negras flexionó las garras hasta hundirlas en el suelo blando—. No puedo creer que haya sido capaz de escuchar a ese embustero sarnoso. ¡Me dijo que al Clan Estelar no le importaba lo que nos pasase! Pero nuestros antepasados guerreros nos han traído hasta aquí y han derribado esos árboles para obligarnos a escucharlos. Me aseguraré de que Solo no vuelva a embaucar a ningún otro gato del Clan de la Sombra. ¿Crees que será demasiado tarde para ellos? —añadió angustiado.

—Sé que no —lo tranquilizó el curandero, tocándole el omoplato con la punta de la cola—. El código guerrero vive en el interior de todos los gatos nacidos en el Clan de la Sombra. Un único gato no puede apagar esa llama.

—Entonces, regresemos —maulló Patas Negras, dirigiéndose hacia su campamento.

Cirro vaciló.

—Zarpa de Tigre, ¿estás ahí?

Leonado vio que el aprendiz salía de su escondrijo, debajo del tronco, y que chapoteaba por el barro en dirección a sus compañeros de clan.

—¿Te encuentras bien? —le preguntó Cirro—. ¿Has visto lo que ha pasado?

—Sí... —Sus ojos ámbar resplandecían—. ¡Nunca imaginé que vería a auténticos guerreros del Clan Estelar!

«Yo tampoco», pensó Leonado.

Zarpa de Tigre inclinó la cabeza ante Patas Negras.

—¿Ahora podemos volver con el Clan de la Sombra?

El líder asintió.

—Por supuesto. El Clan de la Sombra os necesita.

El aprendiz se cuadró, muy orgulloso.

—Entonces iré en busca de Canelita y Roso.

—Regresad al campamento lo antes posible —le ordenó Patas Negras. Y ondeando la cola, le dijo a Cirro—: Vámonos. Estoy deseando contarle a nuestro clan que puede volver a confiar en sus antepasados guerreros.

—Sé que todos se alegrarán de oírlo, Patas Negras —maulló el curandero.

El enorme gato blanco se irguió al máximo, tensando los músculos bajo la piel.

—Estrella Negra —lo corrigió—. Mi nombre es Estrella Negra.

Alzando la cola, el líder del Clan de la Sombra se internó en el bosque seguido de su curandero.

Desde el momento en que los guerreros del Clan Estelar empezaron a hablar, Sapero se había quedado quieto como una piedra bajo las patas de Leonado. Cuando Leonado y Roso lo dejaron levantarse, él se quedó mirando la ciénaga como si no pudiera creer lo que había ocurrido.

—¿De verdad eran gatos del Clan Estelar? —susurró.

—Sí —respondió Roso con solemnidad—. Nuestros antepasados guerreros siguen cuidando de nosotros. Quieren que el código guerrero sea preservado.

Sapero parpadeó, todavía conmocionado.

—¿Qué vas a hacer ahora? —le preguntó Leonado.

Si Estrella Negra se enteraba de lo que habían hecho, ¿seguiría queriendo que su clan confiara en sus antepasados guerreros?

Los ojos de Sapero iban de Leonado a Roso, mientras se le formaba un gruñido en la garganta.

—¡Habéis mandado una señal falsa!

—Sólo al principio. —Roso se encaró a su compañero de clan—. Hemos derribado los árboles y hemos traído a Estrella Negra hasta aquí, pero no tenemos nada que ver con la aparición de los gatos del Clan Estelar. Han venido por decisión propia, y eso sí que ha sido una señal verdadera.

Sapero se sacudió unos trocitos de helecho de su pelaje marrón oscuro. Sus ojos reflejaban indecisión.

—Tenéis suerte de que hayan aparecido los antepasados guerreros —masculló—. De lo contrario, el Clan de la Sombra habría despedazado al Clan del Trueno por entrometerse e intentar engañarnos.

—Intentadlo si os atrevéis —replicó Leonado, erizando el pelo.

—Pero el Clan Estelar ha aparecido —insistió Roso—. Nos ha demostrado que sigue cuidando de nosotros, que deberíamos escucharlo y vivir según el código guerrero. Sólo quiere lo mejor para el clan; debemos creer lo que dice por nuestro propio bien.

—¿Acaso no es eso lo que tú deseas también, Sapero? —le preguntó Leonado.

El guerrero no dijo nada, pero al final asintió.

—Supongo que debería daros las gracias —maulló de mala gana.

—No —replicó Leonado—. Es al Clan Estelar a quien deberías agradecérselo.

Carrasca se acercó chorreando lodo y olfateó con desaprobación a Sapero.

—¿Qué vamos a hacer con él? —le preguntó a Leonado.

Fue Sapero quien respondió:

—Prometo que no le contaré a nadie lo que he visto.

Carrasca plantó las orejas.

—¿Podemos fiarnos de él?

—O nos fiamos de él o lo matamos —intervino Glayino, sentándose al tiempo que lanzaba un profundo suspiro—. No sé vosotros, pero yo no he pasado por todo esto para ponerme a matar gatos del Clan de la Sombra.

—Entonces tendremos que fiarnos de ti —dijo Leonado, volviéndose hacia Sapero—. Jura por el Clan Estelar que guardarás el secreto.

—Por supuesto que lo guardaré, cerebro de ratón. —El guerrero sacudió la cola—. Lo juro. A menos que guardar el secreto pueda dañar a mi clan —se apresuró a añadir.

—Cosa que no sucederá. —Leonado asintió bruscamente—. Entonces, puedes irte.

Sapero dio media vuelta y se alejó, lanzando una última mirada temerosa hacia la ciénaga en la que habían aparecido los dos miembros del Clan Estelar.

—Venga. —Zarpa de Tigre les hizo una señal con la cola a sus hermanos—. Nosotros también tenemos que volver.

Los tres aprendices inclinaron la cabeza ante los gatos del Clan del Trueno.

—Nunca podremos agradecéroslo bastante —maulló Roso.

—También lo hemos hecho por el Clan del Trueno —respondió Leonado—. Y no podríamos haberlo hecho sin vosotros.

—¿Y qué ocurre con mamá? —les preguntó Canelita a sus hermanos.

Zarpa de Tigre y Roso se miraron sin saber qué decir.

—Ahora no os preocupéis por eso —los tranquilizó Leonado—. Nosotros le contaremos a Trigueña lo que ha sucedido. Tenéis que regresar de inmediato a vuestro campamento, y nosotros tenemos que salir de vuestro territorio.

—Sí. —A Zarpa de Tigre le brillaron los ojos—. ¡Y no os atreváis a traspasar nuestras fronteras una vez que hayamos renovado las marcas olorosas!

Los tres aprendices echaron a correr entre los árboles. Leonado y sus hermanos se quedaron mirándolos hasta que desaparecieron de su vista, y luego se marcharon juntos hacia el territorio del Clan del Trueno.

—¡No puedo creer que nuestra señal falsa haya terminado con un mensaje auténtico del Clan Estelar! —exclamó Carrasca—. Glayino, ¿crees que los gatos del Clan

Estelar necesitaban que pusiéramos la trampa para que ellos pudieran aparecer?

Glayino se encogió de hombros.

—No lo sé, pero lo dudo.

—Yo creo que querían que los aprendices les demostrasen lo desesperados que estaban por salvar a su clan —sugirió Leonado—. Zarpa de Tigre y sus hermanos no habrían pasado por todo esto si no quisieran que el Clan de la Sombra volviera a confiar en el Clan Estelar y el código guerrero.

—Nosotros también estábamos desesperados... —Carrasca sacudió la cola—. Nada es más importante que preservar el código guerrero.

—Y, en el nombre del Clan Estelar, ¿qué vamos a decirle a Trigueña? —preguntó Glayino—. Me parece muy mala idea contarle la verdad... Lo noto en la piel.

—No lo sé —respondió Carrasca, preocupada—. Tampoco quiero que Estrella de Fuego sepa lo que hemos hecho. Nos pondría a Leonado y mí a realizar tareas de aprendiz antes de lo que se tarda en decir «ratón».

Leonado se adelantó unos pocos pasos, sin prestar atención a la conversación. Quería saber qué haría Solo cuando Estrella Negra le dijera que abandonase el Clan de la Sombra, y eso le provocaba un hormigueo en las patas.

«¿Cumplirá su promesa? ¿Se convertirá en nuestro mentor para que alcancemos nuestro verdadero destino?», se preguntó.

10

Carrasca saltó, clavó las garras en el campañol, y lo despachó con una dentellada veloz en el cuello. Al incorporarse con la presa, vio a Leonado acercándose a través de los helechos, arrastrando un conejo.

—¡Eh, menuda pieza! —lo alabó ella, con el campañol en la boca.

Ya estaba anocheciendo, y unas sombras profundas cubrían el suelo forestal. Carrasca y Leonado se habían detenido cerca del árbol muerto para cazar camino del campamento, mientras Glayino buscaba hierbas frescas.

—Volvamos ya —maulló el aprendiz de curandero, aproximándose con un puñado de atanasia—. Estoy preocupado por los enfermos. Hojarasca Acuática no puede encargarse de todo, y si llego tarde, se hará una cama con mi pellejo.

—De acuerdo.

Carrasca recuperó el ratón que había cazado antes y encabezó el regreso al campamento cargada con las dos presas.

Sentía un cosquilleo por todo el cuerpo, aliviada por haber sido capaces de salvar al Clan de la Sombra. Aun así, quedaba una cuestión que resolver: ¿qué iban a decirle a Trigueña?

Leonado entró por el túnel de espinos delante de ella; las patas traseras de su conejo dejaban unas marcas leves en la arena del suelo. Cuando entraron en el claro, Carrasca descubrió que estaba prácticamente vacío. La mayoría de los gatos parecían estar ya en sus guaridas. Vio a Tormenta de Arena y Esquiruela compartiendo un tordo junto al montón de la carne fresca, y a Rosella dirigiéndose hacia el túnel del aliviadero.

—¡Oye, Rosella! —la llamó Leonado tras soltar el conejo—. ¿Has visto a Trigueña?

La guerrera asintió.

—Está con Zarzoso en la guarida de Estrella de Fuego.

—Espera —le dijo Carrasca a su hermano cuando él se volvió hacia ella—. Todavía no hemos decidido qué vamos a decirle.

—Ahora no podemos hablar —replicó Glayino—. Primero tengo que ir a ver si Hojarasca Acuática necesita algo. Nos vemos luego.

Y sin esperar una respuesta, se fue hacia la guarida de la curandera y desapareció tras la cortina de zarzas.

Leonado bostezó y arqueó el lomo, desperezándose con ganas.

—Estoy agotado. Vamos a dejar estas presas y luego a descansar a la guarida. Ahora mismo no tenemos por qué preocuparnos por Trigueña; está atareada.

—Vale.

Los jóvenes guerreros recogieron las piezas del suelo y las llevaron al montón de la carne fresca.

—Habéis salido a cazar... —maulló Esquiruela con aprobación—. Bien hecho.

—¿Cómo es que estáis tan manchados de barro? —Tormenta de Arena entornó los ojos con recelo—. ¿Es que habéis estado cazando ranas?

—Ahí fuera está todo un poco mojado —masculló Leonado, sin mirar a los ojos a la experimentada guerrera.

Con un destello risueño en sus ojos verdes, Tormenta de Arena abrió la boca para responder, pero la distrajo el sonido de unos gatos que entraban por el túnel. Betulón iba en cabeza, y Carrasca sintió un hormigueo de sorpresa al ver que tras el guerrero iba Cirro, seguido de Candeal y Albina.

Tormenta de Arena se levantó de un salto.

—¿Qué pasa aquí? —maulló, cruzando el claro para encararse al curandero del Clan de la Sombra.

Esquiruela se levantó más despacio.

—Será mejor que informe a Estrella de Fuego —murmuró, dirigiéndose hacia las rocas que llevaban a la Cornisa Alta.

Carrasca y Leonado siguieron a Tormenta de Arena. De la guarida de los guerreros empezaron a salir más gatos. Nimbo Blanco proclamó a los cuatro vientos que reconocería el olor del Clan de la Sombra en cualquier parte; él y Centella se unieron al grupo que rodeaba a Cirro, seguidos de Bayo, Pinta y Ratonero. Musaraña se asomó desde la guarida de los veteranos, pero se quedó donde estaba, agitando los bigotes con desaprobación.

—¿Qué está haciendo en nuestro campamento otro gato del Clan de la Sombra? —quiso saber Bayo.

Nadie le respondió, aunque su hermana Pinta le dio un empujón tan fuerte que estuvo a punto de derribarlo.

—Saludos —le dijo Tormenta de Arena a Cirro, con un breve gesto de la cabeza—. Betulón, ¿qué pasa aquí?

El guerrero parecía avergonzado.

—Estábamos patrullando por la frontera del Clan de la Sombra... —empezó.

—Y he visto a Cirro —intervino Albina—. Betulón y Candeal estaban demasiado ocupados charlando.

—Ya basta —riñó Candeal a su aprendiza, con expresión nerviosa—. Cirro dice que necesita hablar con Trigueña.

Cirro inclinó la cabeza con respeto ante Tormenta de Arena.

—Con el permiso de Estrella de Fuego. Han ocurrido ciertas cosas en el Clan de la Sombra que Trigueña debe saber.

Antes de que Tormenta de Arena pudiera contestar, Estrella de Fuego, Zarzoso y Trigueña aparecieron en la Cornisa Alta con Esquiruela. Tormenta de Arena le hizo una señal con la cola a Cirro, invitándolo a acompañarla, y lo guió a través del claro hasta el pie de las rocas caídas. Carrasca y Leonado fueron tras ellos, junto con el resto de los guerreros del Clan del Trueno; de las guaridas seguían saliendo más gatos para congregarse a escuchar. Rosina y Tordillo cruzaron brincando el claro desde la maternidad, con las orejas plantadas por la curiosidad, mientras Dalia iba tras ellos más despacio.

—Saludos, Cirro —maulló Estrella de Fuego—. Bienvenido a nuestro campamento. ¿En qué podemos ayudarte?

—Gracias, Estrella de Fuego —respondió el curandero—. Necesito hablar con Trigueña.

La guerrera parda irguió las orejas, sorprendida.

—Yo ya no tengo nada de qué hablar con el Clan de la Sombra —contestó con un leve gruñido—. Ya no es mi clan.

—Lamento que te sientas así. —Cirro parpadeó, comprensivo—. Pero creo que podrías cambiar de opinión cuando oigas lo que he venido a contarte.

—Adelante, tú dirás —replicó Trigueña, todavía en tono hostil.

—Estrella Negra quiere que regreses —maulló el curandero—. Tus tres hijos ya han vuelto...

—¡¿Qué?! —Trigueña se quedó boquiabierta por la impresión.

Se notaba que quería hacerle montones de preguntas, pero paseó los ojos por los gatos del Clan del Trueno que estaban escuchando y volvió a cerrar la boca.

—Estrella Negra quiere que te diga que nadie te culpará por haberte marchado. —Cirro la miró a los ojos—. El Clan de la Sombra ha retomado el código guerrero y ha recuperado la fe en el Clan Estelar.

Trigueña respiró hondo.

—Si eso es cierto... ¿qué pasa con Solo?

—Solo ha decidido abandonar el Clan de la Sombra.

—¿Decidido? —le susurró Leonado a Carrasca al oído—. Sí, claro, y los erizos vuelan.

—Su lugar no está entre nosotros —continuó Cirro—. Estrella Negra no le desea ningún mal, pero Solo no es un gato de clan.

—Son buenas noticias —le dijo Zarzoso a su hermana—. Yo te recibiría encantado de nuevo como compañera de clan, pero sé que, en tu corazón, siempre serás una guerrera leal del Clan de la Sombra.

Trigueña le tocó la oreja con la nariz, y luego asintió.

—De acuerdo, Cirro, volveré. Pero será mejor que me hayas contado la verdad.

—Un curandero nunca miente —replicó él.

Trigueña se volvió hacia el líder del Clan del Trueno.

—Muchas gracias por tu hospitalidad, Estrella de Fuego.

—Me alegro de que todo esto haya terminado tan bien. Adiós, Trigueña, y buena suerte.

La guerrera parda se restregó contra Zarzoso y luego bajó por las rocas para reunirse con Cirro. Juntos, los dos miembros del Clan de la Sombra cruzaron el claro y desaparecieron por el túnel de espinos.

—¡Jamás pensé que esto acabaría así! —exclamó Nimbo Blanco en cuanto se fueron—. ¿De verdad creéis que Estrella Negra ha cambiado de opinión así como si nada?

Carrasca evitó mirar a Leonado.

—Me apuesto una luna de patrullas del alba a que esos tres aprendices han tenido algo que ver —maulló Betulón—. ¿Por qué si no iban a regresar a escondidas al Clan de la Sombra sin su madre?

Manto Polvoroso soltó un resoplido de risa.

—Bueno, puedo imaginármelos perfectamente inmovilizando a Estrella Negra hasta que aceptara su petición.

—A lo mejor, el hecho de que se marcharan ha servido para que Estrella Negra se diera cuenta de lo que le estaba haciendo a su clan —sugirió Carrasca cautelosamente.

Pinta asintió.

—Sí, puede que tengas razón.

—Bueno, sea lo que sea lo que haya hecho cambiar de opinión a Estrella Negra, es algo bueno para el resto de los clanes —maulló Tormenta de Arena—. Nadie quiere en sus fronteras a un clan que no sigue el código guerrero.

—Cierto —ronroneó Fronda, restregándose contra el costado de la gata rojiza—. Siempre debería haber cuatro clanes alrededor del lago, y todos siguiendo el código guerrero.

—Sólo espero que Trigueña no le cuente a Estrella Negra demasiadas cosas sobre nuestro campamento —murmuró Dalia, lanzando una mirada angustiada a sus cachorros.

Carrasca comenzó a erizar el pelo por la insinuación de que alguien de su familia pudiera traicionar al clan que la había ayudado, sobre todo cuando se trataba del clan de su propio hermano. Antes de que la joven pudiera hablar, Tormenta de Arena le tocó la oreja a Dalia con la nariz.

—Estoy segura de que no tienes de qué preocuparte. Trigueña jamás haría algo así.

—Lo que a mí me gustaría saber es lo que va a pasar con ese tal Solo. —Musaraña se unió al grupo de gatos—. ¿Adónde irá ahora?

—¿A quién le importa? —maulló Bayo.

—Pues importa porque podría provocar más problemas, cerebro de ratón —le soltó Manto Polvoroso—. Lo único que espero es que ahora deje en paz a todos los clanes.

—Más le vale. —Carrasca arañó el suelo con ferocidad. Pensar en Solo todavía le erizaba el pelo—. Aquí no hay sitio para él si pretende destruir el código guerrero.

Leonado abrió la boca como si fuera a protestar, pero volvió a cerrarla. A Carrasca no le gustó la vacilación que vio en los ojos de su hermano: ¡¿no iría a defender a Solo, después de lo que le había hecho al Clan de la Sombra?!

Le hizo un gesto a Leonado para apartarlo del grupo de gatos acalorados.

—No me digas que todavía confías en ese peligroso comedor de carroña, ¿verdad? —le susurró.

Leonado se encogió de hombros.

—No es tan malo como parece. Yo esperaba que ahora volviera para convertirse en nuestro mentor.

Carrasca se quedó mirándolo con incredulidad.

—¿Por qué debería ayudarnos? ¿Y por qué tú todavía quieres que lo haga? Mira lo que le ha hecho al Clan de la Sombra. ¡Los convenció para que abandonaran el código guerrero!

—Pero nuestro destino no tiene nada que ver con el código guerrero —protestó él, mirando por encima del hombro para asegurarse de que nadie los oía.

Carrasca soltó un resoplido.

—Solo es un gato peligroso. Si aparece de nuevo, deberías mantenerte lejos de él. Nuestro destino se cumplirá sin importar lo que hagamos o lo que dejemos de hacer. ¿No es eso una profecía?

Leonado apartó la mirada. No puso más objeciones, pero la joven guerrera no se quedó muy segura de haberlo convencido.

Carrasca estaba en lo alto de una empinada loma que daba al lago, saboreando el aire en busca de presas. A su espalda, Manto Polvoroso y Acedera, los otros miembros de la patrulla de caza, acechaban entre la vegetación. Una brisa fría arrancaba las hojas de los árboles, que pasaban revoloteando ante Carrasca como retazos flotantes de color rojo y dorado. Aunque el sol había salido, el suelo seguía cubierto de una capa fina de escarcha.

La joven guerrera plantó las orejas al captar un rastro de campañol en el aire. Unos segundos después vio uno rollizo debajo de una raíz, en medio de la ladera que llevaba al lago. Adoptó la postura del cazador y se deslizó hacia él, intentando ser tan ligera como las hojas que caían.

Estaba segura de que no había hecho ni el menor ruido, pero antes de haber recorrido la mitad de la distancia, algo asustó al campañol y salió disparado. «¡Cagarrutas de ratón!», pensó la joven mientras corría tras él, aunque cuando llegó a los guijarros de la orilla, la presa había desaparecido.

Furiosa, comenzó a olfatear los agujeros de la ribera. Percibió un olor intenso a campañol, pero no veía el modo de llegar hasta él.

—Hola, Carrasca.

La joven se quedó petrificada al oír aquella voz tan baja. Se dio la vuelta y vio a Solo sentado en los guijarros, con la cola pulcramente enroscada alrededor de las patas. Su pelaje blanco con manchas negras, marrones y rojizas estaba lustroso y bien acicalado, y sus ojos de color amarillo claro relucían.

—¿Qué estás haciendo aquí? —le espetó Carrasca.

Notó que se le erizaba hasta el último pelo y que la cola doblaba su tamaño. No confiaba en aquel poderoso gato.

—Creía que te habrías marchado.

Los ojos del solitario relampaguearon furiosos y el gato clavó las garras en el suelo. Pero un instante después volvía a estar tan tranquilo y relajado que Carrasca casi creyó que se había imaginado aquel estallido de rabia.

—Me he ido del Clan de la Sombra, pero aún no puedo irme del lago —respondió Solo con calma.

Carrasca jamás había conocido a un gato, ni siquiera Estrella de Fuego, que sonara tan seguro de sí mismo.

—Los clanes me necesitan... Aunque por lo visto todavía no se han dado cuenta. Tú me necesitas, Carrasca.

La joven tragó saliva, consciente de que corría el peligro de volver a caer en el influjo de la voz de Solo.

—Te equivocas —replicó—. Yo no te necesito, y Leonado y Glayino, tampoco.

—¿Estás segura de eso? —le preguntó, mirándola fijamente.

Durante un segundo, la joven se sintió como una presa encogida de miedo, paralizada bajo las zarpas de un guerrero.

—Muy segura. —Se obligó a sonar convencida—. Lograremos alcanzar nuestro destino sin tu ayuda, porque el código guerrero guiará nuestros pasos en la dirección correcta.

Se preparó para que Solo se lo discutiera, pero él se limitó a inclinar un poco la cabeza ante sus palabras. Luego se puso en pie y dio media vuelta sin decir nada más.

Carrasca lo siguió con la mirada, decidida a comprobar que salía del territorio del Clan del Trueno. Pero cuando no había recorrido más que un par de colas, Solo la miró por encima del hombro.

—¿Estás segura de que habéis encontrado a los tres?

—¿Qué quieres decir? —Carrasca dio un paso adelante, con la vista empañada de rabia—. Leonado, Glayino y yo somos los tres. Tenemos la sangre de Estrella de Fuego y somos hermanos. Y Glayino sabe cosas que nadie más sabe.

—Pues no supo que el sol iba a desaparecer.

Su voz resonó alrededor de Carrasca, pero cuando ella logró enfocar de nuevo la vista, Solo ya estaba alejándose por la orilla del lago, en dirección al territorio del Clan del Viento.

—¡Lárgate con viento fresco! —susurró, aunque todavía temblaba.

En lo más hondo de su corazón, sabía que no sería la última vez que vería a Solo.

Carrasca consiguió seguir el rastro de otro campañol y, después de cazarlo, lo llevó a donde se había reunido la patrulla de caza, lista para regresar al campamento. La joven estaba decidida a no decir nada sobre su encuentro con Solo, y esperaba que nadie más lo hubiese visto. Cuanto antes se olvidaran de él sus compañeros de clan, mejor.

Manto Polvoroso, que encabezaba la patrulla, estaba desenterrando su captura cuando ella llegó.

—El clan comerá bien hoy —maulló el guerrero—. En marcha...

Tenía la voz ronca, y terminó la frase tosiendo. Carrasca lo miró con tristeza. Los ojos del atigrado marrón tenían un brillo febril; parecía que llevara un buen rato tosiendo.

—Deberías ir a ver a Hojarasca Acuática en cuanto volvamos —maulló Acedera.

—Estoy bien —replicó Manto Polvoroso, sin poder evitar toser de nuevo.

—No estás bien, y vas a ir a ver a Hojarasca Acuática —le soltó Acedera.

Manto Polvoroso había sido su mentor durante un tiempo, mientras Tormenta de Arena había estado fuera con Estrella de Fuego, así que, a diferencia de muchos de los otros gatos del Clan del Trueno, no temía tanto el mal genio del guerrero.

—De acuerdo... —rezongó él, recogiendo una ardilla y echando a andar hacia el campamento—, no hace falta que te pongas tan mandona.

Antes de seguirlo, Carrasca intercambió una mirada de inquietud con Acedera.

De vuelta en la hondonada rocosa, la joven guerrera dejó su pieza en el montón de la carne fresca y fue a ver a Hojarasca Acuática para contarle lo de Manto Polvoroso. No le extrañaría que el guerrero atigrado se olvidase convenientemente de ir a verla.

—¡No entres! —La voz de Hojarasca Acuática la detuvo desde el otro lado de las zarzas. Apareció al cabo de un momento, desprendiendo olor a hierbas—. Ah, eres tú, Carrasca. ¿Qué puedo hacer por ti?

—Por mí, nada. —Se preocupó al ver lo cansada que parecía la curandera—. Pero he salido a cazar con Manto Polvoroso y lo he oído toser. Pensaba que deberías saberlo.

—¡Oh, no...! ¡Otro gato no! —A Hojarasca Acuática se le dilataron los ojos de angustia—. Rabo Largo empezó a toser anoche, y Dalia y Melada, esta mañana, y Rosina tiene fiebre...

Carrasca sintió que el miedo la atenazaba, no sólo por las malas noticias, sino porque nunca había visto a Hojarasca Acuática tan alterada.

—¿Es que vamos a enfermar todos, uno tras otro?

—No lo sé. —La curandera negó con la cabeza—. Estoy haciendo todo lo que puedo, pero ¿y si no es suficiente?

Carrasca no recordaba haberla visto jamás tan llena de dudas, tan asustada por sus compañeros de clan. Restregó el hocico contra el lomo de la gata.

—Eres una gran curandera, Hojarasca Acuática. Sé que todos estarán bien con tus cuidados.

—Significa mucho para mí oírte decir eso. —La gata clavó en ella sus ojos ámbar—. Ojalá fuera así. —Se irguió para darse una sacudida—. Ve a comer algo. Debes conservar las fuerzas, o también tú caerás enferma.

Carrasca inclinó la cabeza.

—De acuerdo.

Al regresar al montón de la carne fresca, sintió que poco a poco se llenaba de confianza como una hoja volteada se llenaba con agua de lluvia. Sólo se había marchado; ella misma lo había visto irse, y le había dejado claro que no sería bien recibido en el Clan del Trueno. El Clan de la Sombra volvía a regirse por el código guerrero y buscaba la guía de los espíritus de sus antepasados guerreros. Y respecto a la enfermedad... era una mala noticia, pero Hojarasca Acuática los curaría a todos.

Mientras se agachaba para dar el primer mordisco a su campañol, Carrasca notó que recuperaba algo de la vieja emoción por la profecía.

«¡Estoy preparada, Clan Estelar! ¡Sólo tienes que decirme qué debo hacer!»

11

Glayino estornudó cuando el polvo de las hierbas secas se le metió en la nariz. Internándose más en la grieta de la roca que les servía de almacén, alargó una pata para palpar unos tallos quebradizos que había justo al fondo. El débil olor que emitieron le indicó que era fárfara, recolectada en la estación de la hoja nueva.

—¡Glayino!

El aprendiz se sobresaltó al oír la voz de Hojarasca Acuática, y se dio con la cabeza en el techo de la gruta.

—¡Cagarrutas de ratón! —masculló, retorciéndose para salir de espaldas con la fárfara seca entre los dientes.

—¿Qué has encontrado? —le preguntó su mentora.

—Fárfara y unas pocas bayas de enebro —la informó él, dejando las hojas a sus pies.

—Eso es muy poco... —murmuró la curandera, examinando la penosa colección de hierbas.

—Es mejor que nada —maulló el aprendiz, intentando sonar optimista.

—Pero no es suficiente. Glayino, estamos perdiendo la batalla.

El joven sintió un hormigueo por todo el cuerpo y clavó las garras en el endurecido suelo de arena.

—¡No puede ser!

—Pues así es. —Hojarasca Acuática soltó un suspiro de desesperación—. No hay bastante espacio para separar a los gatos enfermos del resto del clan, y no podemos tratar la tos verde sin nébeda.

—He estado cuidando las plantas de nébeda de la vivienda abandonada de los Dos Patas —le contó Glayino—. ¿Quieres que vaya a ver si hay brotes nuevos?

—No. Es imposible que haya suficientes. —La gata y su aprendiz sentían la misma impotencia—. Además, necesitamos dejarlas crecer para tener existencias la próxima estación.

—Entonces, ¿qué vamos a hacer?

—No lo sé. Y las cosas empeorarán a medida que haga más frío. Los gatos estarán más débiles con la escasez de presas, y si enferman más gatos, no quedarán bastantes guerreros que puedan cazar para el clan.

Glayino levantó la barbilla.

—Entonces tenemos que encontrar más nébeda.

—No hay más —replicó Hojarasca Acuática—. Conozco un lugar, justo fuera de la frontera del Clan del Río, junto a una de las viviendas de los Dos Patas, pero no puedo abandonar al clan el tiempo suficiente para ir a recolectarla, y...

Se interrumpió, aunque Glayino sabía de sobra lo que su mentora pretendía decir: «Y tú no puedes ir porque eres ciego.» Notó que Hojarasca Acuática lo miraba desesperada, y también cuánto deseaba que él pudiera ver. El joven tuvo que sofocar un acceso de amargura. «Claro, porque si yo pudiera ver, sería más útil, ¿verdad?», pensó.

—No, Glayino —respondió la gata a su pregunta no pronunciada—. La razón de que no puedas ir no es que seas ciego. Si ése fuera el problema, podría mandar a un guerrero contigo.

—En ese caso, ¿por qué no lo haces?

Hojarasca Acuática suspiró.

—Porque tendrías que atravesar todo el territorio del Clan de la Sombra y seguir a lo largo de la frontera del Clan del Río para llegar hasta allí. Últimamente ha habido demasiados conflictos y peleas. No podemos poneros en peligro a ti y a un guerrero con tantos gatos enfermos. ¿Y si nos atacara otro clan? Necesitamos todas las zarpas que tenemos aquí, en nuestro territorio.

—¿Y qué tal si les pedimos nébeda a los otros curanderos? —sugirió el aprendiz—. Si ellos tienen, podrían darnos un poco, ¿no?

—Sí, sí que lo harían —respondió la gata con voz más cortante, como si le irritara su insistencia—. Pero no puedo pedírsela sin que los otros clanes se enteren de lo debilitados que estamos. Estrella de Fuego me arrancaría el pellejo si descubriera que he hecho algo así.

A su pesar, Glayino tuvo que admitir que su mentora tenía razón.

—Entonces, ¿qué puedo hacer yo para ayudar?

—Les he dicho a Mili y a Gabardilla que salieran a tomar un poco de aire fresco y a descansar al sol. —La curandera sonó aliviada al retomar cuestiones más prácticas—. Están en el espacio que hay entre nuestra guarida y la de los guerreros. Es un lugar resguardado, y lo bastante alejado de los demás como para evitar que la tos verde se propague. ¿Podrías retirar el relleno viejo de sus lechos y traer un poco de nuevo?

—Claro.

Glayino fue hasta un extremo de la guarida y comenzó a separar el musgo y los helechos usados, formando una bola con los desechos.

—Asegúrate de dejarlo lejos del campamento —le recordó Hojarasca Acuática—. Y cuando termines, trae de vuelta a Mili y Gabardilla, antes de que se cansen demasiado y se enfríen.

Haciéndola rodar, Glayino sacó la bola de relleno sucio por el túnel de espinos y la tiró a varios zorros de distancia de la hondonada rocosa. Cerca de allí encontró una buena capa de musgo, que crecía densamente alrededor de las raíces de un árbol. Para su alivio, no estaba empapado por la intensa lluvia que había caído unos días antes. Tras arrancar unas frondas de helechos, formó con ellas un fardo que llevó al campamento.

Después fue en busca de las enfermas. Mili estaba tumbada al sol junto al muro de la hondonada rocosa, y su respiración era áspera. Cuando Glayino le puso una pata en el pecho, notó cómo le subía y bajaba con rapidez. Gabardilla apareció a su lado para darle un empujoncito a su madre.

—Quiero jugar —gimoteó la pequeña. Tenía que contener la respiración para hablar, y le temblaban las patas—. Tienes que hacer de ratón, ¡y yo te atrapo!

Mili soltó un suspiro de agotamiento, y la súplica de Gabardilla terminó en toses.

—Venga —maulló Glayino, intentando sonar alegre—. Te he puesto relleno nuevo y limpio en el lecho. Así podrás dormir realmente bien.

—¡Yo no quiero dormir! —protestó la cachorrita.

—Sí, claro que sí —replicó el aprendiz—. Dormir hará que te sientas mejor.

Ofreció su apoyo a Mili cuando la gata se levantó trabajosamente. Resollaba por el esfuerzo, y sus toses eran débiles, como si sus fuerzas la estuviesen abandonando con rapidez. A Glayino se le encogió el estómago de frustración. Según la profecía, él tenía el poder de las estrellas en las manos, pero ¿de qué le servía si tenía que ver cómo morían gatos que estaban a su cuidado?

Ayudó a Mili a acostarse de nuevo, con Gabardilla metiéndosele entre las patas, hasta que la mandó al lecho musgoso que había junto al de su madre.

Luego, Glayino regresó al almacén en la roca, preguntándose si, con un poco de suerte, se le habría pasado alguna provisión de hierbas. Y entonces, de repente, sus ojos se llenaron de una luz deslumbrante, hasta tal punto que el joven aprendiz tuvo que encogerse agachando la cabeza para tratar de protegerse de aquellos rayos. Cuando se le aclaró la vista, levantó la cabeza parpadeando. Estaba en un claro, cubierto de hojas susurrantes. El aire cálido estaba cargado del aroma de hierbas en crecimiento.

«¿Habrá nébeda aquí?» Eso fue lo primero que se preguntó.

Al saborear el aire, el olor a gatos lo envolvió, ahogando el aroma de las hierbas. La luz de las estrellas resplandecía en la vegetación de debajo de los árboles, y en el claro comenzaron a aparecer guerreros del Clan Estelar. Glayino reconoció a Estrella Azul, que agitaba la cola con inquietud, y se volvió a mirar a la musculosa figura de Tormenta Blanca, que iba tras ella.

—Vienen hacia aquí —susurró la vieja líder del Clan del Trueno—. Son tantos...

—Quizá no —la tranquilizó Tormenta Blanca—. El Clan del Trueno no podría tener mejores curanderos.

Glayino oyó un bufido cuando otra gata estelar salió de entre los helechos: era Fauces Amarillas, con su desgreñado pelaje gris y sus llameantes ojos ámbar.

—¿Acaso tienes el cerebro de un ratón, Tormenta Blanca? ¿Qué van a hacer los curanderos sin hierbas sanadoras?

—¿No podemos guiarlos de alguna manera? —maulló la dulce voz de Jaspeada, que apareció ondeando elegantemente la cola—. ¿No hay algún modo de ayudarlos?

—Dímelo tú —le soltó Fauces Amarillas—. En el territorio del Clan del Trueno no queda más nébeda, y eso es lo que hay. Yo les daría mi pellejo si pudiera, pero ¿de qué les serviría?

—¿Es que la enfermedad va a destruir a todo mi clan? —maulló Estrella Azul, arrancando, furiosa, unas matas de hierbas con las garras.

Una última gata entró en el claro: era la atigrada plateada que Glayino había visto en los recuerdos de Látigo Gris, desangrándose sobre las piedras mientras daba a luz a un par de cachorros minúsculos.

—Mili está cerca de unirse a nosotros —murmuró la recién llegada—. ¿Qué podemos hacer? Látigo Gris no se merece volver a pasar por algo así, se le romperá el corazón.

Ninguno de los gatos del Clan Estelar supo responder. Comenzaron a dar vueltas, abstraídos, invadidos por un hormigueo de angustia. Ninguno de ellos pareció reparar en Glayino.

«¿Qué hago aquí si no hay nada útil en esta visión? —se preguntó el joven—. Tengo gatos enfermos a los que atender...»

Una brisa fresca sopló sobre el claro, alborotando el pelaje que la luz de la luna iluminaba en aquellos desasosegados guerreros, y entre las sombras de debajo de los árboles volvió a brillar un resplandor estelar: aparecieron tres gatos más. En primer lugar, una gata joven —apenas lo bastante mayor para ser guerrera—, cuyo pelaje atigrado relucía con una tenue luz plateada. Luego llegó una gata de más edad, una atigrada plateada tan parecida a la primera que Glayino supuso que era su madre. Y el tercero era un atigrado de omoplatos amplios.

—Espíritu Radiante. —Estrella Azul inclinó respetuosamente la cabeza ante la joven—. Cuánto tiempo sin verte.

—Alma Reluciente, Corazón Valeroso —saludó Tormenta Blanca a los otros dos—. Nos sentimos muy honrados con vuestra presencia.

Glayino se quedó mirando a los recién llegados. ¿De dónde procedían? No los había visto jamás, ni había oído sus nombres en ninguno de los clanes. Su olor también era distinto: olían levemente al Clan Estelar... y a algo más que estaba en la brisa y en la luz de las estrellas. Percibió que habían recorrido una larga distancia.

«¿Por eso estoy aquí? ¿Para conocer a estos gatos?», se preguntó.

Los dos gatos mayores se quedaron con las colas entrelazadas en el lindero del claro, pero Espíritu Radiante lo cruzó para detenerse delante de Glayino. Sus ojos verdes relucían con cariño y simpatía, y su dulce olor envolvió al aprendiz.

—Saludos, Glayino —maulló la gata—. Veo que estás preocupado.

Glayino se sentó. Aquella joven no era un miembro más del Clan Estelar; no podía imaginarse diciéndole que no era más que una simple gata de clan en un lugar distinto. Algo en ella, en el modo en que inclinó la cabeza para observarlo como si fueran los únicos gatos del claro, lo impulsó a contarle la verdad:

—Los gatos del Clan del Trueno están muriéndose. No sé qué hacer.

Espíritu Radiante se acercó para apoyarle el hocico en la oreja, reconfortándolo con su aliento.

—Busca el viento —le susurró—. El viento tiene lo que buscas.

Glayino dio un paso atrás para mirarla.

—¿Qué quieres decir? No lo entiendo.

Con un bufido, la oscuridad le cegó los ojos como si de repente la noche hubiese caído, y Glayino volvió a encontrarse rodeado del olor a hierbas rancias y gatos enfermos. Apretó los dientes para reprimir un aullido de frustración.

«¡Espíritu Radiante iba a contarme algo!»

Durante unos instantes, siguió distinguiendo el aroma de la joven gata y el distante eco de su voz: «Busca el viento. Y que el Clan Estelar ilumine tu camino.» Luego desapareció.

—Vamos, Mili —dijo Hojarasca Acuática cerca de él—. Túmbate aquí. Glayino te ha renovado el lecho.

—Gracias, Glayino —maulló Mili con voz ronca.

El aprendiz se puso tenso. ¿Es que aquella visión no había durado más de dos suspiros? Ayudó a su mentora a acomodar a Mili y a Gabardilla, muriéndose de ganas por tener un instante de tranquilidad para pensar en Espíritu Radiante y sus palabras misteriosas.

Cuando las enfermas se ovillaron en su lecho, Glayino oyó unos pasos que se acercaban a la carrera. «¿Y ahora qué?», se dijo. Captó el olor de Tormenta de Arena cuando la gata se detuvo ante la cortina de zarzas.

—¡Hojarasca Acuática, ven rápido! —exclamó la guerrera, sin aliento—. ¡Estrella de Fuego está enfermo!

12

Hojarasca Acuática soltó un grito de espanto.

—¡Voy enseguida!

Pasó ante Glayino y echó a correr tras Tormenta de Arena.

El aprendiz recogió un par de hojas de fárfara y salió disparado tras su mentora. Trepó por las rocas que llevaban a la guarida del líder del Clan del Trueno, sin pararse a pensar dónde ponía las patas.

Cuando llegó a la Cornisa Alta, el olor a enfermedad lo golpeó como un zarpazo. Dentro de la guarida, Estrella de Fuego estaba tosiendo, y, al acercarse a él, Glayino notó el calor de la fiebre que emitía su cuerpo. Al aprendiz se le erizó hasta el último pelo. ¿Qué le pasaría al Clan del Trueno ahora que su líder había enfermado?

—Gracias, Glayino —le dijo Hojarasca Acuática, tomando la fárfara que le había llevado—. Toma, Estrella de Fuego, mastica esto.

—No estoy tan enfermo —protestó él, con la voz ya ronca de toser—. Deberías guardar las hierbas para los que las necesiten.

—¡No seas ridículo! —le espetó Hojarasca Acuática—. Las necesitas tú. Ahora yo soy tu curandera, no lo olvides.

—De cachorrita eras una gatita muy sosegada —le dijo Estrella de Fuego con tono cansado pero risueño—. Jamás pensé que te volverías tan mandona.

—Bueno, pues me he vuelto mandona, así que haz lo que te digo —replicó ella, rebosando afecto por su padre—. Venga, ya sabes que el clan necesita que estés fuerte y en forma.

Mientras el líder masticaba las hierbas, Glayino salió de la guarida y bajó al claro. Se detuvo al pie de las rocas caídas y saboreó el aire con la esperanza de encontrar un aprendiz que pudiera ir a por relleno nuevo para el lecho de Estrella de Fuego. Al menos, el líder del clan podía permanecer apartado en su guarida, así no contagiaría a los gatos que seguían sanos.

El primer olor que captó Glayino, sin embargo, no fue el de un aprendiz, sino el de Zarzoso.

—¿Qué ocurre? —le preguntó el lugarteniente.

—No deberías subir a la Cornisa Alta —respondió el joven, bloqueándole el paso—. Estrella de Fuego tiene tos verde.

—¡Oh, por el gran Clan Estelar! —exclamó Zarzoso, conmocionado—. Lo estás ayudando, ¿verdad?

—Hojarasca Acuática está con él y hará todo lo que pueda.

—Lo sé... —Eso pareció tranquilizarlo—. Déjame pasar, Glayino. Tengo que hablar con Estrella de Fuego sobre las patrullas.

—De acuerdo. Pero quédate en la Cornisa Alta y habla con Estrella de Fuego desde ahí, sin entrar en la guarida. No te acerques demasiado.

Glayino volvió a saborear el aire mientras su padre ascendía por las rocas, pero no pudo detectar el olor ni de Raposino ni de Albina. Esa vez fue Látigo Gris quien se le acercó.

—Glayino, ¿cómo está Mili? —quiso saber el guerrero—. Está realmente enferma, ¿verdad?

Al joven le habría gustado reconfortarlo con una mentira, pero sabía que Látigo Gris jamás le creería. Asintió, y la potente oleada de angustia que brotó del guerrero estuvo a punto de derribarlo. «¿Eso es amor? —se preguntó—. ¿Tanto le importa Mili a Látigo Gris? ¡Es como si su propia vida estuviera en peligro!»

—La gata plateada que murió... —empezó el joven—. La amabas, ¿verdad?

El guerrero contuvo la respiración, asombrado.

—Sí... Se llamaba Corriente Plateada. Era la madre de Borrascoso y Plumosa. —Enmudeció envuelto de recuerdos tristes.

—No podrías haber hecho nada para salvarla —le dijo Glayino—. Ahora vive con el Clan Estelar y se preocupa por Mili. No quiere que ella se les una todavía, y menos cuando tiene que cuidar de vuestros cachorros.

—¿Cómo sabes todo eso? —le preguntó Látigo Gris, impresionado.

—La oí decirlo en una visión.

—Es muy propio de Corriente Plateada preocuparse —murmuró Látigo Gris—, pero ahora no me consuela mucho. El Clan Estelar no puede combatir la tos verde más de lo que podemos nosotros. —Sonaba derrotado, como si ya hubiera aceptado que iba a perder a Mili como había perdido a Corriente Plateada.

La rabia abrasó a Glayino como una llama devoradora. «¡Nadie va a morir! ¡Algo se me ocurrirá para impedirlo!» Quería combatir la enfermedad, no sólo por los gatos moribundos de su propio clan y por los guerreros como Látigo Gris que los amaban, sino por todos los miembros del Clan Estelar, que no querían más gatos entre sus filas, no tantos ni tan pronto.

«Y por Espíritu Radiante —añadió—. Ella ha acudido en mi ayuda, y, sea como sea, descubriré el significado de sus palabras.»

Glayino se dirigió a la guarida de los aprendices para ir en busca de Raposino y Albina. Antes de llegar, detectó que por el túnel de espinos se acercaba una patrulla de caza:

Zarzoso, Leonado, Nimbo Blanco y Carbonera. Los cuatro iban cargados con presas, pero el joven aprendiz de curandero percibió su agotamiento y desánimo.

«Está pasando lo que temía Hojarasca Acuática. Hay tantos gatos enfermos que no quedan suficientes para patrullar», pensó.

Metió la cabeza entre los helechos que crecían en la entrada de la guarida de los aprendices. Un leve ronquido le indicó que Raposino estaba durmiendo. Su respiración era regular. El día anterior, Hojarasca Acuática le había dado una dosis de atanasia, y eso parecía haberle curado la tos.

«Un gato menos del que preocuparse.»

—¡Eh! —Glayino entró en la guarida y le clavó una zarpa—. ¡Despierta!

—¿Qué...?

El aprendiz rojizo levantó la cabeza.

—Necesito que vayas a por musgo nuevo para el lecho de Estrella de Fuego.

Raposino bostezó sonoramente.

—¿Y eso no puede hacerlo otro? He salido en la patrulla del alba, y luego en una de caza con Tormenta de Arena. Ella me ha dicho que podía descansar un poco.

Glayino sintió una punzada de compasión.

—Todos están sobrepasados de trabajo. Albina podría ayudarte, si es que consigues encontrarla.

—Ha salido a cazar con Candeal —respondió, poniéndose en pie y estirándose con un gruñido—. Vale, ya voy.

—Asegúrate de que el musgo esté seco —le ordenó mientras salían al claro—. Y deshazte del usado muy lejos del campamento. Estrella de Fuego está enfermo.

—¿Por qué no me lo has dicho antes? —maulló Raposino con voz abatida.

Y echó a correr hacia el túnel.

Glayino se acercó al montón de la carne fresca y cogió una ardilla para los veteranos. Antes de llegar a la guarida, debajo del arbusto de madreselva, oyó toser a Rabo Largo, y también que Musaraña lo reconfortaba con un murmullo.

—Aquí tenéis —les dijo Glayino, dejando la ardilla junto a la veterana—. ¿Cómo te encuentras, Rabo Largo?

—Cada vez tose más —le recriminó la vieja gata—. ¿Cuándo vas a traerle un poco de nébeda?

«Cuando los erizos vuelen», le entraron ganas de responder a Glayino.

—No tenemos —le explicó a Musaraña—. Pero le traeré atanasia, y borraja para la fiebre.

La gata soltó un resoplido.

—Menudo curandero de pacotilla estás hecho si ni siquiera tienes nébeda.

Glayino volvió a morderse la lengua para no contestarle. Sabía que la gruñona anciana estaba preocupada por su compañero de guarida. Pero al menos ella había evitado enfermar... por el momento... ¡y gracias a las hojas de atanasia que él le había llevado!

El joven aprendiz de curandero instó al veterano a comer carne:

—Intenta al menos comer un poco, necesitas conservar las fuerzas.

—De acuerdo —respondió el veterano con voz ronca, entre ataques de tos—. Gracias, Glayino.

Tras hacerle un gesto a Musaraña, el aprendiz regresó al montón de la carne fresca para llevarles algo a los enfermos que estaban en la guarida de los guerreros. Al pasar por encima de las ramas de la entrada, localizó a Espinardo y Manto Polvoroso en los lechos de uno de los lados. Fronda estaba ovillada cerca de su pareja.

—Esto es absurdo —maulló el atigrado marrón—. Estoy perfectamente bien para salir a patrullar.

—No, no lo estás —replicó Fronda—. Vas a quedarte aquí aunque tenga que inmovilizarte. —Y lo lamió afectuosamente.

Glayino dejó un ratón delante de Manto Polvoroso y otro delante de Espinardo. El guerrero dorado llevaba enfermo más tiempo que nadie, exceptuando a Mili, y su respiración sonaba rápida y superficial. Estaba tumbado de costado, y no reaccionó cuando él lo palpó para examinarlo.

El pelaje se le había vuelto áspero, y se le notaban todas las costillas. El aprendiz se puso tenso. Espinardo podría estar ya de camino hacia el Clan Estelar.

—¿Hay algo que pueda hacer? —le preguntó Fronda al oído.

—No mucho, pero gracias. Intenta que se coma este ratón cuando despierte.

—Lo haré.

Fronda le tocó el hocico con la nariz y fue a ovillarse de nuevo junto a Manto Polvoroso.

—Glayino —maulló la voz de Esquiruela desde el otro extremo de la guarida—. Quiero que le digas a Hojarasca Acuática que ya estoy lo bastante bien para salir a cazar.

Se acercó al joven, que notó en sus movimientos dolor y rigidez.

—¿Acaso quieres que le mienta a mi mentora?

—¿Mentirle? ¡Qué tontería! Puedes decirle que la herida ha sanado.

Glayino olfateó la zona donde su madre había recibido el zarpazo que le abrió el costado durante la batalla contra el Clan del Viento. El corte se había cerrado y no había ni rastro de infección, pero el pelo aún no le había vuelto a crecer y los músculos seguían agarrotados.

—No estás lista —gruñó—. Y Hojarasca Acuática te diría lo mismo. Le pediré que venga a examinarte, y quizá puedas empezar a hacer ejercicios suaves, pero eso no incluye salir a cazar ardillas.

Esquiruela soltó un resoplido.

—Ahora mismo, el Clan del Trueno necesita a todos sus guerreros.

—Sí, así es. —A Glayino se le estaba acabando la paciencia con su madre—. Pero ¿no te das cuenta de que nos darías más trabajo si volvieras a patrullar antes de estar preparada?

La respuesta de Esquiruela fue interrumpida por la llegada de otro guerrero. Glayino percibió el olor de Ratonero, y parecía alarmado.

—¡Raposino me ha dicho que Estrella de Fuego está enfermo!

Hubo un revuelo entre los demás gatos.

—¡Que el Clan Estelar no lo quiera! —aulló Fronda—. ¿Qué haremos si nuestro líder muere? ¡Seguro que el Clan del Viento y el Clan del Río vuelven a atacarnos!

—Estrella de Fuego no va a morir —replicó Glayino con la mayor convicción que pudo—. Y si pierde una vida, aún le quedan muchas.

—Eso no significa que pueda desperdiciarlas —maulló Esquiruela—. Y Zarzoso necesitará más patrullas todavía. ¿Y si enferman nuestro líder y también nuestro lugarteniente?

—Estamos haciendo todo lo que podemos para combatir la enfermedad. Y Estrella de Fuego es un gato fuerte y sano.

—Lo sé, pero... —Esquiruela se quedó callada.

Glayino notó su angustia como antes había notado la de Látigo Gris. Sin decir una palabra más, la guerrera dio media vuelta y regresó a su lecho.

Presa de la preocupación, el joven aprendiz salió de la guarida de los guerreros y fue al montón de la carne fresca a elegir algo para los gatos de la maternidad. Temía que Hojarasca Acuática tuviera razón cuando decía que estaban perdiendo la batalla. Sin la nébeda, no había nada que pudieran hacer.

«Tengo que encontrar nébeda. Y descubrir, sea como sea, lo que intentaba decirme Espíritu Radiante.»

Ya estaba anocheciendo cuando Glayino terminó de informar a Hojarasca Acuática y de llevar las hierbas que quedaban a los gatos enfermos. El aprendiz se enroscó en su lecho de la guarida de la curandera, hundiéndose todo lo que pudo en el musgo para amortiguar el ruido de los resuellos y las toses de Mili y Gabardilla.

«Quizá ahora pueda averiguar lo que tengo que hacer», se dijo.

Recordó su encuentro con la bella atigrada plateada, y la calidez de su mirada mientras hablaban. «Busca el viento...» Pero el viento estaba por todas partes; no había que buscarlo. Susurraba entre las ramas de los árboles, soplaba sobre el lago, aplastaba la hierba del páramo que había camino de la Laguna Lunar. ¡Ojalá fuese igual de fácil encontrar nébeda!

«Busca el viento...» y encontrarás nébeda. ¿Era eso lo que Espíritu Radiante quería que entendiera? Glayino sintió un cosquilleo de emoción que lo recorrió de las orejas a la punta de la cola, y flexionó las garras, cerrándolas sobre el musgo de su lecho. ¿Dónde soplaba el viento más fuerte que en ningún otro sitio?

«¡Claro! ¡En el territorio del Clan del Viento!»

En el territorio del Clan del Trueno no había nébeda; la que crecía en el Clan del Río estaba demasiado lejos, y con la escasa vegetación que había en el bosque de pinos, resultaba improbable que hubiera alguna mata en el Clan de la Sombra. Si había más nébeda alrededor del lago, tenía que estar en el Clan del Viento.

A Glayino le entraron ganas de levantarse de un salto y salir disparado hacia el bosque, pero eso hubiera sido una insensatez. Él no sabía moverse por el territorio del Clan del Viento, y, aunque no hubiera sido ciego, no tenía ni idea de dónde empezar a buscar la nébeda.

«Eres curandero. Tienes poderes. Úsalos.»

Enroscándose en un ovillo prieto, Glayino cerró los ojos. Jamás se había paseado por los sueños de un gato que estuviera tan lejos, pero Azorín, el aprendiz de curandero del Clan del Viento, siempre se había mostrado amable con él. «Bobo pero amable...» Quizá eso le hiciera más fácil colarse en sus sueños.

Glayino se imaginó a sí mismo saliendo del campamento y cruzando el bosque en dirección al territorio del clan vecino. Tras saltar el arroyo que marcaba la frontera, cruzó el páramo con pasos tan ligeros como plumas y llegó a lo alto de la hondonada desde donde se veía el campamento del Clan del Viento. Dejándose llevar por el sueño, se deslizó entre rocas y arbustos con formas difusas, y se centró en la grieta ancha del peñasco donde tenían su guarida Cascarón y Azorín.

Dentro de la grieta, el curandero y su aprendiz estaban ovillados en lechos construidos con hierba del páramo y plumas, que se agitaban con su respiración. La oscura forma de Glayino se acostó al lado de Azorín, tocándole el pelaje cálido y suave. Ralentizó su respiración para acompasarla con la del otro aprendiz. Un par de latidos después, notó que el viento le azotaba el cuerpo y se encontró dentro del sueño de Azorín.

El joven del Clan del Viento estaba caminando por el páramo, rodeado de olor a hierba y ovejas. Las nubes corrían veloces en el cielo azul claro, y el rocío destellaba bajo los rayos del primer sol de la mañana.

—¡Hola, Glayino! —Azorín sonó sorprendido pero también afable—. ¿Qué estás haciendo aquí?

—Quería hacerte una visita, nada más —respondió él, un poco tenso, temiendo que el aprendiz se diera cuenta de lo raro que era aquello.

Si Azorín se alteraba demasiado, podría despertarse, y Glayino se vería expulsado del sueño y de vuelta en su lecho.

—¡Genial! —maulló, dándole la bienvenida y agitando las orejas—. Hace un día precioso, ¿verdad? He pensado salir temprano para buscar algunas hierbas.

Glayino se moría de ganas de preguntarle qué clase de hierbas esperaba encontrar, pero prefería ser prudente y no asustarlo, así que se limitó a seguirlo por el páramo.

—¿Este arroyo baja hacia el Clan del Trueno? —le preguntó como si nada, mientras cruzaban un hilillo de agua marrón y turbosa, bordeada de juncos.

—Sí, se une al arroyo fronterizo —respondió Azorín.

«No sospecha nada. Después de todo, esto no es más que un sueño, ¿no?», pensó Glayino.

—Supongo que por aquí no encontraréis muchas presas —maulló, impaciente por que su colega siguiera hablando.

—¡Pues supones mal! —Azorín levantó la cola y la cabeza con orgullo—. ¿No hueles a conejo? Y a veces cazamos algún que otro pájaro. Corvino Plumoso nos enseñó a cazar como lo hacen en la tribu de las montañas.

—Me imagino que tendréis que ser rápidos.

Azorín se dio un par de lametazos en el pecho.

—Eso es lo que mejor se nos da a los gatos del Clan del Viento.

—¿Y qué me dices de las hierbas? —continuó Glayino, con el estómago en un puño cuando le hizo la pregunta que más le interesaba—. Este lugar parece bastante desolado. No es el mejor sitio para que crezcan la mayoría de las plantas.

—Pues vuelves a equivocarte. Tenemos buenas existencias a lo largo de los arroyos, y en el trozo de bosque que linda con la frontera del Clan del Trueno.

—Esa zona debe de ser estupenda para la hierbabuena —maulló Glayino—. ¿Y también tenéis nébeda?

—Oh, sí, tenemos un montón. —Azorín señaló con la nariz hacia una zona en que el páramo descendía bruscamente en una pendiente rocosa—. Ahí abajo.

—¿En serio? —Glayino se obligó a sonar mínimamente interesado, cuando lo que de verdad quería era ponerse a saltar aullando de alegría.

—Sí, hay...

En ese momento, justo delante de los dos aprendices, un conejo salió de entre un arbusto de aulaga y echó a correr por el páramo. Azorín se olvidó de Glayino y salió disparado tras el conejo, rozando con la barriga la hierba áspera.

—Gracias, conejo —murmuró el aprendiz de curandero del Clan del Trueno.

Esperó hasta que el aprendiz del Clan del Viento estuvo fuera de su vista, y luego descendió hasta las rocas. Olfateando el aire, captó olor a agua y un aroma intenso a nébeda. La encontró unos segundos después. Un manantial brotaba entre dos rocas, rodeado de matas espesas de la preciada hierba.

Glayino permaneció inmóvil unos instantes, aspirando su aroma. Deseó desesperadamente poder arrancar un puñado y llevárselo a su clan, pero estaba soñando. Alguien tendría que ir hasta allí despierto y robarle un poco al Clan del Viento.

«En realidad no es robar. No cuando la necesitamos tantísimo. Y el Clan del Viento tiene de sobra», se dijo.

Glayino, sin embargo, reparó en que la nébeda no era lo único que olía. Alrededor de las rocas había otro olor que le resultaba familiar, el olor a cuevas, tierra y agua subterránea. Rebuscando entre las rocas, intentó localizar el punto del que procedía, y al final lo encontró: un hueco estrecho entre las piedras que se internaba en la oscuridad.

«¡Esto debe de ser una entrada a los túneles! Quizá es la ruta que tomó el Clan del Viento para atacar nuestro territorio.»

En el barro que había delante de la abertura vio varios rastros de huellas, y, tras comprobar que nadie lo veía, se coló por el agujero. El pasaje se tornó más ancho enseguida, y Glayino distinguió el olor a gatos del Clan del Viento pegado a las rocas.

—¡Glayino! ¡Glayino!

El joven se puso tenso; ¿lo habría visto Azorín entrar en el túnel y sospecharía de él?

—Glayino. —Una zarpa se le clavó bruscamente en el costado—. Glayino, a Mili le ha subido la fiebre. ¿Puedes ir a por un poco de musgo empapado en agua?

El aprendiz abrió los ojos a la oscuridad y se levantó, sacudiéndose trocitos de musgo y helecho del pelo. El frío del amanecer llenaba la guarida, mezclándose con el olor a miedo de Hojarasca Acuática. Oyó la respiración ronca de Mili y los maullidos lastimeros de Gabardilla.

—Mamá va a morirse, ¿verdad? —La cachorrita sonó aterrada—. Y no volveré a verla, porque yo no conozco el camino al Clan Estelar.

—Estamos haciendo todo lo que podemos.

Hojarasca Acuática se alejó, y Glayino se la imaginó inclinándose para consolar a la asustada gatita.

—E incluso si se muere, volverás a verla algún día —prosiguió la mentora—. Cuando Mili esté en el Clan Estelar, sabrá cuál es el momento oportuno para venir a por ti.

—¿Estás segura? —Gabardilla no parecía muy convencida.

—Te lo prometo —la tranquilizó la curandera.

A Glayino empezaron a temblarle las patas de miedo. Hojarasca Acuática actuaba como si se hubiera resignado a ver cómo moría una compañera de clan. «¡Tenemos que ir a por esa nébeda ya mismo!»

—Traeré el musgo —maulló, saliendo de la guarida.

Después de llevarle el musgo empapado a Mili, se dirigió a la guarida de los guerreros. Dentro, el aire estaba cargado con el cálido olor de los gatos dormidos; era tan temprano que casi ninguno se había despertado.

Glayino localizó a Leonado por el olor, y lo despertó dándole un empujón.

—¿Eeeeh...? —Leonado levantó la cabeza—. ¿Glayino? ¿Ocurre algo?

El aprendiz de curandero se inclinó para susurrarle al oído:

—Sé dónde hay nébeda.

—¿En serio? —respondió entusiasmado—. ¿Dónde?

—En el Clan del Viento, cerca de la entrada a un túnel. Tienes que ir a recolectar un poco.

El entusiasmo del joven guerrero se transformó bruscamente en horror y repulsión.

—No —maulló cortante—. ¡No pienso ir al Clan del Viento! ¡Ni hablar!

13

Leonado notó que la hierba fresca le rozaba la barriga al avanzar. El olor del Clan del Viento le llenaba las fosas nasales. Las gotas de lluvia que caían de las hojas le mojaban las orejas y los bigotes, pero él estaba demasiado ensimismado como para sacudírselas de encima. Tenía todos los músculos del cuerpo concentrados en lo que veía delante.

«¡Ahora!» Impulsándose con sus potentes patas traseras, Leonado saltó. La ardilla intentó huir, pero era demasiado tarde. El guerrero le clavó las garras y la mató con una dentellada veloz en el cuello.

Cuando la presa quedó inerte, a Leonado se le nubló la vista. Un lago de sangre escarlata y pegajosa se extendió por la hierba y las hojas del suelo forestal; podía saborear su sabor. La ardilla se transformó en una gata gris, y Leonado se encontró contemplando el cadáver de Zarpa Brecina. Sus garras estaban manchadas con la sangre de la gata.

—No... oh, no... —susurró.

Desde que dos días antes Glayino le había pedido que fuera a por nébeda al Clan del Viento, Leonado se sentía culpable. No podía hacerlo. Le daba demasiado miedo que su sueño se hiciera realidad y terminara matando a Zarpa Brecina.

Se estremeció, visualizando la espantosa imagen de la gata a la que había amado. Una vez más, volvió a desear ser un guerrero común y corriente, sin esos poderes que lo aterrorizaban más y más a medida que se consolidaban.

«Ojalá pudiera contarle a Glayino cómo me siento...» Pero no podía mostrar debilidad ante su hermano, no cuando éste dependía de él para cumplir con su parte de la profecía. Sólo sabía que no podía arriesgarse a entrar en el territorio del Clan del Viento, y menos aún a través de los túneles. Zarpa Brecina lo había traicionado. Leonado deseaba desesperadamente creer en lo que ella le había dicho —que eran las cachorritas las que habían desvelado el secreto de los túneles—, pero no podía estar seguro de que eso fuera cierto. Ahora Zarpa Brecina era su enemiga, porque él estaba firmemente comprometido con el Clan del Trueno. ¿Por qué iba a fiarse de una gata de otro clan? Jamás la perdonaría, pero no por eso deseaba mancharse las zarpas con su sangre.

Cuando la visión se desvaneció, Leonado se incorporó con la ardilla en la boca. Cenizo apareció entre los helechos que crecían junto al arroyo que marcaba la frontera con el Clan del Viento y se acercó a él cargado con dos campañoles. Lo seguía Zancudo con un ratón.

—Bien hecho, Leonado. —Cenizo le dedicó un gesto de aprobación y dejó sus presas cerca—. ¿Has visto a Acedera? Nosotros ya hemos cazado todo lo que podemos cargar.

—Estoy aquí. —Acedera apareció también entre la vegetación, arrastrando un conejo casi tan grande como ella—. ¡Puaj! —Dejó la presa en el suelo para escupir un mechón de pelo—. ¿Alguno de vosotros podría llevarlo camino del campamento?

Mientras regresaban a la hondonada rocosa, Leonado volvió a sentirse agobiado por sus preocupaciones. Hasta el momento, la estación de la caída de la hoja había sido templada y no habían faltado las presas, pero quedaban pocos guerreros en condiciones de cazar. Al salir del campamento aquella mañana, Centella estaba tosiendo, y Leonado había visto a Melada ir hacia la guarida de la curandera. «¿Cuánto tiempo pasará antes de que haya tantos gatos enfermos que no queden los suficientes para cuidarlos?»

Dejó la presa en el montón de la carne fresca, que estaba inquietantemente bajo.

—Volveremos a salir ahora mismo —anunció Cenizo—, pero primero deberíamos comer algo para recuperar fuerzas.

—Yo estoy bien —maulló Acedera—. Uno de los enfermos puede comerse mi parte.

Cenizo se le acercó.

—Tienes que comer. ¿Qué bien le harás a tu clan si también caes enferma?

Durante un instante, Acedera le sostuvo la mirada con rebeldía, pero luego bajó la vista.

—Vale, tienes razón.

Sin embargo, Leonado advirtió que escogía el ratón más pequeño.

Mientras el joven guerrero se comía un campañol, vio que Glayino salía de la guarida de los guerreros. Engullendo el último bocado, fue en busca de su hermano.

—¿Cómo está Centella? —le preguntó—. Esta mañana la he oído toser. Y Melada ha ido a ver a Hojarasca Acuática.

—¡Como si te importara! —le espetó Glayino.

—¡Claro que me importa!

A Leonado lo invadió una mezcla de culpabilidad e indignación. «¡Tengo mis razones para no ir al Clan del Viento!»

—Las dos tienen tos verde —maulló Glayino secamente—. Y Nimbo Blanco, también. Les he dicho que no salgan de su lecho. Y ahora, ¿vas a ir a por nébeda?

—No puedo.

Se estremeció al ver la furia en los ojos de su hermano, y deseó poder explicarle sus sueños; así entendería por qué le resultaba imposible ir al Clan del Viento.

—¿Por qué no mandas a otro guerrero en mi lugar? —le preguntó.

—¡Sabes de sobra por qué! —bufó el aprendiz erizando el pelo—. Tú conoces los túneles.

—Carrasca también. Podría ir ella...

—¡Carrasca! —lo interrumpió Glayino—. ¡Ya sabes cómo es con el código guerrero! ¿Crees que accedería a colarse en el territorio de otro clan para robarle un manojo de hierbas? Nos arrancaría las orejas con sólo mencionárselo. No, tienes que ser tú, Leonado. Además, eres nuestro mejor guerrero, y si te sorprenden, necesitarás tus poderes para escapar.

—¿Y por qué Hojarasca Acuática no puede pedirle a Cascarón un poco de nébeda?

—¡¿Cuando te has convertido en una estúpida bola de pelo?! —bufó Glayino—. ¿Con quiénes acabamos de tener un enfrentamiento? Puede que Cascarón le diera nébeda a Hojarasca Acuática, pero Estrella de Bigotes tendría que saberlo, y si se enterara de que el Clan del Trueno está debilitado, volvería a atacarnos antes de que pudieras decir «ratón». —Y sacudiendo la cola, añadió—: Es inútil hablar contigo. Jamás pensé que mi propio hermano se mantendría al margen y dejaría morir a su clan. —Y dando media vuelta, regresó a su guarida a grandes zancadas.

Leonado se lo quedó mirando, pero luego volvió con la patrulla, junto al montón de la carne fresca. Habían aparecido Zarzoso y Esquiruela, y Látigo Gris fue a escoger una pieza para llevarla a la guarida de la curandera.

—Toma algo para ti también —le dijo Esquiruela, pero Látigo Gris no dio señales de haberla oído.

—De acuerdo, Cenizo —maulló Zarzoso—, cuando salgáis de nuevo, recorred la frontera del Clan de la Sombra. Puedes combinar la patrulla fronteriza con algo de caza. Pero cuando regreséis, ya habréis terminado por hoy. Necesitáis descansar.

—En ese caso, aplícate tu propio consejo. —Esquiruela le tocó el lomo con la cola—. Tú también necesitas descansar.

—No puedo. Tengo que organizar más patrullas.

A Leonado se le cayó el alma a los pies al ver cómo le brillaban los ojos a Zarzoso y notar que tenía la voz ronca.

Acedera se acercó al joven guerrero y le susurró al oído:

—Si tu padre enferma...

Él asintió, pero no dijo nada. No era necesario. Con Estrella de Fuego enfermo, el Clan del Trueno dependía de su lugarteniente para protegerse.

«¡Oh, Clan Estelar! ¿Por qué estás permitiendo que pase esto?», pensó Leonado.

Unas nubes grises cubrían el cielo, aunque el aire seguía siendo templado. El viento susurraba entre los árboles que crecían en lo alto de la cornisa alta, y en la hondonada los gatos se acurrucaban entre las rocas. Leonado acababa de volver de una patrulla de caza con Zarzoso, Carrasca y Carbonera. Fronde Dorado y Acedera estaban despatarrados cerca del montón de la carne fresca, compartiendo lenguas, mientras Tormenta de Arena se comía un tordo a su lado.

Cuando el joven guerrero y los demás dejaban ya sus presas en el montón de la carne fresca, aparecieron Hojarasca Acuática y Glayino para comer algo.

—¿Cómo está Mili? —les preguntó Tormenta de Arena, levantando la cabeza del tordo.

—Si no toma nébeda pronto, morirá —respondió Hojarasca Acuática con voz inexpresiva.

Glayino fulminó con la mirada a Leonado mientras escogía un ratón, y el joven guerrero notó como si unas garras le arañaran el cuerpo. «¡Deja de culparme! ¡No puedo ir al Clan del Viento!», protestó para sus adentros.

Con el rabillo del ojo, entrevió el destello de un pelaje rojizo en la Cornisa Alta. Al levantar la vista, vio que Estrella de Fuego había salido de su guarida, y sintió un hormigueo de conmoción. ¿Qué hacía levantado el líder del clan? Parecía inestable sobre sus patas, y cuando abrió la boca para hablar, le dio un ataque de tos.

—¡Estrella de Fuego! —Tormenta de Arena se levantó de un salto—. ¿Qué crees que estás haciendo?

—¡Vuelve a acostarte ahora mismo! —Hojarasca Acuática corrió hacia las rocas, con Tormenta de Arena a la zaga.

Estrella de Fuego alzó una pata para detenerlas.

—No os acerquéis más —les dijo con voz áspera—. La enfermedad se propaga con demasiada facilidad. Tenemos que sacar del campamento a los gatos enfermos para que los demás sigan sanos.

—Pero... ¡no podemos hacer eso! —protestó Hojarasca Acuática, parándose al pie de las rocas caídas—. No hay ningún lugar al que puedan ir los enfermos.

—Sí, sí que lo hay. —Los ojos acuosos de Estrella de Fuego brillaron triunfales—. La vivienda abandonada de los Dos Patas tiene muros y un tejado para protegernos, y hay un arroyo cerca donde podemos beber.

—Pero yo no puedo estar en dos sitios a la vez —replicó Hojarasca Acuática, angustiada, como si detestara rechazar la esperanza que el líder le ofrecía.

—No tendrás que hacerlo —respondió Estrella de Fuego—. Yo cuidaré de los enfermos. Puedes explicarme qué hierbas usar y traerme provisiones sin acercarte demasiado.

Tormenta de Arena soltó un sonoro suspiro, agitando los bigotes.

—¡Eso es ridículo! Estás poniéndote en peligro. Tú necesitas descansar tanto como los demás enfermos...

Estrella de Fuego la miró con un destello de amor en sus ojos verdes.

—Yo puedo perder vidas; mis compañeros de clan, no. Tengo que hacer esto por su bien.

Un murmullo de sorpresa se elevó entre los gatos que se reunieron alrededor del montón de la carne fresca. Zarzoso miró a su líder y luego asintió lentamente, como si estuviese haciendo una promesa.

—Podría funcionar —apuntó Fronde Dorado.

—Yo creo que vale la pena intentarlo —coincidió Carbonera—. Si no hacemos algo pronto, nos contagiaremos todos.

Cuanto más pensaba Leonado en la propuesta de Estrella de Fuego, más sentido le veía. Los gatos enfermos tendrían un lugar seguro y seco en el que instalarse, y los demás podrían cuidar de ellos mejor. Hojarasca Acuática y Glayino tendrían más opciones de seguir sanos. Y quizá las plantas de nébeda de la vivienda de los Dos Patas habrían crecido lo bastante para proporcionar sus hojas sanadoras...

—Todavía no hay suficiente —gruñó Glayino, como si Leonado hubiera estado pensando en voz alta—. ¡Necesitamos más! La mitad del clan ha enfermado.

Leonado sintió como si los ojos de Glayino le abrasaran la piel. Se dio la vuelta y se acercó a Carrasca.

—¿No te parece que Estrella de Fuego es magnífico? —maulló su hermana—. Me siento muy orgullosa de llevar su misma sangre. Me pregunto si yo tendría el valor de hacer lo que él está haciendo.

Leonado la tocó con la nariz.

—Estoy seguro de que sí, Carrasca.

«¿Y qué pasa con mi valor? —se preguntó—. Debería ser lo bastante valiente para ir a por la nébeda. Pero no puedo hacerlo, ¡no puedo!»

En la Cornisa Alta, Estrella de Fuego se irguió alzando la cabeza.

—Que todos los gatos... —Su intento de levantar la voz terminó en un ataque de tos.

Zarzoso subió corriendo a la Cornisa Alta e intercambió unas rápidas palabras con el líder. Leonado no podía oírlos, pero, al cabo de un momento, Estrella de Fuego regresó tambaleándose a su guarida y Zarzoso miró hacia el claro.

—¡Que todos los gatos lo bastante mayores para cazar sus propias presas vengan aquí, bajo la Cornisa Alta, para una reunión del clan! —aulló.

Raposino y Albina salieron de la guarida de los veteranos, cada uno con una bola de musgo usado. Musaraña los siguió y cruzó el claro hasta donde estaban Tormenta de Arena y Hojarasca Acuática, al pie de las rocas caídas.

Fronda y Esquiruela salieron de la guarida de los guerreros y se sentaron cerca del montón de la carne fresca. Bayo y Látigo Gris aparecieron tras ellas y se quedaron justo en la entrada de la guarida.

A Leonado se le cayó el alma a los pies al ver que los gatos que acudían a la llamada eran muy pocos. Muchos estaban enfermos, y el resto debía de estar patrullando.

Zarzoso comenzó a explicar el plan de Estrella de Fuego.

—Necesitamos recoger mucho musgo y ramas de helechos... y hojas secas y plumas... Cualquier cosa que sirva para mantener a los enfermos cómodos y calientes. Leonado y Carrasca, encargaos de eso, y llevaos a los aprendices con vosotros.

Leonado aceptó la orden de su padre con un movimiento de la cola.

—Fronde Dorado, a ti se te da bien reparar los muros de las guaridas —continuó el lugarteniente—. Que algunos guerreros te ayuden a tapar los agujeros de la vivienda de los Dos Patas para que no haya corrientes de aire.

—Claro, Zarzoso —respondió el guerrero dorado.

—Y tendremos que preparar un nuevo montón de carne fresca. Tormenta de Arena, tú eres la mejor cazadora: ¿podrías ocuparte de eso?

La gata asintió entornando sus verdes ojos, como si ya estuviera planeando la caza.

—Hojarasca Acuática, tú tendrás que llevar las hierbas que necesite Estrella de Fuego. Si tienes que recolectar más, pide a algún guerrero que te ayude.

—Lo haré. Y todos los gatos deberían estar atentos: tenemos que encontrar nébeda. Es posible que haya algunas matas que se nos hayan escapado.

Leonado se dio cuenta de que la curandera no creía que eso fuera posible, pero tampoco podían desdeñar la más mínima probabilidad de descubrir más existencias de la preciada hierba.

«Y si encontráramos un poco, yo ya no me sentiría tan culpable.»

—De acuerdo —maulló Zarzoso—. Entonces...

—¿Y yo qué? —lo interrumpió Esquiruela, con un brillo retador en sus ojos verdes—. No esperarás que me quede en el campamento sin hacer nada, ¿verdad?

—Todavía no estás en condiciones de salir —le respondió Hojarasca Acuática de inmediato.

—Saldrás cuando nuestra curandera diga que puedes hacerlo —convino Zarzoso—. Pero no vas a estar sin hacer nada. Cuando regresen los gatos que han salido a patrullar, puedes explicarles lo que ha pasado y encargarles tareas.

Esquiruela vaciló, como si fuera a protestar, pero finalmente asintió de mala gana, mascullando para sí misma y arañando el suelo.

—Muy bien, la reunión ha terminado —maulló Zarzoso secamente—. Pongámonos en marcha.

Leonado llamó a los aprendices con la cola y fue hacia el túnel de espinos junto con Carrasca. Notaba un hormigueo de impaciencia en las zarpas. Ni siquiera los aprendices se quejaron del trabajo.

—Me siento rara. —Carrasca parecía preocupada cuando se internaron en el bosque—. El clan nunca se había dividido de esta manera.

—Es la mejor forma de salvar vidas —respondió Leonado.

—El código guerrero no dice nada sobre esto. Sólo que... bueno, todos juramos defender a nuestro clan, ¿no?, así que supongo que esto es una manera de hacerlo... —Su expresión angustiada pareció disiparse en parte.

Leonado guió al grupo lejos del campamento, hasta un claro donde el musgo permanecía mullido e intacto.

—Gracias al Clan Estelar que no ha llovido últimamente —masculló Raposino, arrancando una franja larga de musgo de la raíz de un árbol para ir haciendo una bola con ella.

—Procura escurrir primero toda el agua —lo aleccionó Carrasca—. Y cava lo más hondo que puedas para encontrar los trozos más secos.

—¡Eh, mirad lo que he encontrado! —Albina cruzó el claro con un fardo de plumas blancas y grises en la boca—. Hay muchas más ahí —añadió—. Un zorro debe de haberse zampado una tórtola.

—¡Genial! —maulló Leonado—. Serán un colchón blando. Recoge todas las que puedas.

Cuando tuvieron todo el material para lechos que podían transportar, pusieron rumbo hacia la vivienda de los Dos Patas. Y cuando estuvieron cerca, Leonado plantó las orejas, sorprendido. El lugar, que siempre estaba tan en silencio que daba escalofríos, bullía de actividad, como un hormiguero revolucionado.

Rosella pasó junto a él con un montón de palitos en la boca, seguida de Betulón, que arrastraba un zarcillo largo de zarza. Al llegar a la entrada de la casa, Leonado vio a Carbonera metiendo más zarzas en un agujero que había entre las piedras.

—Qué bien, Rosella —maulló Carbonera cuando la otra gata dejó los palitos a sus pies—. Eso es justo lo que necesitábamos.

—Iré por más.

La guerrera parda se volvió en redondo y pasó de nuevo junto a Leonado, en dirección al bosque.

—¡Traed ese musgo! —los llamó Acedera, que estaba ayudando a Cenizo a colocar ramas en el suelo, formando lechos individuales—. Ponedlo allí —continuó, señalando con la cola un espacio amplio al fondo de la vivienda, que ya estaba rodeado por espinos entrelazados—. Esto será la maternidad.

Raposino y Albina siguieron a Leonado y Carrasca y dejaron la carga donde les había indicado Acedera. Los dos aprendices miraron a su alrededor con desasosiego, como si esperaran que algo saltara sobre ellos desde las sombras de los rincones. Leonado entendía cómo se sentían. Las líneas rectas y los duros ángulos de la vivienda de los Dos Patas resultaban inquietantemente extraños; el suelo lo notaban duro y frío bajo las patas, y resultaba turbador tener un techo sólido sobre la cabeza, sin huecos por donde se colara la luz del sol o de la luna.

«A lo mejor por eso Rosella ha salido tan deprisa —pensó—. ¿De verdad podrán instalarse aquí los gatos enfermos?»

—Bueno, ¿qué hacéis ahí plantados? —preguntó Acedera—. ¡Id a recoger más musgo! —Luego le dio a Leonado un empujoncito afectuoso con el hocico, y suavizó su tono—: Aseguraos de que esté seco y en condiciones. Necesitaremos todo el que podáis encontrar.

Cuando Leonado y los demás regresaron por segunda vez, Tormenta de Arena se acercaba encabezando una patrulla de caza. La seguían Bayo y Candeal; los tres tenían la boca llena de presas.

Tormenta de Arena fue hacia un tronco hueco, a unos pocos zorros de distancia de la entrada de la vivienda de los Dos Patas, y dejó las piezas en el interior.

—Me alegro de haber encontrado esto —comentó—. Las presas se mantendrán secas ahí dentro.

—Y nosotros podremos mantenernos lejos de los gatos enfermos —añadió Bayo, dejando la caza.

—Pero podrían venir zorros a robarlas —maulló Candeal, depositando sus capturas en el creciente montón—. ¿Ayudaría en algo que dejáramos marcas olorosas en el tronco?

—Buena idea —respondió Tormenta de Arena—. Y también marcaremos los extremos del viejo jardín de los Dos Patas. Si los zorros creen que por aquí hay muchos gatos, tal vez se mantengan alejados.

«No sabrán que los gatos están demasiado enfermos para pelear», pensó Leonado, mientras entraba con su grupo en la casa cargado con musgo.

Para entonces, la vivienda de los Dos Patas parecía mucho más acogedora. Cenizo había terminado de dividir la zona en lechos separados por ramas, y la primera remesa de relleno se había extendido pulcramente en la maternidad. Fronde Dorado y Carbonera estaban olfateando los muros, metiendo ramitas y hojas en cualquier grieta que se les hubiera escapado, y Hojarasca Acuática también estaba allí, comprobando si había corrientes en la maternidad.

—¡Aquí! —llamó a Fronde Dorado—. El viento me está atravesando como una garra.

Fronde Dorado se acercó con un fardo de hojas secas y las introdujo en el hueco que le señalaba la curandera.

—Mucho mejor. —Hojarasca Acuática ondeó la cola con aprobación.

Acedera le indicó a Leonado y los demás dónde dejar el musgo.

—¡Es estupendo! —exclamó, hundiendo las garras en la nueva remesa—. Pero todavía necesitamos más.

—Lo sé. —Leonado agitó los bigotes—. ¡Vamos!

Al salir de la casa, vio a Glayino y Ratonero, que llegaban del campamento cargados con fardos de hierbas. Los dejaron sobre una piedra plana cerca de la entrada, y Glayino las separó cuidadosamente en montones.

—¡Qué lástima que no haya nébeda! —le dijo a Ratonero, lo bastante alto para que lo oyera Leonado—. Los enfermos tendrían más posibilidades si contáramos con algo de nébeda.

—¿Y qué pasa con la que crece aquí? —le preguntó Ratonero.

—Ya lo he comprobado —respondió Glayino, girando la cabeza para fulminar a su hermano con sus ciegos ojos azules—. Está empezando a crecer de nuevo, pero no hay más que unos pocos brotes minúsculos.

Leonado volvió a sentir una punzada de culpabilidad. No podía explicarle a Glayino por qué se negaba a ir al territorio del Clan del Viento por los túneles. «Pero ¿y si mueren gatos por culpa de mis sueños?», se preguntó.

Incapaz de responder a esa pregunta, Leonado salió disparado hacia el bosque como si lo persiguiera una horda de tejones. Aun así, mientras se dirigía al claro donde recogían el musgo, supo que jamás podría dejar atrás el sentimiento de culpa.

Cuando Leonado y su grupo regresaron una vez más a la vivienda abandonada de los Dos Patas, el sol estaba descendiendo y llenaba el bosque de una luz roja atravesada por unas sombras. El joven guerrero había perdido la cuenta de las cargas de musgo que sus compañeros y él habían recogido y llevado hasta allí.

Mientras cruzaban el duro sendero de piedra, Leonado vio a Hojarasca Acuática plantada en la puerta con Zarzoso. Los dos se callaron al ver llegar a la patrulla.

—Bien hecho —maulló el lugarteniente del Clan del Trueno—. Llevad eso al interior y ya podéis descansar. Está todo preparado.

Leonado guió a sus compañeros hacia la vivienda, y reparó en que ya había un montón de carne fresca bien abastecido en el árbol hueco. El lugar parecía cálido y seguro, con lechos cómodos y lo bastante grandes para acoger a dos o tres gatos, y una zona más grande para la maternidad, acondicionada con las plumas y el musgo más blandos. Fronda estaba alisando los bultos.

Acedera llevó a Leonado hasta el último rincón y extendió el musgo y los helechos que habían encontrado.

—Ya está todo —anunció al final, tocando la nariz del joven guerrero con la suya—. Gracias, gracias a todos.

Cuando miró a su alrededor, Leonado vio que la mayoría de los gatos sanos estaban allí. Fronde Dorado y Carbonera tenían el pelo desgreñado por las espinas y las zarzas, pero les brillaban los ojos de satisfacción. Rosella estaba lamiéndose una almohadilla afanosamente, como si se le hubiera clavado una espina. Látigo Gris estaba hundiendo las garras en el musgo, y Leonado supuso que estaría impaciente por volver con Mili. Bayo se había tumbado a echar una cabezada en uno de los lechos nuevos, pero Pinta lo pinchó rudamente con una zarpa.

—¡Levántate, estúpida bola de pelo! —bufó—. Estos lechos no son para nosotros.

—He estado trabajando todo el día... —rezongó Bayo, poniéndose en pie y dándose un lametazo en el pelo para disimular su vergüenza.

Hojarasca Acuática apareció en la puerta seguida de Zarzoso.

—Todo está listo —anunció la curandera—. Ahora ya podemos regresar al campamento. Pero no podremos entrar hasta que hayan salido nuestros compañeros enfermos. A partir de ahora, tendremos que mantenernos alejados de ellos.

—¿Cómo? —Látigo Gris arañó el musgo con más fuerza—. ¿Quieres decir que no podemos ayudarlos?

—Algunos están demasiado débiles para llegar hasta aquí sin nosotros —objetó Fronde Dorado.

—Los más fuertes ayudarán a los más débiles —respondió Hojarasca Acuática, en un tono que dejaba claro que nadie más debía protestar—. Sabéis lo rápido que se propaga la enfermedad. Debemos permanecer fuertes y sanos para proveernos a nosotros mismos y también a los enfermos.

—Hojarasca Acuática tiene razón —maulló Zarzoso, que estaba junto a ella—. Por eso estamos haciendo todo esto, ¿recordáis?

No hubo más protestas, pero Leonado sintió un hormigueo al pensar en sus compañeros enfermos realizando el largo trayecto sin ayuda, y por las miradas que intercambió, vio que la mayoría se sentía igual.

La curandera encabezó el regreso al campamento y desapareció por el túnel de espinos. Con un movimiento de la cola, Zarzoso les indicó a los demás que se colocaran a ambos lados, dejando el espacio suficiente para que pasaran los enfermos.

A Leonado se le encogió el estómago de pena cuando empezaron a salir. El primero fue Estrella de Fuego, que iba con la cabeza orgullosamente levantada, aunque lo sacudió un ataque de tos al pasar. Nimbo Blanco sujetaba a Espinardo, mientras que Manto Polvoroso se recostaba sobre Centella. El guerrero marrón se sacudía con toses cavernosas; se le notaban todas las costillas y tenía el pelaje ralo y deslustrado. Fronda soltó un maullido lastimero, adelantándose instintivamente, pero Betulón la frenó con la cola.

Manto Polvoroso se volvió hacia ella, con los ojos vidriosos por la fiebre.

—No te acerques —le dijo con voz ronca—. Estaré bien.

Fronda desvió la vista y hundió el hocico en el pelo de Betulón.

Dalia fue la siguiente en aparecer, cargada con Rosina y seguida de Tordillo, Floreta y Pequeño Abejorro. Los traviesos cachorros estaban excepcionalmente comedidos, y avanzaban en silencio con la mirada fija en el suelo.

Zarzoso se interpuso en su camino.

—Vosotros no podéis ir con Rosina —maulló el lugarteniente—. Los cachorros sanos y tú debéis quedaros en el campamento.

—¡Tonterías! —exclamó la reina tras dejar delicadamente en el suelo a su hija, que soltó un leve quejido—. ¿Quién alimentará a Rosina si yo no estoy con ella?

—Rosina ya puede comer carne —respondió Zarzoso—. Y Estrella de Fuego se asegurará de que esté bien cuidada. ¿Acaso quieres que los demás cachorros caigan enfermos?

Por unos instantes, Dalia lo miró ceñuda, pero luego bajó la vista y se hizo a un lado, atrayendo hacia ella a los demás cachorros con la cola.

—¡Yo quiero ir con Rosina! —exclamó Tordillo con ferocidad.

—No puedes. —Dalia se inclinó para tocarle la cabeza con el hocico—. La mejor forma de ayudarla es permanecer sano y fuerte.

Tordillo mantuvo su expresión rebelde, pero no dijo nada más. Melada, que acababa de salir del campamento, entendió la situación al instante y se colocó junto a Rosina.

—Te prometo que cuidaré de ella —le dijo a Dalia, que se lo agradeció con un gesto de asentimiento.

Rosina sacudió el aire con las patas y siguió gimiendo cuando Melada la agarró por el pescuezo para llevarla a la vivienda de los Dos Patas.

Un nuevo movimiento en el túnel señaló la llegada de Mili. A la gata gris la sostenían por ambos lados Hojarasca Acuática y Glayino. Al verla, Leonado contuvo la respiración, horrorizado. La gata apenas movía las patas; prácticamente la llevaban a rastras los curanderos. Tenía la piel pegada a las costillas, y su cuerpo se estremeció cuando un ataque de tos la obligó a detenerse.

—¡No! —aulló Látigo Gris, detrás de Leonado y Carrasca.

Y se lanzó hacia delante, pero Leonado le impidió el paso y la joven guerrera le clavó los dientes en el pelo del omoplato.

—¡Soltadme! —gruñó él, debatiéndose—. ¡Mili se está muriendo! ¡Tengo que ir con ella!

Leonado hizo de tripas corazón: luchar contra un compañero de clan iba contra todo lo que le habían enseñado, pero no podía permitir que Látigo Gris se acercara a su amada enferma.

—¡Atrás! —le ordenó Hojarasca Acuática, levantando la cola a modo de advertencia.

Látigo Gris no le hizo el menor caso y siguió revolviéndose, dando un manotazo para arañar a Leonado.

—¡Basta ya! —le gritó Zarzoso, acercándose a ellos para ayudar.

—Látigo Gris. —La voz ronca de Estrella de Fuego se alzó desde la cabecera de la penosa comitiva de gatos.

El líder del Clan del Trueno se había detenido para dirigirse a su amigo.

—Sé cómo te sientes, pero debes mantenerte lejos de Mili —maulló con tono comprensivo. La amistad entre ambos era muy profunda—. Ella necesita que sigas estando fuerte y sano.

Látigo Gris dejó de debatirse y respiró hondo.

—Estrella de Fuego, el corazón se me rompe en pedazos.

—Lo sé, pero lo que estás haciendo no ayuda en nada. Si Mili empieza a recorrer el camino hacia el Clan Estelar, mandaré llamarte para que te despidas de ella. Te lo prometo.

Látigo Gris vaciló un momento, pero luego inclinó la cabeza.

—Espero que cumplas tu promesa, Estrella de Fuego —maulló con voz ahogada.

Leonado y Zarzoso se apartaron, y Carrasca lo soltó. El guerrero gris permaneció inmóvil, con la cabeza y la cola gachas. Leonado estaba lo bastante cerca para notar que su cuerpo temblaba de la cola a las orejas.

Hojarasca Acuática y Glayino continuaron adelante, sujetando a Mili. A la gata le colgaba la cabeza; ni siquiera parecía haberse enterado de las protestas de su pareja. Detrás de ellos salió Rabo Largo, guiado por la punta de la cola de la curandera. Gabardilla colgaba inerte de su boca, como si fuera una pieza de carne fresca.

Leonado se puso tenso. ¿Acaso la cachorrita estaba muerta? De repente, la pequeña agitó la cola y soltó una tos exhausta. Al ver que seguía viva, el guerrero se relajó un poco, pero su alivio fue engullido por una oleada de culpabilidad.

«Necesita nébeda. Todos la necesitan.»

Cuando los gatos enfermos se alejaron, Zarzoso guió al resto al interior de la hondonada rocosa. Musaraña y Esquiruela, los únicos miembros del clan que quedaban, estaban sentadas juntas al lado del montón de la carne fresca. Musaraña se levantó a recibir a los recién llegados.

—Debería haberme ido con ellos —le espetó a Zarzoso—. Podría ayudar. Soy una veterana; que yo enferme no debilita al clan.

Zarzoso inclinó la cabeza.

—Esa oferta es propia de una guerrera —respondió—. Pero el clan valora a todos los gatos, desde el cachorro de menor edad hasta el veterano más anciano. —Sus ojos ámbar destellaron—. Ya sé que se lo has pedido a Estrella de Fuego y que él te ha dicho que no. No creas que a mí podrás convencerme.

—Qué joven tan insufrible... Se cree que lo sabe todo —masculló Musaraña, dándole la espalda.

En vez de irse a sus guaridas, los gatos se apiñaron en el centro del claro, como si estuvieran esperando algo. Leonado se sentó junto a su hermana con el pelo erizado. El campamento parecía extraño, como si ya no fuese su hogar.

El hedor a enfermedad aún flotaba en el aire, y un silencio escalofriante lo cubría todo.

—Esto no me gusta... —susurró Carrasca—. Me pregunto cuántos de los enfermos regresarán.

«¡No!» Leonado hundió las garras en el suelo.

—Eso está en manos del Clan Estelar... —murmuró, consciente de lo hipócrita que estaba siendo.

Cuando Hojarasca Acuática y Glayino regresaron al campamento, Leonado tenía la sensación de que había transcurrido mucho tiempo, aunque las sombras no se habían alargado más que una cola de ratón sobre la hondonada.

—Qué bien que estéis todos aquí —maulló la curandera, yendo hacia los gatos reunidos—. Glayino, tráeme las hierbas vigorizantes de la guarida. —Y mientras su aprendiz le obedecía, continuó—: Debemos sacar hasta el último trocito de relleno de las guaridas y llevarlo al bosque. Hay que renovar todos los lechos.

—¿Qué? —Raposino, que estaba lavándose soñoliento, levantó la cabeza—. Me he pasado el día cargando musgo. ¿De verdad tenemos que ir a por más? ¡Estoy agotado!

—Todos estamos agotados —coincidió Zancudo—. ¿No puede esperar a mañana?

—Por supuesto que sí, si queréis que enfermen más gatos —replicó Hojarasca Acuática. Luego, con un tono menos brusco, añadió—: Esta vez ayudaremos todos en la misma tarea. No tardaremos mucho.

Glayino volvió con las hojas y dejó unas cuantas delante de cada gato. Al tragarlas, Leonado notó que sus doloridas patas se llenaban de calidez.

—En marcha —le dijo a Carrasca—. Cuanto antes empecemos, antes terminaremos.

Los guerreros salieron del campamento a recoger musgo y helechos, mientras Albina y Raposino, ayudados por Musaraña y Esquiruela, sacaban de las guaridas el relleno de lecho usado y lo llevaban lo más lejos posible de la barrera de espinos para deshacerse de él. Cuando lo retiraron todo y renovaron los lechos con musgo nuevo, el olor a enfermedad que antes flotaba en el campamento casi se había desvanecido.

—Esto está mejor —murmuró Carrasca al acostarse en la guarida de los guerreros junto a Leonado—. Excepto por lo raro que resulta que falten tantos gatos. Espero que el plan de Estrella de Fuego funcione...

Leonado estaba quedándose dormido, con los ojos cerrados y la cola en el hocico. Estaba demasiado cansado para que sus preocupaciones lo mantuvieran despierto, pero cuando se sumió en la oscuridad del sueño, su mente se llenó de nébeda: matas de nébeda frondosas y exuberantes creciendo entre rocas al borde del páramo, tal como Glayino le había descrito. Saltó para cortar los tallos, pero se detuvo, temblando, en la orilla de un río.

El arroyo que marcaba la frontera con el Clan del Viento se había convertido en un caudaloso torrente escarlata. El hedor a sangre colmaba el aire, y la hierba de la ribera estaba salpicada de rojo.

Leonado dio un paso atrás, horrorizado al pensar que la sangre se le pegaría a las patas, y se quedó paralizado cuando oyó una voz familiar a su espalda.

—¿Tienes miedo, pequeño guerrero? —se mofó de él Estrella de Tigre—. ¿Dónde están ahora tus poderes?

14

Todos los músculos de Glayino aullaban de agotamiento cuando el joven terminó de inspeccionar la guarida de los veteranos para comprobar que se había eliminado hasta el último resto de musgo y helechos contaminados. Luego salió al claro dando trompicones y se acercó a Hojarasca Acuática.

—Está todo en orden —informó.

—¿Por qué no vas a descansar un poco? —maulló su mentora—. Zarzoso y Carbonera acaban de traer musgo nuevo para nosotros.

Glayino abrió la boca para replicar que él podía aguantar tanto como cualquiera, pero luego se lo pensó mejor. Su trabajo y el de Hojarasca Acuática había terminado por el momento. No había ninguna razón para que no se fuera a dormir. Pero, a pesar de que estaba agotado, sentía un hormigueo en las zarpas y su mente estaba en plena ebullición; sabía que sus pensamientos lo mantendrían despierto.

—Gracias —respondió—, pero preferiría salir un rato.

—Muy bien. —La curandera sonó levemente sorprendida—. Pero ten cuidado, ¿de acuerdo?

—Claro.

Glayino deseó que dejara de tratarlo como si fuera su madre. Para eso ya tenía a Esquiruela, y Hojarasca Acuática no era más que su mentora. Salió deprisa por el túnel, y se cruzó con Candeal y Betulón, que regresaban con fardos para los lechos. El aprendiz de curandero se dirigió al lago.

Tras atravesar la última línea de vegetación, se detuvo en lo alto de la ladera que descendía al lago. Oyó el chapoteo suave de las olas en la orilla y el sonido tenue de los guijarros que el agua movía. Olfateando cuidadosamente, se dirigió hacia el hueco entre las raíces donde había escondido el palo.

Al posar la zarpa encima de las marcas grabadas, los susurros de los guerreros desaparecidos muchísimo tiempo atrás se elevaron a su alrededor. Aguzó el oído para captar mejor sus voces, pero, como tantas otras veces, se mantenían fuera de su alcance.

—¡Pedrusco!, ¿no tienes un mensaje para mí? —exclamó en voz alta.

Los pensamientos de todo lo que había sucedido hasta ahora empezaron a dar vueltas en su mente: la misteriosa aparición de Solo y la señal falsa que había acabado siendo verdadera y lo había expulsado del Clan de la Sombra; la espantosa enfermedad y que Estrella de Fuego se hubiera llevado a los enfermos lejos de la hondonada rocosa... Glayino se sintió como una hoja girando en remolinos de viento.

«Se me está escapando todo, como presas que corren demasiado deprisa. Se supone que tengo poder, pero soy incapaz de controlar nada.»

—¿Siempre ha sido así para los clanes? —murmuró—. ¿Una batalla tras otra y algunas batallas que no puede ganar ningún gato? Me pregunto si fue una enfermedad lo que empujó lejos del lago a los primeros gatos que vivieron aquí.

Volvió a deslizar la pata por las líneas marcadas en el palo, la lista de los gatos que habían salido victoriosos de la prueba en los túneles y de los que jamás lograron salir. Los susurros sonaron a su alrededor como leves soplos de brisa, pero Glayino siguió sin poder descifrar su significado.

—¿De qué me servís si no puedo entenderos? —protestó—. Hablad más alto, por favor. Decidme cómo puedo combatir la enfermedad, o qué puedo decirle a Leonado para que se decida a ir en busca de nébeda.

Pero el leve susurro de los guerreros no cambió. Con un suspiro, el aprendiz de curandero se tumbó apoyando la barbilla en el palo, y cerró los ojos.

Glayino se despertó porque la humedad le había empapado el pelo de la barriga. Cuando levantó la cabeza para mirar a su alrededor, notó que tenía los músculos agarrotados. Estaba en una gruta subterránea, iluminada por un rayo de sol que se colaba por el altísimo techo. El río discurría a un par de colas de distancia.

El aprendiz se puso en pie, tambaleándose. Esperaba ver a Pedrusco, pero el saliente donde solía acomodarse el gato antiguo estaba vacío, y no había ni rastro de él por ninguna parte.

Sonaron unos pasos suaves a su espalda. Al darse la vuelta, vio a un gato blanco y rojizo en la entrada de uno de los túneles. Sus ojos verdes parecían angustiados y sombríos, como si no pudiera sacudirse de encima el recuerdo de haberse ahogado cuando la lluvia inundó los túneles.

—¡Hojas Caídas! —exclamó Glayino.

—No pensé que volverías. —Una dolorosa soledad vibraba en la voz del antiguo gato—. ¿Vas a quedarte conmigo esta vez?

Glayino sintió una punzada de compasión, tan afilada como una espina en la almohadilla. No podía imaginarse cómo sería estar atrapado allí abajo, solo, durante incontables estaciones. La última vez que había visto a Hojas Caídas, aquel gato le había salvado vida, y también la vida de sus hermanos y la de algunos gatos del Clan del Viento, cuando el caudal de los ríos se desbordó por las lluvias mientras estaban buscando a las cachorritas perdidas.

—¿Qué les sucedió a tus compañeros de clan? —le preguntó Glayino—. ¿Por qué abandonaron el lago?

Hojas Caídas se miró las patas.

—No lo sé. Sólo sé que acabaron marchándose. Los garras afiladas dejaron de venir a los túneles, y el único sonido que quedó en el páramo fue el viento. Llevo aquí solo durante tantísimo tiempo que he perdido la cuenta de las lunas que han pasado. —Levantó la cabeza, con una súplica en sus ojos verdes—. Tus amigos y tú habéis sido los primeros gatos que he visto aquí abajo desde que... desde que yo llegué.

—¡Tengo que descubrir por qué se marcharon! —maulló Glayino.

No podía explicarlo, pero estaba convencido de que el destino de aquellos gatos desaparecidos hacía tanto tiempo tenía alguna relación con la profecía. Conocer a Pedrusco, encontrar el palo, sentir los susurros de los gatos antiguos a su alrededor cuando iba a la Laguna Lunar... Nada de todo eso había sucedido por casualidad. Estaba seguro.

Se dirigió hacia el túnel que llevaba al territorio del Clan del Trueno, pasando junto a Hojas Caídas, que se quedó mirándolo, abatido.

—¡Espera! —le pidió Hojas Caídas—. Pensaba que ibas a quedarte conmigo.

—Tengo que averiguar qué ocurrió —insistió Glayino, lanzando una última mirada por encima del hombro.

El gato ahogado estaba plantado al final del túnel, con los ojos dilatados y afligidos.

Glayino se obligó a sentir rabia para acallar la lástima que sentía por él.

«¿Cómo voy a quedarme con él? —masculló para sus adentros mientras se internaba en la densa oscuridad del túnel—. Necesito averiguar demasiadas cosas. ¡No puedo emplear todo mi tiempo con un gato muerto!»

Esperaba salir al bosque, por encima de la hondonada rocosa, despierto y ciego una vez más, o quizá encontrarse en la orilla del lago con el palo. Pero, en vez de eso, la luz del día comenzó a brillar en las paredes del túnel, más intensa conforme se acercaba a la salida. Y oyó el sonido de las hojas movidas por el viento.

—Debo de estar soñando todavía —susurró.

Con un cosquilleo en las zarpas, Glayino se dirigió hacia la luz. Al doblar un recodo, vio un círculo luminoso ante él. Unas voces emocionadas quebraron el silencio.

—¿Es él?

—Ha tardado más de lo que pensaba.

—¿Crees que se habrá perdido?

Glayino caminó más despacio. Incluso aunque aquella salida fuera a parar al territorio del Clan del Viento, debería reconocer algunas de las voces, pero todas le resultaban extrañas. Tampoco reconoció ninguno de los olores que le llegaban por la boca del túnel. ¿Dónde estaba, y quiénes lo estaban esperando?

Entonces oyó otra voz, y las patas se le helaron sobre el suelo subterráneo.

—¿Ala de Glayo? ¿Ala de Glayo? ¿Eres tú?

15

Glayino se obligó a avanzar hasta el final del túnel. Cuando salió a la brillante luz del sol, varios gatos se apiñaron a su alrededor maullando emocionados.

—¡Ala de Glayo! ¡Eres tú!

—¡Bien hecho! Ahora eres un garra afilada.

—¡Felicidades!

Al principio, Glayino no pudo diferenciar a ningún gato entre el montón de cuerpos peludos. Luego, una gata blanca y rojiza se abrió paso entre los reunidos. Tenía el pelo erizado y no dejaba de mover las patas, inquieta.

—¡Tenéis suerte de que Ala de Glayo haya sobrevivido a la prueba! —aulló. Su voz temblaba de pesar, y sus ojos ámbar rebosaban amargura—. ¿Habéis olvidado que Hojas Caídas nunca salió de los túneles?

Una pequeña gata blanca y gris, con el vientre hinchado por el embarazo, se le acercó para restregar el hocico contra ella.

—Venga, Sombra Rota —murmuró—. Vamos a buscar un sitio soleado para descansar.

—¡Tú no lo entiendes, Luna Naciente! —gimió Sombra Rota, aunque dejó que se la llevara de allí.

Glayino miró a su alrededor con la mente acelerada. Reconoció el modo en que el suelo forestal descendía hacia la entrada de los túneles, pero los árboles eran más pequeños y dejaban pasar la intensa luz del sol que lo había deslumbrado. En el espacio entre los árboles apenas había vegetación. Era como su hogar, pero no exactamente.

«¿Dónde estoy? ¿Quiénes son estos gatos? ¿Han invadido el territorio del Clan del Trueno?», se preguntó.

Se volvió en redondo buscando con la mirada a sus compañeros de clan. «¿Con la mirada? —Glayino se estremeció—. Esto parece demasiado real para ser un sueño.» Notaba el viento en el pelo y oía las voces de los otros gatos como si fueran trinos de pájaros; le rugía el estómago y le pesaban las patas como si de verdad hubiera pasado la noche en vela, buscando una forma de salir de los túneles para convertirse en un garra afilada.

Una bonita gata de color gris claro se le acercó con un destello afectuoso en sus ojos azules. Deslizó la cola por el costado de Glayino.

—¡Ya eres un garra afilada! ¡Qué emocionante! —maulló, saltando delicadamente. De repente, dejó caer la cola—. Ojalá nuestra madre pudiera verte.

Glayino se puso tenso. ¿Aquella gata era su hermana? «¿Quién cree que soy?»

Otra gata plateada se acercó a él. Era delgada y grácil, con las patas largas y unos ojos azules y brillantes.

—A lo mejor Vuelo de Halcón os está viendo...

—¿De verdad lo crees, Brisa Susurrante? —preguntó esperanzada la hermana de Glayino.

—Preciosa Ala de Tórtola, ya sabes cuánto os quiso Vuelo de Halcón a ti y a Ala de Glayo mientras vivió. Estoy segura de que todavía os ama, donde quiera que esté.

—Ojalá —murmuró Ala de Tórtola.

Glayino no entendía nada. «¿Es que estos gatos no van al Clan Estelar cuando mueren? ¿Y por qué todos parecen conocerme?»

—Veréis, creo que ha habido un error —empezó—. Yo no soy quien creéis que soy. ¿Y dónde está el Clan del Trueno?

Brisa Susurrante alargó el cuello para olfatearlo.

—¿Te encuentras bien? —quiso saber—. Creo que el cerebro se te ha revuelto un poco en los túneles.

—¿Qué es el Clan del Trueno? —le preguntó Ala de Tórtola, un poco nerviosa—. ¿Pedrusco te ha hablado de eso?

«¿Pedrusco?» A Glayino le dio un vuelco el estómago. ¿Ala de Tórtola conocía al gato ciego que vivía en los túneles?

Estaba a punto de preguntárselo cuando otro gato se plantó ante él, un atigrado rojizo oscuro de omoplatos musculosos y ojos ámbar.

—No olvides que los garras afiladas nunca hablan de lo que sucede en las cuevas —le advirtió—. Es un secreto que deben guardar el resto de su vida.

—No te preocupes, Helecho Rizado —lo tranquilizó Ala de Tórtola—. Ala de Glayo sólo está un poco confundido.

Helecho Rizado gruñó.

—Espero que recuerde lo que le dijeron al entrar en los túneles hace dos noches.

—¡Yo no he estado dos noches en los túneles! —protestó Glayino—. Yo...

—Nos preocupamos muchísimo cuando no saliste con el primer amanecer —lo interrumpió Ala de Tórtola—. Pensamos que te habías perdido.

—Como Hojas Caídas —señaló una voz nueva.

Glayino se volvió y vio a un corpulento atigrado gris oscuro, con unos centelleantes ojos azul hielo. Su piel emanaba tristeza, y se parecía tanto a Hojas Caídas que el joven aprendiz supuso que aquel guerrero debía de ser el padre del gato ahogado.

—Son de Roca. —Helecho Rizado le tocó la oreja con la nariz—. Sé lo duro que es esto para ti.

Son de Roca suspiró.

—Esperamos una luna de amaneceres a que Hojas Caídas saliera —murmuró—. Pero nunca volvió.

Lanzó una mirada a Sombra Rota, que estaba tumbada debajo de un árbol, no muy lejos. Luna Naciente estaba junto a ella, lavándola delicadamente, como una madre hace con su cachorro.

—Ha llegado la hora de dejar de esperar —concluyó en voz baja.

Glayino se lo quedó mirando.

«¿Cómo puede haber pasado sólo una luna desde la desaparición de Hojas Caídas? Si eso es así, ¡significa que estoy en un pasado muy remoto!»

No sabía cómo, había salido de los túneles durante la época anterior a la llegada de los clanes al lago, quizá incluso había ido a parar a la época en que los gatos antiguos hollaban la senda de la Laguna Lunar.

«¡El palo! ¡Estoy entre los gatos que dejaron las marcas en el palo!», Glayino sintió que se le erizaba hasta el último pelo.

Miró hacia la boca del túnel. Ahora parecía distinta, porque estaba en una ladera expuesta en vez de rodeada de vegetación frondosa, pero había percibido su forma cuando la traspasó para ir en busca de las cachorritas del Clan del Viento, y estaba seguro de que se trataba del mismo túnel. Se volvió para mirar hacia el lago. Su superficie centelleante era visible a través de los árboles. El contorno del agua le resultaba familiar, pero cuando miró hacia el territorio del Clan del Viento, vio a algunos Dos Patas pululando sobre un montículo de tierra marrón claro, esparciéndola a su alrededor con unos monstruos amarillos, cuyo rugido flotaba en el aire como el zumbido de los abejorros.

Glayino se acercó al borde de la ladera para contemplar mejor la escena. Al cabo de un instante, se le unió Helecho Rizado.

—Los Dos Patas siguen moviendo la tierra —maulló preocupado—. Nubarrón Gris y yo hemos bajado a inspeccionar, pero todavía no sabemos lo que están haciendo.

—Están construyendo guaridas —respondió Glayino sin pensar.

Helecho Rizado le lanzó una mirada penetrante.

—¿Qué? ¿Guaridas para los Dos Patas? Hay unas cuantas en el bosque del otro lado del lago, pero los Dos

Patas nunca han intentado vivir tan cerca de nuestro territorio.

—Sí, habrá cuatro guaridas. —Glayino recordó la descripción que Carrasca y Leonado le habían hecho de la granja y el cercado de los caballos—. Los Dos Patas van a tener caballos ahí.

Se dio cuenta de que Helecho Rizado estaba mirándolo con una expresión extraña.

—¿Cómo lo sabes? —le preguntó el atigrado, con voz estrangulada.

Glayino tragó saliva. «¡Cerebro de ratón!», se riñó a sí mismo. Aquellos gatos no tenían forma de saber lo que estaban haciendo los Dos Patas con los monstruos amarillos. ¿Acababa de pronunciar una profecía que iba a resultar cierta?

Helecho Rizado sacudió las orejas; seguía esperando una respuesta.

Glayino se encogió de hombros.

—Es lo que imagino. Eso es lo que hacen los Dos Patas cuando cavan agujeros en el suelo.

El gato rojizo seguía mirándolo con extrañeza. «Y no lo culpo», pensó Glayino, que se sintió aliviado al ver que Ala de Tórtola iba hacia ellos.

—¿Qué estáis haciendo ahí plantados? —les preguntó, empujando al aprendiz hacía la parte más profunda del bosque—. Debes de estar agotado y muerto de hambre después de pasar tanto tiempo en los túneles. Necesitas descansar. Y quiero que Luna Naciente le eche un vistazo a tus almohadillas. Te sangran por haber estado tanto rato caminado sobre piedra.

Glayino bajó la vista y vio unas manchas de sangre sobre la hierba que había pisado. De repente lo invadió el dolor, y la cabeza comenzó a darle vueltas. Tenía tanta hambre que el estómago le rugía. Quizá fuera cierto que había pasado dos noches en los túneles...

Se alegró de seguir a Ala de Tórtola entre los árboles, donde las largas sombras de la primera hora de la mañana se dibujaban sobre la hierba.

—¿Vamos al campamento?

La gata se volvió en redondo, desconcertada.

—¿Qué quieres decir? ¿Estás seguro de que te encuentras bien?

«Vale, así que estos gatos no tienen campamento... —dedujo Glayino—. Piensa antes de hacer más preguntas, ¡estúpida bola de pelo!»

Con cara de preocupación, Ala de Tórtola apartó con el hocico unos zarcillos de hiedra que colgaban de un roble y dejó a la vista un hueco acogedor entre las raíces. El fondo estaba relleno de musgo y plumas, y desprendía un aroma cálido.

«Esto debe de ser una guarida. —Glayino bajó la cabeza para olfatear, y sintió que se le tensaba hasta el último músculo del cuerpo—. ¡Es mi olor!»

Ala de Tórtola lo empujó hacia delante.

—Túmbate. Yo voy a por Luna Naciente.

«Muy bien, Luna Naciente debe de ser la curandera», pensó el aprendiz, recordando cómo había consolado a la madre de Hojas Caídas. Mientras Ala de Tórtola se alejaba, intentó descubrir más guaridas entre los árboles y la escasa vegetación. No vio ninguna, pero la intensidad del olor en el aire sugería que no estaban muy lejos.

Agotado, Glayino se metió en la guarida, se ovilló y cerró los ojos. Sintió que la angustia lo atenazaba. «¿Volveré alguna vez al Clan del Trueno?», se preguntó. Pero estaba tan cansado que se sumió en un sueño superficial e intranquilo.

—... estas hojas de romaza son muy buenas y jugosas —una voz despertó a Glayino de su siesta—. Es estupendo que hayas encontrado esa mata.

El joven aprendiz sintió un gran alivio. Estaba de vuelta en su lecho de la guarida de la curandera, y Hojarasca Acuática hablaba de hierbas cerca de él.

Luego abrió los ojos y vio unas raíces retorcidas y unas plumas suaves alrededor de su cabeza. Aún podía ver. Así que la voz que había oído no era la de Hojarasca Acuática. Cuando los zarcillos de hiedra se movieron a un lado, Ala de Tórtola y Luna Naciente lo miraron con los ojos dilatados de inquietud. Ala de Tórtola llevaba un puñado de hojas de romaza en la boca. Glayino se sacudió. Si no iba a despertar en su propio clan y en su propia época, entonces es que debía de estar allí por alguna razón. Quizá aquél fuera uno de los sitios en los que encontraría respuestas a sus dudas sobre la profecía... respuestas que el Clan Estelar no podía darle.

—¿Te hiciste daño cuando estabas en los túneles? —le preguntó Luna Naciente.

Glayino negó con la cabeza.

—No... No estoy herido. Tengo las almohadillas despellejadas, eso es todo.

—¿Pasaste miedo allí abajo?

—Un poco. —Glayino se preguntó si la gata creía que estaba mal de la cabeza. Ala de Tórtola debía de haberle contado las cosas raras que había dicho—. Pero sí estoy muy cansado —añadió, esperando que pensara que ésa era la razón de su comportamiento extraño—. Y hambriento. Yo... supongo que eso me ha confundido.

Tenía que convencer a aquellas gatas de que él era el auténtico Ala de Glayo. No estaba muy seguro de qué le harían si descubrían que no lo era. Y tenía claro que no le creerían si les contaba la verdad.

Llevaba mucho tiempo queriendo saber cosas de los gatos antiguos, ¡y ahora estaba allí, viviendo entre ellos! Ningún otro gato de los clanes ni de la Tribu de las Aguas Rápidas sabía demasiado sobre los gatos que una vez habían vivido en el lago. Pero Glayino siempre había sido consciente de su existencia: notaba el roce de sus cuerpos contra el suyo, oía sus susurros junto al lago, pisaba sus huellas camino de la Laguna Lunar...

«¡Y ahora soy uno de ellos!»

Luna Naciente parpadeó, pensativa.

—Supongo que no será nada tan grave que no se pueda curar descansando y comiendo. Voy a echarles un vistazo a tus almohadillas. —Se metió en la guarida para agacharse a su lado—. ¿Te las has limpiado?

—Eh... no.

La gata esperó mientras el aprendiz se las lamía afanosamente con su áspera lengua para eliminar el barro y la arenilla. Ala de Tórtola dejó el puñado de hojas de romaza a su lado.

—Vaya, ¿usas romaza? —preguntó Glayino, dejando de lamerse—. Yo siempre he pensado que la cola de caballo era lo mejor para detener las hemorragias.

Luna Naciente abrió los ojos de par en par y se lo quedó mirando, sorprendida.

—¿Cola de caballo? Nunca he oído hablar de esa planta. No creo que crezca por aquí. ¿Dónde has oído hablar de ella?

Glayino sintió un hormigueo por todo el cuerpo. ¡Había vuelto a hacerlo! «La próxima vez, será mejor que pienses un poco antes de abrir la boca, ¡cerebro de ratón!»

—Eeeh... creo que la mencionó uno de los veteranos —masculló, esperando que aquellos gatos tuvieran veteranos.

—Luego iré a charlar con Caballo Veloz —maulló Luna Naciente—. Él me enseñó muchas cosas sobre las hierbas. Estoy segura de que sabrá algo sobre ésa.

—El otro día vi a Río del Alba usando milenrama —intervino Ala de Tórtola con la intención de colaborar—. También podríamos pedirle consejo a ella.

«Así que no tienen un único curandero —pensó Glayino mientras Luna Naciente frotaba las refrescantes hojas de romaza contra sus almohadillas—. Sólo unos pocos gatos que comparten sus conocimientos sobre hierbas. Y no saben tanto como los curanderos de clan.»

Recordó que Ala de Tórtola dudaba de si su madre estaría viéndolos. Si aquellos gatos no tenían curandero, eso explicaría por qué no eran conscientes de la existencia de sus antepasados. «Pero entonces, ¿qué creen que sucede cuando un gato muere?»

—Ya está. —Luna Naciente terminó de frotar las almohadillas de Glayino—. ¿Te sientes mejor?

—Me siento estupendamente, gracias.

Aunque sabía que la cola de caballo habría funcionado mejor, agradecía mucho el jugo refrescante que le había aplicado en la piel.

—Luego puedes volver a frotarte las almohadillas —le dijo la gata, formando un montoncito con los restos de las hojas de romaza—. Pero será mejor que ahora duermas un poco.

—Te traeré algo de comer —le prometió Ala de Tórtola.

El aprendiz del Clan del Trueno abrió la boca en un bostezo enorme. Apenas se dio cuenta de que Luna Naciente salía de la guarida. Cerró los ojos y se dejó llevar por el sueño.

16

Glayino notó en la nariz el cosquilleo de un olor. ¡Ratón! Le rugió el estómago, y al abrir los ojos, el aprendiz vio que había anochecido. La silueta de color gris claro de Ala de Tórtola estaba en la entrada de la guarida, mirándolo. Llevaba un ratón en la boca.

—¡Estás despierto! —exclamó, dejando la presa a sus pies—. ¿Te sientes mejor?

—Estoy bien —respondió Glayino, levantándose de entre las raíces.

—¡Hola, Ala de Glayo!

Un atigrado marrón joven se asomó por detrás de Ala de Tórtola con un brillo de curiosidad en sus ojos ámbar.

—¿Cómo ha sido lo de bajar a los túneles? —le preguntó.

—¡No grites tanto, Salto de Pez! —le soltó una gata blanca que apareció por el otro lado—. Y no le des la tabarra a Ala de Glayo. Con lo agotado que debe de estar, lo último que necesita es que te pongas a hacerle preguntas.

—Y tú no me digas lo que puedo o no puedo hacer, Media Luna —replicó Salto de Pez—. Tú quieres saberlo tanto como yo.

La gata blanca se restregó contra Glayino, mirándolo con un centelleo en sus ojos verdes.

—Por supuesto que sí —ronroneó—. Pero puedo esperar a que coma un poco.

A Glayino se le estaba haciendo la boca agua con el olor del ratón.

—Gracias —le dijo a Ala de Tórtola, y dio un primer bocado.

Reparó en que Salto de Pez arrancaba la hierba con impaciencia.

—No sé por qué Helecho Rizado nos está haciendo esperar tanto para bajar a los túneles —rezongó el atigrado marrón—. Ya estamos todos preparados para convertirnos en garras afiladas. Quiero hacer la prueba.

—Helecho Rizado nos dejará ir cuando crea que estamos listos —maulló Ala de Tórtola.

«Así que son todos aprendices... —supuso Glayino mientras engullía el ratón—. Si es que aquí los llaman "aprendices", claro. Suena como si ese tal Helecho Rizado fuera el líder. Pero ¿cómo puede tener nueve vidas si no conocen al Clan Estelar?»

—Bueno, venga. —Salto de Pez sonó irritado—. Cuéntanos.

—No puedo —respondió Glayino con la boca llena, contento de tener una excusa para hacerse el misterioso—. Ya sabéis que los garras afiladas no podemos hablar de lo que sucede en los túneles.

Salto de Pez gruñó.

—Ahora que eres un garra afilada te crees mejor que nosotros...

—¡Eso no es cierto! —protestó Media Luna, indignada.

Glayino no estaba muy seguro de cómo defenderse. No sabía bien qué se suponía que hacía un garra afilada. Se imaginó que serían como guerreros, pero, si se equivocaba, podría volver a meterse en problemas.

Para su alivio, Ala de Tórtola apartó a Salto de Pez de un empujón.

—Déjalo en paz —maulló la gata—. Sigue cansado y necesita recuperar fuerzas. Además, dentro de poco todos sabremos cómo es bajar a los túneles, y yo me alegro mucho de que mi hermano haya conseguido salir sano y salvo.

A Media Luna se le empañaron los ojos.

—No como Hojas Caídas... —maulló.

Salto de Pez y Ala de Tórtola intercambiaron una mirada triste. Glayino sintió un vacío en el corazón al pensar en la de tiempo que Hojas Caídas iba a estar condenado a pasar deambulando por los túneles en busca de una salida. Ojalá aquellos gatos tuvieran forma de saber que su amigo había muerto ahogado en una inundación y que jamás volverían a verlo. Era evidente que la espera ya había trastornado a Sombra Rota.

Cuando se terminó el ratón, Glayino regresó al fondo de la guarida y se acomodó. Estaba quedándose dormido otra vez cuando oyó de nuevo la voz de Salto de Pez, protestando en voz alta:

—¡Que hayamos perdido un gato no significa que los demás tengamos que marcharnos!

—No ha sido sólo uno, eso lo sabes de sobra —replicó Media Luna—. ¿Cuántos gatos más tienen que fallecer para que busquemos otro sitio en el que vivir? Debe de haber otros lugares con presas y refugios para todos nosotros.

Glayino plantó las orejas, pero mantuvo los ojos cerrados como si estuviera dormido. Aquellos gatos estaban discutiendo si permanecer junto al lago o irse en busca de un nuevo hogar. «¿Por eso los clanes no encontraron ningún gato cuando vinieron al lago?» Salto de Pez se alejó con Media Luna, rezongando y discutiendo cada vez más acaloradamente. Cuando ya no pudo oír lo que decían, el aprendiz se dejó vencer por el agotamiento, sumiéndose en la oscuridad.

Durante la noche se despertó en algún momento y descubrió a Ala de Tórtola ovillada a su lado. Hacía mucho tiempo que no dormía tan cerca de alguien, desde que se convirtió en aprendiz de Hojarasca Acuática. La calidez de la gata era reconfortante y su olor le empezaba a resultar familiar. Glayino soltó un ronroneo tenue y se quedó dormido de nuevo.

Cuando el joven aprendiz de curandero volvió a abrir los ojos, una luz gris se filtraba a través de los zarcillos de hiedra. Ala de Tórtola había desaparecido, pero había otros dos gatos mirándolo: Salto de Pez y una gata parda que Glayino recordaba haber visto el día anterior, al salir del túnel. Sus ojos ámbar eran exactamente del mismo tono que los de Salto de Pez, y Glayino supuso que era su madre.

—¡Eh, Ala de Glayo! —exclamó Salto de Pez al ver que Glayino estaba despierto—. ¡Vamos a cazar!

Aquélla parecía una buena oportunidad para explorar el territorio... del Clan del Trueno. Glayino se puso en pie y se desperezó.

—¿Salimos en patrulla? —preguntó.

Para su abatimiento, Salto de Pez y la gata parda intercambiaron una mirada de desconcierto.

—¿Qué es una patrulla? —preguntó la gata.

«¡Cagarrutas de ratón, tampoco tienen patrullas!», pensó Glayino.

—Río del Alba, creo que Ala de Glayo se golpeó la cabeza en los túneles. —Salto de Pez se encogió de hombros—. No deja de decir tonterías.

Glayino disimuló su incomodidad lamiéndose un mechón de pelo del pecho.

—Estoy bien —masculló.

—Pues vámonos —los instó Río del Alba—. Y recordad que debemos estar alerta con los tejones.

La gata encabezó la marcha por el bosque. Glayino se estremeció de las orejas a la punta de la cola al ver lo distinto que era aquel territorio del que él conocía de la época de los clanes. Aunque sin duda no se debía sólo a que los árboles fuesen más pequeños y a que hubiese muy poca vegetación, sino al hecho de que ahora podía ver...

—¡Cuidado! —lo avisó Salto de Pez.

La advertencia llegó demasiado tarde. Glayino estaba tan ocupado contemplando los árboles, con las hojas de color rojo y dorado del comienzo de la estación de la caída de la hoja, que no había reparado en la madriguera de conejo que tenía justo delante. Cayó en ella agitando las patas.

—¡Cagarrutas de zorro! —bufó.

Con un ronroneo de risa, Salto de Pez lo agarró por el pescuezo para levantarlo.

—¿Te encuentras bien? —le preguntó Río del Alba.

Glayino se sacudió la tierra del pelo.

—Sí, estoy bien.

Mientras avanzaban, el joven hizo un esfuerzo por mirar dónde ponía las patas, aunque no le resultaba nada fácil. La luz lo mareaba, y el movimiento de las hojas y los árboles que se alzaban ante él lo distraían. Parecía haber perdido parte de su conciencia de los objetos cercanos, y sus sentidos del olfato y del oído, que habitualmente eran muy agudos, se le habían embotado, así que sentía como si fuera dando tumbos a través de la niebla.

«Nunca he sido tan torpe», pensó malhumorado cuando tropezó con una rama.

—Si sigues así, vas a espantar a todas las presas —señaló Salto de Pez—. ¿Seguro que estás bien? ¿Quieres regresar a la guarida?

—Estoy bien —insistió Glayino con los dientes apretados.

Pero Salto de Pez tenía razón: avanzar a trompicones como un tejón ciego ahuyentaría a todas las presas. Glayino cerró los ojos, y enseguida se sintió más cómodo. Sus otros sentidos volvieron a agudizarse y le indicaron por dónde ir. Lo rodearon olores y sonidos, dibujando una imagen del entorno más clara de la que se formaba con la vista.

—¿Ala de Glayo? —Río del Alba sonó perpleja y preocupada—. ¿Te has dormido despierto?

Sobresaltado, Glayino se alejó de la voz de la gata y abrió los ojos justo a tiempo para ver la áspera corteza de un tronco delante de su hocico. No tuvo tiempo de parar antes de chocar contra él.

—¡Uau! —exclamó Salto de Pez, con la voz temblorosa por la risa—. ¡Has atrapado un árbol!

Glayino se sintió aliviado cuando sus acompañantes se alejaron para rastrear presas cada uno por su lado. Ahora que estaba solo podría recuperarse. Mientras se retiraba trocitos de corteza del pelo, se preguntó qué iba a hacer. Si ya era un garra afilada, aquellos gatos esperarían que supiera cazar. Pero en el Clan del Trueno nunca le habían enseñado a hacerlo. Jamás había cazado sus propias presas.

«Tendré que intentarlo. No debe de ser muy difícil.»

Comenzó a moverse entre los árboles con los ojos cerrados para captar mejor los olores, y no tardó en detectar el rastro de un ratón. Tras detenerse a escuchar, captó el sonido de unas patitas rebuscando y saltó en esa dirección. Sus zarpas aterrizaron sobre la hierba; no había ni rastro del roedor.

—¡Mala suerte! —maulló alegremente Salto de Pez a su espalda.

Glayino abrió los ojos y lo vio arrastrando una ardilla, seguido de Río del Alba, que llevaba un ratón en la boca.

—¿Todavía no has cazado nada? —se burló—. Pensaba que a los garras afiladas se les daban mejor esas cosas.

—Yo... mmm... estaba buscando la cola de caballo que mencionó Caballo Veloz —improvisó Glayino—. Dice que es buena para las almohadillas despellejadas.

Río del Alba asintió.

—Debe de resultarte duro cazar cuando todavía no se te han curado las almohadillas.

—Aun así, será mejor que atrapes algo —le dijo Salto de Pez—. A menos que quieras pasar hambre.

Glayino no se sorprendió. Suponía que allí cada gato se cazaba lo suyo, incluso antes de ser garras afiladas. No formaban patrullas, y él no había visto ningún montón de carne fresca.

—¿Deberíamos cazar algo para los veteranos? —preguntó.

Salto de Pez se encogió de hombros.

—Si encontramos presas de más...

Glayino sintió una punzada de nostalgia al pensar en el Clan del Trueno, donde todos los gatos se alimentaban, incluso los que no tenían tiempo o aptitudes para cazar por su cuenta.

—Voy a probar arroyo abajo —maulló Río del Alba—. Me comería un apetitoso campañol.

«Y yo —pensó Glayino, viendo desaparecer a la gata—, pero no creo que consiga atrapar ninguno. ¿Qué voy a comer si no puedo contarles que no sé cazar?»

—Nos vemos luego —maulló Salto de Pez—. ¡Buena caza!

Y se alejó hacia la frontera del Clan de la Sombra.

«No —se recordó Glayino a sí mismo—: donde algún día estará la frontera del Clan de la Sombra.»

Manteniendo los ojos bien abiertos para acostumbrarse a ver, se dirigió hacia la hondonada rocosa. El miedo le provocó un gélido escalofrío que le recorrió la columna vertebral. «¿Y si la hondonada rocosa no está ahí?»

Un poco más adelante, el olor áspero de un sendero atronador le invadió las fosas nasales. Glayino se detuvo, desconcertado. «¡En nuestro territorio no hay ningún sendero atronador!»

Se pegó más al suelo, para avanzar agazapado y aprovechar la protección escasa del sotobosque, y por fin llegó junto al sendero atronador. Su superficie dura y negra serpenteaba a través de los árboles y Glayino plantó las orejas para captar el sonido de los monstruos, pero nada perturbaba el suave susurro de la brisa entre las ramas.

Mirando arriba y abajo, entre los árboles, el joven aprendiz descubrió los muros de una vivienda de los Dos Patas. Con más cautela que nunca, siguió avanzando con sigilo, alerta al olor y el sonido de los Dos Patas o de sus perros. Sin embargo, todo estaba en silencio. La puerta de la casa estaba cerrada a cal y canto, y el reluciente material de las ventanas, roto y desperdigado por el suelo.

Glayino parpadeó, comprendiendo de repente lo que estaba viendo. «¡Ésta es la vivienda de los Dos Patas donde se han instalado los gatos enfermos!» No había agujeros en las paredes y el tejado seguía estando de una pieza, pero la forma y el tamaño eran los mismos.

«Así que este sendero atronador es el antiguo camino de los Dos Patas de nuestro territorio —pensó Glayino, volviendo sobre sus pasos. No lo había reconocido porque su superficie negra estaba intacta, en vez de agrietada y cubierta de pequeñas plantas rastreras—. ¡Ahora ya sé dónde estoy!»

Avanzó por la orilla del sendero, todavía receloso por si aparecían monstruos, pero no vio ni una de esas criaturas apestosas y rugientes. Como ya imaginaba, el sendero atronador lo llevó a la entrada de la hondonada.

Glayino se detuvo a mirar a su alrededor. Unos muros de roca se alzaban en semicírculo, más bajos cerca de la entrada y altísimos en el extremo opuesto. Había un leve rastro a Dos Patas, pero era tenue y rancio. El aprendiz paseó la vista por la hondonada, intentando imaginarse dónde estarían las guaridas. Resultaba difícil representárselo porque aún no había vegetación, ni zarzas, ni helechos ni arbustos de madreselva que suavizaran las duras líneas de las paredes. Sólo unas pocas matas de adelfa se habían abierto paso entre la tierra, y sus aterciopelados tallos se mecían con la brisa. A Glayino le pareció reconocer la Cornisa Alta, con la cueva donde tenía su guarida Estrella de Fuego, pero no había ni rastro de las rocas caídas que servían para llegar hasta ella...

—¡Ala de Glayo!

Glayino pegó un salto, sorprendido, y al volverse vio a la gata blanca a la que llamaban Media Luna, que lo miraba con miedo en sus ojos verdes.

—¡¿Qué estás haciendo aquí?! —exclamó con voz estrangulada—. Los tejones te atraparán. ¡Deprisa!

Y se alejó corriendo entre los árboles, ascendiendo por un lado de la hondonada en dirección a la entrada de los túneles subterráneos. Glayino la siguió, cerrando los ojos para poder correr tanto como ella. «Así que es aquí donde vivían los tejones...», pensó, advirtiendo por primera vez un fuerte olor a tejón. Se había quedado tan ensimismado con los cambios en el camino de los Dos Patas y la hondonada rocosa que se le había escapado ese detalle. La hondonada debía de ser zona prohibida para los gatos porque pertenecía a sus enemigos: no a gatos rivales, sino a tejones. Quizá estos fueran los antepasados de los tejones que habían vuelto al bosque, muchísimas lunas después, y habían atacado al Clan del Trueno y matado a Carbonilla. ¿Era posible que aquellos tejones supieran que aquél había sido su hogar en el pasado?

Glayino sintió alivio cuando el olor a tejón se desvaneció y Media Luna redujo el paso por fin y se derrumbó sobre la fresca hierba. Se preguntó cómo podía saber ella que allí estaban a salvo, cuando no había marcas fronterizas que separaran su territorio del de los tejones.

—No lo había pensado hasta ahora —empezó cauteloso—, pero ¿no es raro que los tejones nunca nos persigan hasta aquí, cuando no hay nada que los detenga?

Media Luna se encogió de hombros.

—Supongo que hay presas de sobra en la parte más frondosa del bosque, así que no necesitan venir tan lejos. —Miró de soslayo al aprendiz. Era evidente que quería preguntarle algo, pero no parecía estar muy segura de si debía hacerlo—. He seguido tu olor —le confesó—. Imaginaba que podrías meterte en problemas. Y tengo esto para ti... —Desapareció debajo de un arbusto y volvió a aparecer enseguida con un mirlo en la boca. Lo dejó delante de Glayino—. He pensado que a lo mejor te costaba cazar con las zarpas heridas.

Glayino asintió, contento de tener una excusa pero sintiéndose algo culpable al agacharse delante del mirlo.

—Gracias. ¿Quieres compartirlo conmigo?

—Ya he comido, pero tomaré un bocado, gracias. —Media Luna se colocó al otro lado de la presa.

Mientras comía, Glayino comprendió que tendría que aprender a cazar si iba a quedarse allí un tiempo. Pero eso podría ser complicado, pues se suponía que ya era un garra afilada.

—¿Helecho Rizado me encargará tareas? —le preguntó a la gata.

Media Luna, que había comido sólo un bocado de mirlo, comenzó a lavarse la cara y los bigotes.

—Quizá tengas que cazar para los veteranos si no le sobra comida a nadie —respondió—. ¿No recuerdas cómo llovió durante la última luna? ¿Y cómo Brisa Susurrante tuvo que cazar para todos porque es la única a la que no le importa mojarse?

—Sí, claro... —masculló Glayino.

—¡No me lo creía cuando vino con aquel pez! —ronroneó Media Luna—. Nunca había probado la carne de pez.

—Las presas escasean, ¿verdad? —preguntó él, creyendo que era un comentario seguro.

La gata asintió.

—A lo mejor Son de Roca no se equivoca al decir que deberíamos pensar en marcharnos. —Se le empañaron los ojos de tristeza—. Recuerdo que tú dijiste lo mismo.

—Sí. —Glayino se sintió aliviado al saber la opinión de Ala de Glayo—. Debe de haber algún sitio con más presas, y sin Dos Patas ni tejones que nos molesten.

—¿En serio crees que hay un lugar así para nosotros?

Glayino asintió lentamente. «Después de todo, los clanes encontraron un nuevo hogar cuando los Dos Patas destrozaron el viejo bosque.»

«Sólo que fue aquí adonde vinieron los clanes...», apostilló para sí mismo.

17

Para cuando Glayino estuvo lleno, aún quedaba una buena parte del mirlo.

—¿Quieres más? —le preguntó a Media Luna.

Ella negó con la cabeza.

—Podríamos llevárselo a Pluma de Lechuza —propuso—. Sus cachorros tienen hambre y están creciendo muy deprisa.

—Buena idea.

Glayino quería ver todo lo que pudiera de cómo vivían aquellos gatos antes de regresar al Clan del Trueno. Si es que iba a poder regresar...

Media Luna y él recogieron las sobras del mirlo y subieron la colina en dirección a la entrada del túnel. Parecía ser un lugar de reunión muy concurrido durante el día, como el claro del campamento del Clan del Trueno. Había varios gatos sesteando o compartiendo lenguas aquí y allá. Glayino saludó con la cola a Ala de Tórtola y Salto de Pez cuando pasaron junto a ellos, esperando tener todo el aspecto de ser alguien que sabía adónde iba.

Siguiendo a Media Luna, continuó ascendiendo hasta que desaparecieron los árboles. Cuando llegaron a lo alto del risco, la gata dejó su trozo de mirlo y se quedó mirando a través del páramo. Señaló con el hocico hacia una difusa línea morada en la distancia.

—Son de Roca cree que deberíamos ir hacia allí —maulló.

Al dejar en el suelo su porción de ave, Glayino sintió que se le erizaba hasta el último pelo y que le temblaban las patas. ¡«Media Luna estaba señalando hacia las montañas! ¿Era posible que aquellos gatos fueran los antepasados de la Tribu de las Aguas Rápidas? Mirando de reojo a la gata, vio que tenía una constitución robusta, con unas fuertes patas traseras que parecían buenas para trepar a los árboles. No tenía la constitución enjuta de los miembros de la tribu.

—¿Cómo crees que sería viajar tan lejos? —le preguntó ella.

—Duro. —Glayino buscó las palabras cuidadosamente—. Ese lugar podría ser muy pero que muy distinto a éste.

—¿En qué sentido?

—Cumbres afiladas de piedra que se elevan en el aire... —respondió Glayino, con la mente llena de recuerdos del viaje que había hecho a las montañas—. Aves enormes, más grandes que los tejones, a las que sólo varios gatos a la vez pueden arrancar del cielo. Aguas turbulentas que llenan el aire de humedad incluso cuando no hay nubes...

—Hablas como si hubieras estado allí —maulló una voz nueva.

Glayino se puso tenso, y descubrió que detrás de él estaba la figura corpulenta de Son de Roca, observándolo con su penetrante mirada azul.

—Yo... eeeh... lo soñé —tartamudeó el aprendiz.

Son de Roca agitó las orejas con creciente interés.

—¿En serio? ¿Soñaste con algo más?

—No.

Glayino podría contarle muchas otras cosas, pero no quería enredarse más en el abismo que había entre lo que él sabía y lo que aquellos gatos pensaban que debería saber.

—Pero ¿tú crees que allí podrían vivir gatos? —insistió Son de Roca.

—No sería fácil... —Pensó en la dura vida de la tribu—. Pero quizá sí.

Son de Roca comenzó a pasearse de un lado al otro del risco, sacudiendo la punta de la cola. Cuando comenzó a hablar, Glayino apenas podía oír sus palabras por encima del rugido de los monstruos que circulaban por el territorio del Clan del Viento, que acababan de empezar a mover de nuevo los montones de tierra. Incluso los notó en las patas, vibrando a través del suelo.

—¡No podemos quedarnos aquí! —gruñó Son de Roca—. ¡Escucha a esos monstruos! ¿Y si vienen a destrozar este lugar también?

Glayino quería decirles «No lo harán», pero recordó a tiempo que se suponía que no debía saber eso.

—Esto no pinta bien —continuó Son de Roca, mientras sus ojos azules se oscurecían—. Estamos perdiendo gatos y las presas empiezan a marcharse. Debe de haber un sitio mejor donde vivir... —Dejó de pasearse y se sentó frente a la línea morada de las montañas lejanas, con el viento pegándole el pelo a los costados—. Y quizá ese sitio esté en las cumbres rocosas de las que has hablado. Cuando era un cachorro, mi madre decía que el viento aullaba sobre las piedras como el canto de un ave, y por eso me llamó Son de Roca. A lo mejor eso significa que debo encontrar un lugar donde el viento cante sobre las piedras, y que ése será nuestro hogar. —Y con voz acongojada, añadió—: Mi hijo no va a volver. No puedo seguir esperándolo aquí.

Media Luna lo miró con compasión. Luego observó a Glayino ladeando la cabeza.

—¿De verdad has soñado con las cumbres rocosas? —le preguntó—. Pareces haberlas visto con total claridad.

—Ahí fuera debe de haber muchos lugares distintos —respondió él, incómodo.

La centelleante mirada verde de Media Luna seguía clavada en él.

—Tú irías, ¿verdad? Irías a buscar un nuevo hogar para nosotros, con comida de sobra y sin Dos Patas, ¿a que sí?

—Bueno...

—Si tú fueras, yo iría contigo. Ya lo sabes.

Glayino se sintió abrumado por la intensidad de su mirada; no estaba acostumbrado a mirar a nadie directamente a los ojos. La emoción que brotaba de la gata amenazaba con arrastrarlo. Él nunca había sentido algo así, pero sabía exactamente de qué se trataba. «Media Luna me quiere... O por lo menos quiere al gato que cree que soy.»

Por alguna razón, lo asaltó una imagen de Leonado y Zarpa Brecina. ¿Era así como se habían sentido ellos? Y en ese preciso momento Glayino entendió cuánto habían perdido los dos cuando Leonado decidió que ya no podían seguir viéndose.

«¿Yo quiero a Media Luna? —se preguntó—. No... aunque quizá podría quererla. Me gusta cómo me hace sentir.»

La gata avanzó un paso hacia él, que dio un paso atrás. «¡No podemos hacer esto! ¡Soy curandero! —Le habría gustado gritar—. Yo no pertenezco a este lugar... ¡Y tú crees que soy otro gato!»

Para su alivio, lo que fuera que Media Luna quisiera decirle quedó interrumpido por un gran gato negro, que subió al risco de un salto y se detuvo junto a Son de Roca.

—¿Qué está pasando? —quiso saber.

Son de Roca se volvió hacia él parpadeando, como si tuviera que regresar de algún lugar lejano.

—Ah, eres tú, Bigotes Negros. Ala de Glayo ha soñado con cumbres de piedra y cascadas, donde viven unas aves enormes a las que hay que atrapar en el aire, y adonde los Dos Patas no pueden llegar. Parece un lugar en el que podríamos vivir sin correr peligro, con presas y refugios y sin nada que nos haga daño.

Bigotes Negros plantó las orejas.

—¿Y tú te lo crees?

Son de Roca asintió.

—¡Entonces debemos ir! —exclamó el gato negro.

Son de Roca se incorporó y se volvió hacia Glayino.

—Si nos marchamos, ¿tú nos guiarás hasta ese lugar? ¿Tus sueños te mostrarán el camino?

Glayino se sintió desconcertado por lo rápido que estaba sucediendo todo. ¿Cuánto tiempo llevaban planeando trasladarse? No podían marcharse sin más, ¿no? ¿Y qué pasaba con Helecho Rizado? Una decisión como aquélla debía tomarla un líder.

Antes de que pudiera responder, una gata marrón pequeña apareció en el risco siguiendo los pasos de Bigotes Negros.

—No estaréis hablando otra vez de marcharnos, ¿verdad? —bufó—. ¡Éste es nuestro hogar! ¿Es que no podéis entenderlo?

Son de Roca y Bigotes Negros intercambiaron una mirada.

—Cervatilla Tímida, éste ya no puede ser nuestro hogar si no podemos vivir aquí —maulló quedamente Son de Roca.

La gata sacudió la cola.

—Pareces haber olvidado que no eres tú quien debe tomar la decisión. Sabes lo que hay que hacer: lanzar las piedras.

—¿Lo ves? ¡Piedras otra vez! —maulló Son de Roca—. Siempre estamos vinculados a las piedras. ¿Por qué no vivir entre ellas y alimentarnos del cielo?

Cervatilla Tímida lo fulminó con la mirada.

—He venido a deciros que Helecho Rizado quiere celebrar una reunión.

—Entonces lancemos las piedras ahora —replicó Bigotes Negros.

Con un bufido de irritación, Cervatilla Tímida descendió la ladera hacia los árboles. Son de Roca y Bigotes Negros la siguieron. Glayino y Media Luna recogieron sus trozos de mirlo y fueron tras ellos.

El aprendiz del Clan del Trueno notó el nerviosismo de su compañera, y no lo sorprendió que ella se detuviera en mitad de la pendiente y dejara la presa en el suelo.

—¡Lo vamos a hacer! —exclamó—. ¡Vamos a lanzar las piedras para decidir si abandonamos nuestro hogar!

Glayino sintió un torbellino de confusión. Parecía que los gatos recurrieran a los augurios que leían en las piedras para tomar decisiones. Había una luna de preguntas que quería hacer, pero, a esas alturas, ya sabía que debía mantener la boca cerrada y los oídos abiertos.

«¿Todo esto está ocurriendo por mí? ¿Cómo puede ser que yo influya en lo que pasó hace tantísimas estaciones?» Ni siquiera podía pensar con claridad debido a los sentimientos que chisporroteaban entre Media Luna y él, que se asemejaban a los rayos en la estación de la hoja verde.

Mientras bajaban la ladera, Ala de Tórtola y Salto de Pez corrieron a su encuentro, ondeando la cola con ojos centelleantes.

—¿Vamos a celebrar una reunión? —quiso saber Ala de Tórtola entusiasmada—. ¿Lanzaremos las piedras?

Glayino asintió.

—¿Para ver si nos marchamos? —preguntó con un hilo de voz, empezando a erizar el pelo del cuello.

—Nunca nos marcharemos —declaró Salto de Pez—. Éste es nuestro hogar. ¿Y qué pasa con la Laguna de las Estrellas? ¿Y con los túneles donde nos convertimos en garras afiladas? ¿Vamos a perder todo eso?

El entusiasmo de Ala de Tórtola se desvaneció. Aun así, su voz sonó resuelta cuando respondió:

—Si hay que elegir entre agua y cuevas o salvar nuestras vidas, entonces tendremos que irnos.

Salto de Pez encabezó la comitiva hacia un claro donde la vegetación que lo rodeaba era más espesa que en ningún otro lugar que hubiera visto Glayino. Entrevió una fila de guaridas debajo de un árbol caído, detrás de unos helechos frondosos. Ya había varios gatos reunidos.

Media Luna le hizo una señal con la cola y lo condujo detrás de una mata de espinosos cardos, donde se abría un agujero oscuro al pie de un roble. Del interior salían unos maulliditos quedos.

Media Luna metió la cabeza en el hueco del árbol.

—Hola, Pluma de Lechuza. Te hemos traído algo de comer.

Al adelantarse para depositar el trozo de mirlo en el agujero, Glayino vio a una gata escuálida de pelaje marrón moteado, amamantando a tres cachorritos inquietos. «Se parece a Azorín», pensó.

—Gracias —ronroneó Pluma de Lechuza—. Los cachorros ya están listos para probar la carne. Mirad... —Empujó delicadamente a sus hijos—. Venid a comer un poco de este mirlo. Está muy rico.

Mientras los pequeños probaban el mirlo por primera vez, Media Luna le contó a la gata lo de la reunión.

—Ya era hora —maulló Pluma de Lechuza.

—¿Quieres decir que tú te irías? —le preguntó Media Luna, sorprendida—. ¿Con los cachorros?

—Por supuesto —respondió ella, como si hiciera lunas que hubiera tomado la decisión.

—Pero ¿y qué pasa con Rayo Hendido? —le soltó Media Luna, y de inmediato pareció arrepentirse de haberlo dicho.

—Mis hijos vendrán conmigo —replicó la gata, cuyo tono avisaba de que nadie debería atreverse a discutírselo.

Media Luna asintió, avergonzada, y regresó con Glayino al claro. Para entonces ya habían llegado más gatos. El joven aprendiz vio a dos cuyos hocicos canosos y ralo pelaje revelaban su edad. Uno de ellos era un gato marrón oscuro de patas largas y articulaciones nudosas, y Glayino supuso que se trataba de Caballo Veloz, el que tanto sabía de hierbas. Se preguntó si Luna Naciente le habría preguntado ya sobre la cola de caballo. Él quería buscar un poco en el bosque para enseñársela, pero se había distraído al tropezarse con el camino de los Dos Patas y la hondonada rocosa. Caballo Veloz iba acompañado de una veterana de color rojizo claro y ojos verdes. Se veía que en su juventud había sido una gata hermosa, pero ahora era un ser frágil y se le marcaban todas las costillas debajo de la piel.

Luna Naciente entró en el claro empujando a Sombra Rota, que parecía tan aturdida por la pena que no sabía ni dónde estaba. Un gran gato blanco y gris la flanqueaba por el otro lado. Se parecía bastante a Media Luna, así que Glayino supuso que sería su padre, Nubarrón Gris.

Helecho Rizado estaba sentado en el centro del claro, esperando a que llegaran los últimos gatos. A Glayino le pareció paciente y respetuoso; todo lo contrario a un líder de clan que acabara de convocar a sus gatos a una reunión importante. De hecho, ni siquiera la había anunciado en voz alta; la noticia se había propagado de gato en gato, y, por lo visto, éstos iban acudiendo conforme se les antojaba.

Por fin, Son de Roca se levantó para tomar la palabra. Estaba a un lado del claro con Bigotes Negros y dio unos pasos hacia el centro.

—Deseamos lanzar las piedras —maulló.

—¿Para ver si nos marchamos o nos quedamos? —quiso saber Helecho Rizado.

Son de Roca asintió.

Con expresión resignada, Helecho Rizado se puso en pie.

—Ojalá no hubiéramos llegado a esto —suspiró—, pero sé que sólo hay una manera de decidirlo. Antes de que lancemos las piedras, quiero recordaros a todos que éste ha sido nuestro hogar hasta donde alcanza nuestra memoria.

«Hasta donde alcanza la memoria de los gatos vivos —lo corrigió Glayino mentalmente—. Pero ¿adónde han ido todos los gatos muertos? ¿Están aquí ahora, observándonos pero incapaces de hablar?»

—Sí —continuó Helecho Rizado, mirando con tristeza a los gatos que lo rodeaban—. En esta estación de la hoja verde, las presas son más escasas de lo que habían sido nunca, y, sí, los Dos Patas están cada vez más cerca. Pero ¿de verdad vamos a salir huyendo como ratones? Hemos encontrado la manera de sobrevivir al lado de los tejones, que, en el pasado, nos causaron más problemas que los

Dos Patas. Deberíamos mantenernos unidos y aceptar que tenemos que compartir el lago.

La profunda emoción que encerraba el discurso de Helecho Rizado casi convenció a Glayino. Algunos gatos más asentían coincidiendo con él, incluso Luna Naciente y la frágil veterana.

Media Luna le dio un empujoncito a Glayino.

—Mira, Rayo Hendido quiere quedarse... —Y señaló con las orejas a un gato blanco y negro de patas largas, cuyos ojos ámbar brillaban con aprobación tras la súplica de Helecho Rizado—. A Pluma de Lechuza no le va a gustar.

Un murmullo quedo de expectación recorrió el claro cuando Son de Roca se adelantó.

—Lo que dices es cierto, Helecho Rizado —comenzó, inclinando la cabeza con respeto—, pero hay muchas cosas que no has mencionado. ¿Qué pasa con los gatos que hemos perdido? Vuelo de Halcón murió bajo las zarpas de un monstruo de los Dos Patas.

Glayino vio a Ala de Tórtola con la cabeza y la cola gachas, apenada por la mención de la muerte de su madre; el aprendiz también se apresuró a bajar la cabeza.

—Luego nos dejó Aguacero Gris, su pareja, y nadie sabe adónde ha ido. Y hace una luna —añadió, con un temblor en la voz—, Hojas Caídas entró en los túneles y no volvió a salir.

Sombra Rota soltó un gemido débil al oír el nombre de su hijo, y Son de Roca la miró un instante, con los ojos rebosantes de amor y pesar.

—La prueba de las cuevas no está hecha para arrebatarnos garras afiladas —prosiguió—. Se supone que sirve para convertirlos en eso, que es una señal de que ya son adultos e iguales a cualquier otro gato. Pero eso no es todo. Las presas están desapareciendo, los Dos Patas las ahuyentan o son cazadas por zorros y tejones. Incluso el suelo forestal está siendo destrozado por los monstruos de los Dos Patas, con su ruido y sus graznidos interminables. Éste ya no es nuestro hogar; es un lugar que ya no nos quiere.

El discurso de Son de Roca fue seguido con asentimientos y murmullos de aprobación. Un gato blanco y negro exclamó:

—Pero ¿adónde podemos ir?

A Glayino se le cayó el alma a los pies al ver que Son de Roca se volvía hacia él. Pudo imaginar perfectamente lo que iba a ocurrir a continuación.

—Ala de Glayo tuvo un sueño —anunció el atigrado—. Vio un sitio en el que podríamos vivir: cumbres de piedra rebosantes de presas y refugios, y libres de enemigos.

Glayino se mordió la lengua para no protestar. ¡Él no había dicho que las montañas fueran tan maravillosas! Sin embargo, sabía que Son de Roca tenía razón. Los clanes habían emprendido el Gran Viaje cuando se hizo imposible continuar viviendo en el bosque por culpa de los Dos Patas. Y también sabía que, largo tiempo atrás, unos gatos se habían instalado en las montañas. Si aquellos gatos eran los antepasados de la Tribu de las Aguas Rápidas, entonces Glayino tal vez tuviera la responsabilidad de animarlos a ir hasta allí.

—Suena como si fuera un sitio mucho mejor que éste —comentó Bigotes Negros.

Luna Naciente asintió.

—Yo no quiero perder a mis cachorros en esos túneles horribles.

—Y estaríamos muy lejos de los monstruos de los Dos Patas —añadió Brisa Susurrante—. No perderíamos a más gatos como perdimos a mi hermana.

Glayino vio que Ala de Tórtola y Salto de Pez lo miraban con expectación; sus miradas le abrasaron la piel. ¡Esperaban que él los guiara! Entonces reparó en que todos lo miraban de la misma forma, y por un segundo le pareció que la cabeza le daba vueltas. «¡No puedo hacerlo! ¡Quiero volver a casa, al territorio del Clan del Trueno!»

Cuando se le aclaró la cabeza, vio que los gatos habían formado una fila desigual que terminaba en Helecho Rizado. Tenían la vista clavada en el suelo, delante de ellos. Glayino se acercó para ver qué estaban mirando.

A los pies de Helecho Rizado había un trozo circular de suelo desnudo, más o menos del tamaño de un tocón de árbol. Junto a él, un montón de guijarros redondos y pequeños que parecían proceder de la orilla del lago. Helecho Rizado alargó una zarpa para dibujar una raya que dividió el círculo de tierra en dos mitades. Luego empujó una de las piedras hasta el centro de una de las mitades.

—Este lado desea quedarse —anunció.

Y retrocedió para que el siguiente escogiera su opción.

Son de Roca se acercó para empujar su guijarro a la mitad opuesta.

—Este lado desea marcharse.

Glayino se quedó mirando el círculo de tierra, atónito. ¡Aquellos gatos estaban colocando las piedras ellos mismos! No había augurios, ni compartían lenguas con el Clan Estelar, ni obedecían las órdenes del líder. Helecho Rizado estaba permitiendo que los gatos tomaran su propia decisión.

—¿Qué forma es ésta de dirigir un clan? —masculló para sí mismo.

«¿Y qué va a pasar cuando hayan lanzado todas las piedras?»

Caballo Veloz dejó una piedra en la mitad de «quedarse».

—Mis huesos son demasiado viejos para escalar montañas —rezongó el veterano—. Venga, Sol Nebuloso, ya sabes qué hacer.

La frágil gata se le acercó.

—Aquí me calienta el sol, y eso es lo único que quiero ahora —murmuró, dejando su guijarro al lado del de Caballo Veloz. Luego le tocó la oreja con el hocico—. Permaneceremos juntos.

Son de Roca y Bigotes Negros condujeron a Sombra Rota hasta el círculo. Ensimismada, como si apenas supiera lo que estaba haciendo, la gata puso una piedra en la mitad de «marcharse», a la que Bigotes Negros añadió la suya.

Rayo Hendido vaciló un momento mientras miraba a Pluma de Lechuza. La gata, sin embargo, estaba concentrada en sus cachorros, que se retorcían a sus pies. Rayo Hendido votó por quedarse y dio media vuelta.

Glayino advirtió que Pluma de Lechuza también había estado pendiente de lo que hacía su pareja. En cuanto Rayo Hendido se separó del círculo, ella lanzó su propia piedra, para marcharse, y no lo miró ni una sola vez.

Con el estómago en un puño, Glayino avanzó para tomar su propia decisión, pero Helecho Rizado lo detuvo con un movimiento de la cola.

—Eres el garra afilada más reciente, lanzarás la última piedra —maulló.

Glayino apenas pudo contener un escalofrío al ver que se estaban formando dos filas rectas de piedras en los semicírculos. Parecían igual de largas. ¿Qué pasaría si empataban?

Luna Naciente fue la siguiente. Se detuvo, luego respiró hondo y puso su piedra en la mitad de «quedarse».

—He criado cachorros aquí —murmuró—. Y criaré a más.

Su pareja, Nubarrón Gris, le lanzó una mirada larga y pesarosa, y aun así decidió poner su piedra en el lado de «marcharse». Lo siguió Brisa Susurrante. La línea de marcharse era más larga, pero entonces Salto de Pez, Río del Alba y Cervatilla Tímida optaron a la vez por quedarse.

Ala de Tórtola se acercó despacio, miró las piedras que ya se habían lanzado, luego a Glayino, y por fin votó por marcharse. Sólo faltaban Media Luna y Glayino. Media Luna lo miró fijamente mientras empujaba su piedra hasta el semicírculo de «marcharse».

¡Las líneas eran igual de largas!

«¿Y qué hago ahora? —se preguntó Glayino, consciente de que todos estaban observándolo—. ¡No es justo que tenga que tomar yo esta decisión! ¡Ni siquiera pertenezco a este lugar!»

Con las patas temblorosas, se situó en el borde del círculo de tierra y alargó una zarpa para coger un guijarro. Lo notó caliente por el sol bajo su almohadilla despellejada.

—Tienen que ir a las montañas —susurró—. Se convertirán en la Tribu de las Aguas Rápidas.

Y cerrando los ojos, empujó la piedra hasta el final de la fila que había votado por marcharse.

18

Entre los gatos que rodeaban a Glayino brotó un susurro como el del viento cuando se colaba entre los árboles.

—¡No! ¡No! —aulló Sombra Rota—. ¡Hojas Caídas, yo no pretendía que ocurriera esto! ¡Yo quiero quedarme contigo!

Otro gato soltó también un alarido de tristeza. Glayino sintió en el corazón un breve zarpazo de culpabilidad, pero hizo todo lo que pudo por sofocarlo. «Sé que ésta es la decisión correcta para ellos.»

Se alejó del círculo, consciente del brillo que iluminaba la mirada de Media Luna.

—¡Vamos a viajar juntos! —susurró la gata.

Helecho Rizado se adelantó.

—Hemos lanzado las piedras. Ya no puedo seguir siendo vuestro líder —anunció—. Son de Roca, lo justo es que seas tú quien nos guíe hasta las montañas. —Paseó la vista por los congregados—. Si alguien cree que Son de Roca no debería ser nuestro líder, que lo diga ahora.

«¡¿Ellos mismos eligen a sus propios líderes?! —se asombró Glayino—. ¿Y los líderes pueden retirarse y convertirse de nuevo en un garra afilada más?»

Tras las palabras de Helecho Rizado sólo hubo silencio, excepto por los gemidos ahogados de Sombra Rota. Luna

Naciente estaba junto a ella y la consolaba lamiéndole la oreja.

—Todo irá bien —maulló, intentando animar a la gata, que estaba desolada—. Hojas Caídas no sabrá que te has ido.

«Te equivocas. Hojas Caídas vivirá en los túneles durante lunas y lunas, sufriendo por haber sido abandonado», pensó Glayino.

Son de Roca inclinó la cabeza ante Helecho Rizado.

—Haré todo lo que esté en mis manos para llevar a nuestros gatos a un lugar seguro —prometió. Luego miró a los allí reunidos, que lo observaban con expectación—. Descansaremos hasta el anochecer. Y nos pondremos en marcha mientras los monstruos de los Dos Patas estén durmiendo.

Los gatos se miraron unos a otros, confundidos, incluso los que querían irse.

—¿Tan pronto? —preguntó Nubarrón Gris.

—Ya hemos esperado bastante... —replicó Son de Roca, mirando pesaroso a Sombra Rota—. Aquí ya no hay nada que nos retenga. Ala de Glayo nos ha hablado de las cumbres de piedra que están esperándonos. Serán nuestro nuevo hogar.

Nubarrón Gris se incorporó.

—Entonces vamos a cazar —sugirió—. Nos aseguraremos de que todos los gatos hayan comido bien antes de partir.

En cuanto pronunció aquellas palabras, varios gatos salieron del claro. Parecían aliviados por tener algo que hacer. Nubarrón Gris los siguió, tras detenerse junto a Luna Naciente para tocarle la oreja con la nariz.

—Criaremos hijos fuertes y sanos en las montañas.

Luna Naciente pareció vacilar, pero al final entrelazó la cola con la de él.

—Lo sé. Iré a buscar algunas hierbas que puedan sernos útiles —maulló—. Caballo Veloz me ayudará.

A Glayino lo asaltó el recuerdo de los preparativos que sus compañeros de clan y él habían tenido que hacer antes de emprender su propio viaje a las montañas. Se preguntó si debería darles algún consejo más, como que tuviesen cuidado con los perros del granero que por poco despedazan a Carrasca y Leonado.

«¡Cerebro de ratón! —se riñó a sí mismo—. Probablemente el granero no esté construido todavía.»

Plantado en mitad de aquel frenesí de actividad, Glayino no podía quitarse de encima la sensación de que faltaba algo, algo esencial para que los gatos encontrasen un nuevo hogar y se establecieran con seguridad en las montañas. Pero no se le ocurría qué podía ser.

«Lo mejor será que intente cazar algo —decidió—. Necesito reunir fuerzas para el trayecto. ¡Al menos esta vez veré cuando tenga que saltar por el desfiladero de las montañas!»

Antes de llegar al lindero del claro, Son de Roca lo interceptó.

—Ala de Glayo, tengo que hablar contigo.

Desconcertado, Glayino lo siguió hasta la sombra de los árboles que ribeteaba el claro. El atigrado gris oscuro se volvió hacia el joven con una expresión ansiosa en sus ojos azules.

—Necesito tu ayuda, Ala de Glayo —le explicó—. Nunca habíamos tenido a un gato como tú, que ve cosas en sueños. ¿Te había pasado antes? ¿Crees que volverá a pasarte?

Glayino no sabía qué contestar; desde luego, no podía decir la verdad. Pero al final asintió, incómodo.

Los ojos del nuevo líder se colmaron de alivio.

—Esto es algo desconocido para todos nosotros. Sé que tu sueño puede estar equivocado, pero yo estoy dispuesto a confiar en ti... y en tus sueños, vengan de donde vengan.

De pronto, Glayino tuvo una revelación, fue como si un rayo de sol lo iluminara. Ya sabía qué era lo que necesitaban aquellos gatos más que ninguna otra cosa. ¡El Clan Estelar! Y un curandero que los ayudase a escuchar a los gatos que se habían paseado por allí antes que ellos.

—Vuestros... nuestros antepasados —maulló—. Los sueños los envían nuestros antepasados.

Son de Roca se quedó pasmado.

—¿Te refieres a los gatos que han muerto?

Glayino asintió.

—Ellos nos guiarán, si estamos preparados para escucharlos. Ellos nos... nos hablarán en sueños, y nos enviarán señales que ciertos gatos sabrán descifrar.

A Son de Roca se le desorbitaron los ojos.

—¿Quieres decir que... hablan contigo? —preguntó, sin poder evitar que el pelo del cuello se le erizara.

—Sí, pero también hablarán con otros... si es que están dispuestos a oír lo que tengan que decir.

Son de Roca ladeó la cabeza.

—Siempre nos hemos preguntado si nuestros gatos perdidos podían seguir viéndonos y oyéndonos. Sé que Sombra Rota desea que eso sea así más que ninguna otra cosa... —Y, tras vacilar un instante, añadió—: ¿Estás seguro de que no has soñado con tu madre y ya está?

—Segurísimo.

Los ojos azules del nuevo líder parecieron más penetrantes que nunca.

—Si encontramos las cumbres de piedra, sabré que tienes razón. —Se dio la vuelta para marcharse, pero luego lo miró por encima del hombro—. Gracias, Ala de Glayo.

Cuando el líder se fue, Glayino se dejó caer al suelo. La cabeza le daba vueltas. «¿Acabo de convertirme a mí mismo en el primer curandero de la historia? ¿Acabo de imponerme una tarea imposible?», se preguntó. Ni siquiera sabía si aquellos gatos tenían la misma clase de antepasados que él, semejantes de algún modo al Clan Estelar o a la Tribu de la Caza Interminable.

El sonido de unos pasos lo sacó de su ensimismamiento. Cuando alzó la cabeza, vio aparecer a Media Luna por detrás del árbol más cercano con un campañol entre los dientes. La gata lo dejó a los pies de Glayino.

—Toma. Sé que todavía tienes las zarpas demasiado doloridas para cazar —maulló, y al ver que él dudaba, se lo acercó más—. Adelante. Yo ya me he comido uno.

—Gracias. —Y comenzó a comer con hambre—. Eres una cazadora magnífica, Media Luna —añadió con la boca llena.

—Parece que tenemos un largo trayecto por delante. ¿De verdad crees que hay cumbres de piedras donde podemos instalar nuestro nuevo hogar? —Sus ojos verdes brillaban con la media luz que se colaba por debajo de los árboles.

Glayino engulló un bocado.

—Sí, te prometo que las hay.

Media Luna lo miró un buen rato, abrumándolo de nuevo con la intensidad de sus ojos.

—Te creo —murmuró al fin.

Glayino compartió con la gata el último pedazo de campañol y se ovilló para dormir junto a ella, con las colas entrelazadas. Aspirando su dulce aroma, el aprendiz empezó a sentir menos añoranza por su hogar. Sentía casi como si perteneciera a aquel lugar y a aquella época.

Una zarpa se le clavó en el costado. Parpadeando, Glayino se encontró con la cara de Brisa Susurrante.

—Es la hora —maulló la gata gris.

Media Luna ya estaba levantada, y él la siguió a través del claro hasta la ladera. El sol se había puesto, dejando tan sólo unas pocas franjas rojas en el cielo. Glayino levantó la cabeza para ver si alguno de los guerreros del Clan Estelar había aparecido, pero entonces recordó que sus antepasados guerreros no nacerían hasta muchas estaciones más tarde.

«Entonces, ¿sólo son estrellas?», se preguntó, contemplando los puntos de luz titilantes.

Los gatos se paseaban nerviosos entre los árboles, como si sus patas estuvieran ansiosas por partir y sus corazones siguieran tirando de ellos hacia el único hogar que habían conocido. Los cachorros de Pluma de Lechuza daban vueltas alrededor de las patas de su madre.

—¿De verdad vamos a ir hasta la cima de la montaña? —preguntó uno de ellos, con los ojos grandes como lunas.

—Así es —respondió Pluma de Lechuza—. E incluso más lejos.

El minúsculo cachorro saltó encantado.

—¡Uau!

Caballo Veloz y Sol Nebuloso estaban debajo de un árbol. El veterano deslizó la cola por el costado de su compañera de guarida.

—Se han lanzado las piedras, así que tenemos que irnos —maulló.

—Llegaremos hasta allí —respondió Sol Nebuloso con valentía—. Nos ayudaremos el uno al otro.

Admirando el valor de los veteranos, Glayino esperó que Sol Nebuloso tuviera razón. Él ya estaba planeando la ruta para que fuese lo más fácil posible, esperando, ahora que podía ver, recordar el camino hasta la gruta de detrás de la cascada.

—¿Estamos listos? —Son de Roca se levantó, lanzando una mirada a los gatos.

Le respondió un murmullo afirmativo. Glayino advirtió que Rayo Hendido y Cervatilla Tímida parecían abatidos, pero no protestaron. Ahora que la decisión estaba tomada, todos los gatos iban a acatarla. Aquél era su código de honor, su versión del código guerrero.

Son de Roca le hizo un gesto a Glayino con las orejas.

—¿Estás preparado, Ala de Glayo?

Glayino asintió. «¿De verdad voy a hacer esto? ¿Estoy a punto de guiar a la Tribu de las Aguas Rápidas a su nuevo hogar?»

Son de Roca comenzó a ascender por la ladera, y los gatos lo siguieron en grupos dispersos. Glayino se situó casi en la retaguardia. Cuando llegaron a lo alto del risco, la línea morada de las montañas se había desvanecido en la creciente oscuridad. Ante ellos, la tierra se extendía plana y negra hasta el horizonte.

Mientras avanzaban por el risco, Media Luna se acercó a toda prisa y rozó a Glayino con la cola.

—Mira, uno de los cachorros de Pluma de Lechuza se ha caído —maulló—. Tengo que ir a ayudarla. —Echó a correr, pero luego se detuvo para mirar por encima del hombro—. No mires atrás —le susurró—. Sólo lo hará más difícil.

Glayino vio cómo la pálida figura de la gata se alejaba en la penumbra. Algo llenó su pecho al comprender cuánto valor tenía Media Luna —ella y los demás gatos— para emprender un viaje como aquél basándose únicamente en la fuerza de un sueño. El joven aprendiz sólo esperaba no equivocarse, por el bien de todos ellos.

Redujo el paso y se detuvo a mirar la negra extensión del lago, que titilaba aquí y allá bajo las primeras estrellas que habían aparecido en el cielo oscuro. Mientras miraba el lago, la luna salió por detrás de una nube, proyectando su luz plateada en el agua. El lago le parecía muy familiar, pero aún no era su hogar.

—Adiós —susurró, preguntándose si también se estaba despidiendo del Clan del Trueno.

El resto de los gatos lo habían adelantado, en dirección a lo que algún día sería el territorio del Clan del Viento. Cuando Glayino se disponía a alcanzarlos, oyó que lo llamaban:

—¡Glayino!

Su nombre del Clan del Trueno.

El aprendiz se volvió en redondo.

—¡Pedrusco!

El gato ciego estaba cerca de un peñasco en la ladera, y su cuerpo pelado relucía bajo la luz de la luna.

—Tú no formas parte de este grupo de gatos —le dijo con voz cascada—. Ya has hecho lo que habías venido a hacer. Es hora de que regreses con tu clan.

Si le hubiera dicho eso un día antes, Glayino se habría sentido aliviado, pero entonces lo único que sintió fue pánico.

—Pero... pero ¿y qué pasa con Son de Roca? —tartamudeó—. Se lo he prometido. Y también a Media Luna.

—Tu tiempo aquí ha terminado —insistió Pedrusco.

Glayino sabía que tenía que obedecer. Su destino estaba allí, junto al lago, no en las montañas. Gracias a él, la Tribu de las Aguas Rápidas encontraría su nuevo hogar y descubriría a la Tribu de la Caza Interminable.

Mientras se acercaba a Pedrusco, echó un último vistazo a la hilera de gatos, aguzando la vista para distinguir el pelaje reluciente de Media Luna. «Le dolerá mucho que me marche sin decirle adiós...» Pero ella no era su futuro. Su futuro era el Clan del Trueno, donde él era curandero.

Se volvió hacia Pedrusco.

—¿El verdadero Ala de Glayo regresará ahora?

El viejo gato negó con la cabeza.

—No. Ala de Glayo desapareció al principio de su viaje a las montañas.

Uno por uno, los gatos fueron desvaneciéndose en la oscuridad. Ninguno de ellos había reparado en que Glayino ya no iba con ellos. El aprendiz notó que todo su cuerpo se ponía en tensión por un instante, y finalmente dio una sacudida.

—De acuerdo, vámonos —masculló.

Pedrusco lo guió hasta el otro lado del peñasco, donde vieron la estrecha entrada a un túnel. El anciano se coló por allí y le hizo una señal con la cola para que lo siguiera.

El túnel estaba completamente oscuro, y Glayino se guió por el sonido de los pasos de Pedrusco en la penumbra silenciosa. El frío aire le indicaba dónde se bifurcaba en otros pasajes, aunque Pedrusco lo condujo directamente colina abajo. El aprendiz plantó las orejas, por si captaba algún sonido de Hojas Caídas, pero no había ni rastro del gato perdido. ¿Cuánto tardaría en darse cuenta de que los gatos del exterior se habían marchado? ¿Sabría Hojas Caídas cuántas lunas tendría que esperar en la vacía oscuridad, hasta que volvieran gatos al lago? Glayino se estremeció, esperando que Hojas Caídas no tuviera ni idea de lo que le aguardaba.

Por fin, el túnel comenzó a ascender de nuevo. Los pasos de Pedrusco se esfumaron, pero entonces Glayino captó olor a musgo y a hojas, los aromas húmedos del bosque. No tardó en salir al aire libre, y enseguida se vio rodeado de los olores del Clan del Trueno que le eran tan familiares. Volvía a estar ciego, pero sabía exactamente dónde se encontraba.

Despacio, recorrió los senderos que llevaban a la hondonada rocosa. ¿Había encontrado las respuestas que estaba buscando? ¿De verdad había sido uno de los gatos que vivían antes allí y esos gatos se habían marchado para formar la Tribu de las Aguas Rápidas? ¿Era de allí de donde procedía la profecía?

En el último momento, cuando ya podía saborear el olor de la hondonada rocosa, se desvió para dirigirse al lago. Se había levantado una brisa, y el trino entrecortado de los pájaros sobre su cabeza le indicó que se acercaba el alba. Al llegar al lago, Glayino cruzó la blanda hierba hasta el lugar donde el palo estaba escondido, debajo de las raíces de un árbol en la ribera. Lo sacó para deslizar las zarpas por las líneas que había grabadas en él, como había hecho tantas veces.

En esta ocasión, las marcas le hablaron con claridad, y los nombres y rostros de los garras afiladas llenaron su mente. Recordaba a muchos de ellos porque los había conocido a todos: Rayo Hendido, Sol Nebuloso, Cervatilla Tímida, Pluma de Lechuza... Habían caminado a su lado en la Laguna Lunar porque era uno de ellos, el único gato que había regresado al lugar en el que habían vivido muchísimo tiempo atrás. «¿Es eso lo que me vuelve más poderoso que el Clan Estelar?»

Glayino se preguntó si Leonado y Carrasca también habrían formado parte del antiguo clan, aunque él no los había visto en su viaje al pasado. Volvió a deslizar las zarpas por el palo, y una visión se encendió en su mente: tres gatos juntos en el risco, con la luna naciente a sus espaldas, proyectando sus sombras, grandes y oscuras, en el lago plateado.

Tres gatos, sangre de la sangre de Estrella de Fuego, con el poder del Clan Estelar en sus manos. Ahora Glayino entendía cómo podía ser que estuvieran juntos, incluso después de un lapso de tiempo de incontables estaciones.

—Hemos regresado —murmuró—. Los tres han vuelto a casa.

19

A Leonado lo despertaron unas toses. Durante un momento, se acurrucó más en el musgo, intentando recordar la última noche que había dormido bien. Era muy recurrente que en sus sueños apareciera Estrella de Tigre mofándose de él y de su poder, burlándose por que le repugnara la visión del cuerpo ensangrentado de Zarpa Brecina. Y cuando no estaba dormido, la guarida de los guerreros estaba repleta de gatos que se ahogaban entre resuellos, combatiendo la tos verde...

Entonces se quedó paralizado. ¡Todos los gatos enfermos se habían ido a la casa de los Dos Patas con Estrella de Fuego! No debería estar tosiendo nadie.

Al levantar la cabeza, Leonado vio a Zancudo en su lecho, a un par de colas de distancia, sacudido por un ataque de tos.

«¡Oh, no, la idea de Estrella de Fuego no ha funcionado!»

—Zancudo —maulló—. Será mejor que vayas a ver a Hojarasca Acuática. Ella te dará algo para la tos, y luego deberías irte con los demás a la vivienda de los Dos Patas.

—¡No me digas lo que tengo que hacer! —le espetó el guerrero—. Sólo tengo un poco de musgo en la garganta, nada más.

Incluso en la penumbra de la guarida de los guerreros, Leonado vio que Zancudo tenía los ojos vidriosos por la fiebre.

—No lo creo.

Zarzoso, que dormía casi en el centro de la guarida, levantó la cabeza en ese instante.

—Zancudo, estás enfermo. Ya sabes lo rápido que se propaga la tos verde. Vete a ver a Hojarasca Acuática ahora mismo. Leonado, acompáñalo.

—Enseguida.

El joven guerrero se levantó y se atusó el pelo a toda prisa.

Zancudo se puso en pie con un suspiro exagerado que terminó en otro ataque de tos. Salió al claro en dirección a la guarida de la curandera, seguido de cerca por Leonado. El frío del alba aún cubría el campamento, y las sombras eran muy densas en el borde de la hondonada. Una brisa cargada de humedad anunciaba lluvia.

Antes de que llegaran a la guarida de Hojarasca Acuática, Dalia se les acercó desde la maternidad.

—Zancudo, ¿qué ocurre? —preguntó con inquietud—. ¿Estás enfermo?

—Estoy bien. Ojalá... —Comenzó a toser de nuevo—. Ojalá todo el mundo dejara de armar tanto revuelo —añadió cuando pudo hablar de nuevo.

A Dalia se le dilataron los ojos, abatida.

—¡Estás enfermo!

—No te preocupes. —Leonado restregó el hocico contra el pelaje color tostado de la reina—. Me lo llevo a ver a Hojarasca Acuática.

Los dos guerreros se pusieron en marcha de nuevo, dejando a Dalia mirándolos con los ojos llenos de inquietud.

Dentro de la guarida de la curandera, Hojarasca Acuática y Glayino ya estaban despiertos.

—Esto es todo lo que queda de atanasia —le estaba diciendo la gata a su aprendiz—. Será mejor que recolectes más y la lleves directamente a la vivienda de los Dos Patas.

Acuérdate de dejarla en la piedra plana que hay cerca de la entrada.

—De acuerdo. —Glayino se volvió para marcharse, pero entonces reparó en la presencia de Zancudo y Leonado—. ¿Qué pasa ahora?

Zancudo respondió con un nuevo ataque de tos.

—¡No!

Por un instante, el miedo asomó a los ojos de Hojarasca Acuática. Pero luego se convirtió en la eficiente curandera de siempre.

—Zancudo, cómete esta atanasia —le ordenó—. Te suavizará la garganta. Glayino, trae un poco cuando vuelvas.

El aprendiz asintió con la cabeza, salió por la cortina de zarzas y desapareció.

Mientras Zancudo masticaba la atanasia, rezongando para sí mismo, Dalia se asomó a la guarida de la curandera.

—¿Puedo entrar? —le preguntó a Hojarasca Acuática.

Llevaba un campañol en la boca.

Hojarasca Acuática pareció dudar; cuantos menos gatos hubiera cerca de Zancudo, mejor. Pero al final asintió.

—Por supuesto, Dalia. ¿Qué pasa?

La reina dejó el campañol a los pies de Zancudo.

—Te he traído esto —maulló—. He pensado que te iría bien comer antes de marcharte a la vivienda de los Dos Patas.

—Bueno, pues no tendrías que haberte molestado —replicó el guerrero con grosería—. No tengo hambre.

Dalia retrocedió erizando el pelo del cuello.

—¡Lo he escogido especialmente para ti!

Él no respondió. Se limitó a pasarse la lengua por el hocico, lamiéndose el jugo de la atanasia.

—Nuestros hijos también están preocupados —continuó la reina, con voz más cortante—. Me sorprende que se acuerden de ti, porque nunca vas a visitarlos.

Zancudo se encogió de hombros.

—No es por falta de interés... Es porque sé que tú los vas a criar muy bien sin mí.

—¿Por qué? —le espetó la gata—. ¿Porque ya he criado hijos yo sola? En aquella ocasión no fue por decisión propia, Zancudo, lo sabes perfectamente.

Leonado, cohibido, intercambió una mirada con Hojarasca Acuática; le habría gustado salir de la guarida, pero Dalia y Zancudo bloqueaban la entrada. La curandera los escuchaba con una expresión extraña que Leonado no supo interpretar.

—Cada cachorro es distinto —continuó la reina—. Y todos se merecen conocer a su padre. Te lo estás perdiendo, Zancudo, y si no tienes cuidado, ¡será demasiado tarde y tus propios hijos no sabrán ni quién eres!

Sin esperar una respuesta, Dalia se volvió en redondo y salió de la guarida.

—¡Gatas! —exclamó el guerrero.

Y se dispuso a salir, pero Hojarasca Acuática le cortó el paso.

—Los hijos son un regalo muy valioso, Zancudo —le dijo con voz queda—. Deberías aprovechar todas las ocasiones que tengas para ser un buen padre. Es incluso mejor que ser mentor.

—¿Y tú cómo vas a saberlo?

Hojarasca Acuática le sostuvo la mirada; sus ojos ámbar se mantuvieron tranquilos y firmes.

—Lo lamento... —masculló el guerrero al final—. Yo sólo... Nunca planeé tener hijos con Dalia. Me siento inútil y torpe con ellos. Me da la sensación de que todos me juzgan porque no soy muy cariñoso con ella. Lo nuestro no funcionó, eso es todo.

—Ésa no es la cuestión —replicó la curandera—. Vuestros hijos siguen teniendo un padre y una madre, aunque Dalia y tú ya no seáis pareja. Si no ejerces de buen padre, estarás castigando a los cachorros. Ellos no te juzgarán, porque no conocen otra cosa, pero, al final, son lo único que importa.

—¡No sé qué hacer! —protestó Zancudo—. No puedo...
—Lo interrumpió un nuevo ataque de tos.

—¡Pues entonces aprende! —Los ojos ámbar de Hojarasca Acuática echaban chispas—. Has visto a Zarzoso, a Látigo Gris y a Manto Polvoroso con sus hijos. ¡No puedo creer que no veas lo importante que es! Deberías apreciar a tus cachorros con cada bocanada de aire que respiras.

Leonado sintió una oleada de afecto hacia Zarzoso, que era un gran padre, siempre dispuesto a escuchar o a ayudar a sus hijos cuando tenían un problema. Había pasado mucho tiempo con ellos de pequeños, porque Esquiruela había retomado enseguida sus obligaciones como guerrera. Leonado confiaba completamente en él; no podía imaginarse un padre mejor. «Si Zancudo no va con cuidado, acabará con sus hijos igual que Corvino Plumoso con Ventolero. ¡Esos dos no se tienen el más mínimo aprecio!»

—Leonado. —Hojarasca Acuática se dio cuenta de que el joven seguía allí y que había escuchado toda la conversación—. Ya puedes irte. Gracias por tu ayuda.

El joven guerrero inclinó la cabeza y salió al claro. Al marcharse, oyó que la curandera decía:

—Antes de irte a la vivienda de los Dos Patas, cómete este campañol. Necesitas conservar las fuerzas si quieres recuperarte.

Leonado vio a Zarzoso sacando una ardilla del montón de la carne fresca. Esquiruela se le acercó, y él dejó la pieza a sus pies.

—Esto es para ti —maulló el lugarteniente—. Sé que te gustan las ardillas jóvenes.

—A ti también —ronroneó la guerrera, tocándole la oreja con la nariz—. Vamos a compartirla.

Zarzoso vaciló.

—De acuerdo, pero tú come tanto como quieras. Todo el clan quiere que vuelvas a ponerte fuerte.

Los dos se sentaron juntos a comer.

A Leonado lo invadió una sensación cálida al verlos. «Gracias al Clan Estelar, nuestros padres están muy unidos.»

—¡Oye, Leonado! —lo llamó Zarzoso, levantando la cabeza de la ardilla—. Ahora que ya te has encargado de Zancudo, ¿qué te parece si sales a cazar? Cenizo te está esperando. Dudo que los ratones vayan a ponerse en fila para venir corriendo al campamento.

—¡Claro!

Ondeando la cola, Leonado cruzó el claro en dirección a Cenizo. Sí, adoraba a su padre, ¡aunque fuera una bola de pelo vieja y mandona!

Leonado recorrió el viejo sendero de los Dos Patas con una ardilla y dos ratones colgando de la boca. Le tocaba a él llevar carne fresca al tronco hueco que había delante de la vivienda de los Dos Patas. Estaba cayendo una fina llovizna que le humedecía el pelo y embarraba el camino.

Dos amaneceres atrás, cuando Zancudo había empezado a toser, las esperanzas de todos los gatos del clan se habían desmoronado. Tenían miedo de que, después de todo, el plan de Estrella de Fuego no sirviera de nada. Pero desde entonces no había enfermado ningún gato más, y Leonado había empezado a preguntarse si por fin estarían ganado la batalla. No sabía gran cosa de los gatos enfermos, excepto que todos ellos, incluso Mili, seguían vivos.

Todo estaba en silencio cuando los muros de la casa aparecieron entre los árboles. Leonado se internó en la hierba mojada para dejar sus presas en el tronco, pero entonces descubrió que no estaba vacío, como esperaba. En el fondo del hueco quedaban unas cuantas piezas de carne fresca, que la lluvia había empapado. El olor a gatos alrededor del tocón de árbol era rancio y débil.

Un agua gélida, mucho más fría que la lluvia, pareció gotear por la columna vertebral de Leonado. «¿Por qué no están comiendo los enfermos? ¿Estarán todos demasiado débiles para ir a coger las presas?»

Con una zarpa sacó del hueco las piezas viejas —que habían empezado a convertirse rápidamente en carroña—

y las reemplazó por las nuevas, metiéndolas más al fondo para que se mantuvieran secas. Luego vaciló, mirando a su alrededor. Tenía que seguir cazando, pero no podía marcharse hasta averiguar por qué los gatos de la casa de los Dos Patas no habían consumido toda la carne.

Se acercó despacio a la entrada. Hojarasca Acuática y Estrella de Fuego habían prohibido a los cazadores que avanzaran más allá del tronco hueco, pero Leonado se dijo que aquello era una emergencia y que los dos querrían que quebrantara esa norma. Al aproximarse, un aullido escalofriante surgió de la casa, el grito de un felino con un profundo sufrimiento.

Leonado se quedó paralizado.

—¡¿Qué ocurre?! —exclamó, odiándose a sí mismo por cómo le había temblado la voz.

«Ten valor», se dijo con ferocidad.

Al principio, nadie respondió. Luego Leonado retrocedió de un salto cuando la cara de Nimbo Blanco apareció ante él en la entrada; su pelaje blanco destacaba en la oscuridad.

—Estrella de Fuego se está muriendo —maulló el guerrero con voz quebrada.

Leonado apretó los dientes con un gemido de desesperación. Olvidándose de las precauciones, pasó junto a Nimbo Blanco y entró en la vivienda.

Estrella de Fuego estaba tumbado en un lecho en el extremo más alejado. La mayoría de los enfermos estaban sentados a su alrededor formando un círculo desigual. Centella y Fronda se inclinaban sobre él para acercarle a la boca pedazos de musgo empapado. Leonado se abrió paso para ver a su líder. Estrella de Fuego respiraba con unas bocanadas roncas, y el lomo subía y bajaba por el gran esfuerzo que debía hacer para tomar aire. En el ambiente había un hedor que no provenía sólo de la enfermedad.

Mientras Leonado lo contemplaba horrorizado, Centella levantó la vista.

—Estrella de Fuego está perdiendo una vida —maulló delicadamente.

Leonado retrocedió para unirse a los demás y observó en silencio cómo su líder luchaba por respirar. Poco a poco, los costados de Estrella de Fuego fueron relajándose; su respiración se tornó más superficial, y luego cesó. Cerró los ojos y se quedó inmóvil.

Leonado vio la levísima silueta de un gato de color rojizo elevarse del cuerpo de Estrella de Fuego y perderse en las sombras de un rincón de la casa.

«¿Así se pierde una vida? ¿Cuántas le quedan a Estrella de Fuego? ¿Y si ésa era la última?», se preguntó.

Tuvo la sensación de que permanecía junto al cuerpo de su líder durante incontables lunas, aunque probablemente no fueron más que un par de segundos. Luego, los costados de Estrella de Fuego se sacudieron en una convulsión leve, y sus brillantes ojos verdes se abrieron, tratando de enfocar.

—Estrella de Fuego... —maulló Centella dulcemente, inclinándose de nuevo sobre él—. Has vuelto con nosotros.

Leonado se quedó boquiabierto. ¡Estrella de Fuego había muerto y había resucitado de verdad!

Nimbo Blanco se acercó con una nueva bola de musgo empapado, que le dio a Centella. La gata la acercó a los labios del líder.

—Bébete esto —murmuró—. Y luego descansa un poco.

—Tráele algo de comer —le ordenó Nimbo Blanco a Leonado—. Necesita recuperar fuerzas.

Leonado salió a la carrera y regresó con uno de los ratones recién cazados. Para entonces, Estrella de Fuego ya se había incorporado, con una expresión aturdida que se diluyó poco a poco.

—Gracias —murmuró cuando Leonado dejó el ratón a su lado—. Pero tú no deberías estar aquí. Podrías contagiarte.

A Leonado se le erizó el pelo. Estrella de Fuego había resucitado, pero tenía que salir de allí inmediatamente. Si se quedaba, ¿cuánto tardaría la espantosa enfermedad en matarlo de nuevo?

El líder tomó un bocado de ratón mirando a los gatos que lo rodeaban.

—Tranquilos —maulló al ver las miradas de preocupación de sus compañeros de clan—. Ahora todo está bien.

—No, no lo está —replicó Centella—. Sigues estando débil, aunque ya no tengas tos verde. ¿Y si pierdes otra vida? Deberías regresar al campamento y dejar que Hojarasca Acuática cuide de ti.

Estrella de Fuego negó con la cabeza.

—No hay nada que Hojarasca Acuática pueda hacer por mí que no pueda hacer mientras estoy aquí. Me quedaré con todos vosotros.

Un murmullo de respeto brotó entre los gatos. Rosina se acercó a su lecho.

—¿Vas a seguir muriéndote y resucitando? —le preguntó con curiosidad.

—Espero que no —respondió él, mientras Fronda empujaba a Rosina hacia la maternidad.

—Sabía que insistirías en quedarte —murmuró Centella, tocándole la oreja con la nariz.

Él le dedicó un guiño.

—Yo no soy quien más tiene que perder —contestó, desviando la mirada hacia el lecho donde descansaba Mili.

Leonado se volvió hacia la gata gris. Parecía incluso más flaca y lastimosa que cuando había salido del campamento, tres amaneceres atrás. Estaba tumbada de lado, y sus costados apenas se movían con su débil respiración.

Gabardilla hundía el hocico en su vientre, intentando alimentarse y soltando unos maullidos lastimeros al no conseguir leche. Fronda se inclinó sobre ella, apartándola delicadamente con una pata.

—Ven —consoló a la cachorrita—. Te buscaré un ratón para comer. Son muy sabrosos.

—Yo no quiero ratón —contestó Gabardilla con voz áspera—. Quiero leche. —Y soltó un gemido débil—. ¡Quiero a mi madre!

Leonado apartó la mirada, incapaz de seguir contemplando aquella escena. A su alrededor, los gatos enfermos estaban volviendo a sus lechos, con la cabeza y la cola gachas, derrotados.

«¿Cuánto tardarán en morir todos, como Estrella de Fuego? Y ninguno de ellos tiene nueve vidas.»

Sintió una punzada de culpabilidad. Sabía que tenía el poder de ayudar a sus compañeros de clan —el poder de hacer cualquier cosa, se recordó a sí mismo—, pero se había negado a usarlo.

—Me voy —le dijo a Nimbo Blanco bruscamente, desesperado por salir de allí y alejarse de la enfermedad—. Le contaré a Zarzoso que Estrella de Fuego ha perdido una vida, y volveré pronto con más carne fresca.

—No necesitamos carne fresca —replicó Nimbo Blanco—. Necesitamos nébeda.

—Y el deseo del Clan Estelar de que sobrevivamos —añadió Centella.

Sus palabras resonaron en los oídos de Leonado mientras regresaba corriendo a la hondonada, casi sin notar el sendero de piedra bajo las zarpas. El Clan Estelar quería que los enfermos sobrevivieran. De lo contrario, no le habrían enviado a Glayino el sueño en el que encontraba la nébeda.

—Incluso aunque no fuera el Clan Estelar quien le hubiese enviado ese sueño —discutió Leonado consigo mismo—, a nosotros tres nos han dado poder por una razón. Quizá se trate de esto. Quizá esto sea el inicio de la profecía.

Al entrar en el campamento por el túnel, no vio a Zarzoso por ninguna parte. Lo buscó en la guarida de los guerreros, que estaba vacía, pero al salir lo vio aparecer por el túnel con la boca llena de presas. Lo seguían Tormenta de Arena y Bayo. Leonado se reunió con ellos en el montón de la carne fresca, donde dejaron sus capturas.

—Traigo noticias —maulló directamente—. Estrella de Fuego ha perdido una vida.

—¡No! —A Tormenta de Arena se le desorbitaron los ojos.

Se volvió en redondo, como si fuera a salir disparada, pero Zarzoso le apoyó la cola en el lomo suavemente.

—No puedes ayudarlo —murmuró.

Tormenta de Arena se sentó, cabizbaja.

—Lo sé —maulló en voz tan baja que Leonado apenas la oyó—. Pero es muy duro.

—¿Has visto morir a Estrella de Fuego? —preguntó Bayo con los ojos muy abiertos—. ¿Cómo es?

Leonado lo fulminó con la mirada y ni se molestó en responder. Cuando se alejaba, oyó que Zarzoso levantaba la voz con ferocidad.

—Me esperaría una pregunta así de un cachorro, Bayo, pero no de un guerrero, y menos aún de un guerrero que ha sido mi aprendiz.

Olvidándose del irritante guerrero tostado, Leonado entró en la guarida de la curandera. Para su alivio, Hojarasca Acuática no estaba allí, sólo Glayino, que inspeccionaba una colección penosa de hierbas marchitas.

Glayino se volvió en redondo.

—¿Qué pasa ahora?

Leonado bajó la cabeza.

—Lo siento —maulló—. Iré al Clan del Viento.

20

Después de cazar unas cuantas presas más, Leonado regresó a la vivienda abandonada de los Dos Patas. Cuando dejó las piezas en el hueco del tronco, advirtió que las otras habían desaparecido y que alguien había echado tierra encima de los restos empapados. Sintiendo cierto alivio al ver que los gatos enfermos habían retomado sus rutinas, dio media vuelta y se internó en el bosque, en dirección a los túneles.

El miedo hizo que se le erizara hasta el último pelo, y apretó tanto el paso que terminó corriendo entre los árboles. La mera idea de recorrer los túneles en la oscuridad hacía que se le revolviera el estómago, así que prefería hacerlo mientras aún hubiese luz.

Se detuvo a unos pocos zorros de distancia de la entrada del túnel, mirando cautelosamente a su alrededor, con las orejas plantadas y la boca abierta para captar el más mínimo rastro de sus compañeros de clan. Aquello era un secreto entre Glayino y él, porque los túneles entre los clanes sólo significaban invasión y derramamiento de sangre. Para su alivio, el único olor que detectó pertenecía al Clan del Trueno, y era bastante rancio; supuso que la patrulla del alba había pasado por allí a primera hora del día.

Agachándose hasta que la barriga le rozó la hierba, Leonado avanzó entre la vegetación para entrar en el túnel. A un par de colas de distancia, se encontró con la barrera de espinos que sus compañeros de clan y él habían colocado allí después de la batalla para impedir que el Clan del Viento regresara por la misma vía. Para cuando logró abrirse paso a través del obstáculo, tenía arañazos en el lomo y pinchazos en las almohadillas, y había perdido algún que otro mechón de pelo dorado con las espinas.

«Clan Estelar, por favor, no permitas que nadie venga a inspeccionar este sitio antes de que yo haya vuelto.»

La oscuridad lo engulló al internarse en el pasaje. En los túneles no se percibía el menor sonido, excepto el que producían sus pasos leves y su respiración rápida, aunque su corazón parecía latir tan sonoramente que tenía la sensación de que podrían oírlo hasta en el campamento del Clan del Viento. A Leonado, sin embargo, no le asustaba encontrarse con los guerreros del clan vecino. Si se tropezaba con alguno de ellos, pelearía y apechugaría con las consecuencias después, cuando Estrella de Bigotes fuera a quejarse a Estrella de Fuego. Lo que lo asustaba de verdad era la visión de su sueño... Ya le parecía captar el hedor de la sangre de Zarpa Brecina.

Por fin reparó en que la oscuridad estaba dando paso a una luz grisácea. Más adelante se oía el sonido de una corriente de agua, y poco después llegó a la caverna por donde discurría el río subterráneo, cuya superficie reflejaba débilmente la luz que entraba por el agujero del techo. Leonado miró hacia la repisa rocosa donde solía sentarse Zarpa Brecina cuando era Estrella Brecina, la líder del Clan Oscuro, pero ahora la pequeña cornisa estaba vacía.

Leonado sintió un dolor punzante en el corazón, como si un enemigo le hubiera mordido justo ahí. No podía desear que regresaran aquellos días, cuando él le mentía a su clan y perdía tantas horas de sueño que no podía entrenar en condiciones. Tampoco quería recordarlos, no después de que Zarpa Brecina lo hubiera traicionado de aquel modo.

Se sacudió vigorosamente, como si estuviera sacudiéndose lluvia del pelo, y luego se dirigió al túnel que llevaba al territorio del Clan del Viento. No tardó en ver una grieta por la que se colaba un rayo de luz. Más allá, distinguió algunas rocas y la áspera hierba del páramo.

Leonado se detuvo, alerta de nuevo, en esta ocasión por si olía u oía al Clan del Viento. Pero lo único que oyó fue el ulular débil del viento al rozar la hierba, y no arrastraba ningún olor a gatos del clan vecino. Adelantándose, se atrevió a asomar la cabeza por la boca del túnel.

El lugar era exactamente como se lo había descrito Glayino: una pendiente llena de piedras cubiertas de liquen, con hierba áspera del páramo entre ellas. «Un manantial brota entre dos rocas...» Leonado plantó las orejas y percibió el sonido de un hilillo de agua.

Olfateando el aire otra vez, captó un nuevo rastro del Clan del Viento, pero no vio ni oyó a ningún gato. Salió cautelosamente del túnel y avanzó con sigilo hacia el sonido del agua, pegándose al suelo y aprovechando la protección que le brindaban las rocas. Tenía erizado hasta el último pelo del cuerpo. Se imaginaba el rastro de su olor extendiéndose por todo el territorio del Clan del Viento, atrayendo a todos los gatos, y el más leve roce de sus zarpas sobre el suelo se le antojaba tan estridente como el grito de una lechuza.

Leonado tenía la sensación de que pasaban varias lunas con cada paso que daba, pero sólo habían transcurrido unos instantes cuando rodeó la base de una piedra y descubrió el manantial del que Glayino le había hablado. Brotaba de una grieta y caía a una charca minúscula; unas matas enormes de nébeda crecían a su alrededor. Sintió una punzada de envidia por el hecho de que otro clan tuviera tanta, cuando los gatos del Clan del Trueno se morían por carecer de ella.

Hundió el hocico en una de las matas, reprimiendo la tentación de revolcarse en ella y empapar su pelaje de aquel olor limpio y penetrante. Él no había ido allí a hacer eso. Trabajando deprisa, fue cortando tallos hasta formar un gran ramo, todo lo que podía cargar.

Cogió el manojo de hierbas con los dientes y se dirigió hacia el túnel. La nébeda ahogaba cualquier otro olor, pero el joven mantuvo las orejas erguidas sin dejar de mirar a su alrededor, alerta por si aparecían guerreros rivales.

No había gatos en la zona. Cuando se coló de nuevo por la grieta que llevaba al túnel se relajó un poco, alegrándose de poder alejarse del riesgo de las miradas acusadoras de algún miembro del Clan del Viento.

Apretando el paso, recorrió a toda prisa el pasaje, cada vez más ancho, pero frenó en seco al irrumpir en la caverna. Plantada ante él, con su pelaje atigrado claro erizado y sus ojos azules llameando, se alzaba Zarpa Brecina.

—¡Ladrón! —le espetó la gata.

Leonado abrió la boca, sorprendido, y la nébeda cayó al suelo.

—¡Zarpa Brecina!

—Ahora soy la guerrera Cola Brecina —gruñó ella—. Pensabas que ibas a irte de rositas, ¿no? —continuó con voz abrasadora—. Pero he visto cómo te arrastrabas entre las rocas. Y he imaginado que usarías los túneles para regresar a tu territorio.

—Entonces... entonces, ¿por qué no has avisado a una patrulla? —tartamudeó Leonado.

Los ojos de la gata destellaron.

—No vales tanto la pena —respondió, frunciendo la boca—. Quizá te creas el mejor luchador de todos los clanes, pero a mí no me das miedo.

El rojo resplandor de la sangre apareció en la mente de Leonado, colmándole la vista.

—¡Traidora! —aulló, saltando hacia ella con las zarpas extendidas.

Notó cómo sus garras le rebanaban la garganta y cómo brotaba la sangre, empapándolos a los dos y formando un charco en el suelo de la cueva. La gata emitió un sonido gutural de horror. Su sangre era caliente y espesa, y su hedor asfixió a Leonado.

Luego, cuando la marea roja remitió, vio a Cola Brecina observándolo impasible, lanzándole una mirada glacial. Leonado se estremeció. La visión había sido absolutamente real, pero él no había movido ni una pata.

Cola Brecina pasó por su lado y se detuvo en la boca del túnel que conducía al Clan del Viento.

—Vete y no vuelvas —bufó—. Puedes llevarte la nébeda. Yo no tengo nada en contra del Clan del Trueno. No me gusta ver sufrir a ningún gato, creas lo que creas. Pero ten cuidado de no terminar siendo un matón como tu pariente, Estrella de Tigre.

Y sacudiendo la cola con desdén, desapareció por el túnel.

Mientras Leonado recogía la nébeda desperdigada, las palabras de despedida de Cola Brecina le resonaron en la cabeza. Se le revolvió el estómago, temiendo que pudieran llegar a ser ciertas. Su sueño había estado a punto de convertirse en realidad; casi mata a Cola Brecina, y ella lo sabía. Las diferencias entre Estrella de Tigre y él estaban difuminándose. Leonado sintió más miedo del que había sentido en toda su vida.

21

Glayino depositó más atanasia en la piedra plana que había delante de la vivienda de los Dos Patas, y luego rastreó el olor de Leonado y lo siguió hasta la entrada de los túneles. Apenas llevaba allí un par de segundos cuando oyó algo en el interior, donde los gatos del Clan del Trueno habían colocado la barrera de espinos. El olor de Leonado se volvió más intenso, mezclado con el olor a nébeda.

—¡La has encontrado! —exclamó Glayino cuando su hermano asomó la cabeza al exterior—. ¿Te ha visto algún gato del Clan del Viento?

Leonado titubeó, y Glayino percibió que emitía una mezcla de miedo y furia.

—¿Estaría aquí en ese caso? —espetó el joven guerrero—. ¿Captas alguna herida en mí?

El aprendiz de curandero se encogió de hombros. No tenía tiempo de averiguar por qué su hermano sonaba como si tuviera hormigas en el pelo.

—Será mejor que arregles esa barrera —maulló—. No queremos que nadie sospeche lo que hemos hecho.

Leonado regresó al túnel sin decir una sola palabra, mientras que Glayino recogía el ramo de nébeda y se dirigía a la vivienda de los Dos Patas.

—¿De dónde has sacado eso?

El aprendiz de curandero se quedó de piedra al oír la voz de Hojarasca Acuática. Aún no había decidido qué iba a contarle, y esperaba tener tiempo de tratar a los enfermos antes de que su mentora se enterase.

—¡Nébeda! —exclamó entusiasmada, y se acercó a enterrar el hocico en el ramillete—. ¡Y qué fresca y estupenda! No puede proceder de la casa abandonada de los Dos Patas.

—No —respondió el joven con la boca llena—. Es de allá arriba —dijo señalando vagamente con la cola hacia la parte más profunda del territorio.

—¡Gracias, Clan Estelar! —susurró la gata—. Nuestros antepasados deben de haberte mostrado dónde buscarla.

—Mmm... sí, así es.

Glayino se dijo que a fin de cuentas eso era cierto. Jamás habría encontrado la nébeda si Espíritu Radiante no lo hubiera guiado hasta el Clan del Viento.

—Es lo que había —añadió—. Así que no vale la pena buscar más.

—Debería ser más que suficiente. —Hojarasca Acuática estaba demasiado aliviada como para hacer más preguntas—. Venga, vamos a dársela a los enfermos ahora mismo.

Cuando traspasaron las marcas olorosas que rodeaban la casa de los Dos Patas, la curandera se detuvo.

—Esta noche hay media luna —maulló—. Creo que esta vez deberíamos ir los dos a la Laguna Lunar.

Glayino asintió, con la boca demasiado llena de nébeda para responder. Se preguntó si los gatos del Clan Estelar estarían esperándolo para agradecerle que hubiera salvado al Clan de la Sombra. Lo tentaba colarse en los sueños de Cirro, para ver qué explicación les daba a sus antepasados guerreros por haberlos rechazado en favor de Solo. Pero, por encima de todo, quería pisar las huellas del camino que descendía a la Laguna Lunar y sentirse de nuevo parte de los gatos antiguos.

• • •

Aunque Glayino no podía ver la luna, sí podía imaginarse su luz plateada bañándole el pelo, mientras sus zarpas encajaban en los huecos con forma de huellas felinas del sendero que descendía en zigzag. «¿Vine alguna vez aquí cuando era Ala de Glayo? ¿Alguna de estas huellas es mía?»

Detectó una satisfacción profunda en todos sus colegas curanderos cuando vieron que Cirro había vuelto a unirse al grupo. Ala de Mariposa también había acudido con Blima. «Bueno, supongo que los demás empezarían a hacer preguntas si Ala de Mariposa faltara siempre», pensó Glayino.

Se acercó al borde de la laguna, mientras los otros ocupaban su lugar a su alrededor. Estaba ya estirando el cuello para lamer el agua helada, cuando Hojarasca Acuática maulló:

—Esperad.

Glayino se incorporó, sorprendido, percibiendo la emoción que su mentora apenas podía contener.

—Antes de que compartamos lenguas con el Clan Estelar —continuó Hojarasca Acuática desde el otro lado de la laguna, cerca de la cascada—, tengo algo que comunicaros. El Clan Estelar me ha mostrado que ya es hora de que Glayino reciba su nombre definitivo como curandero.

El joven no supo disimular su asombro. Hojarasca Acuática debía de estar refiriéndose a la nébeda que había encontrado. Por un instante, se sintió avergonzado por haber usado a Azorín y a Leonado para conseguir las hierbas, y por haberle mentido luego a su mentora sobre la procedencia de la planta.

«Pero el Clan del Trueno sobrevivirá», se recordó a sí mismo. Y no importaba lo que hubiera hecho para lograrlo. Lo invadió una oleada cálida de las orejas a la punta de la cola al acordarse de la alegría y el alivio que habían sentido los enfermos al ver que Hojarasca Acuática y Glayino les llevaban la valiosa hierba. Ahora ya dormían más tranquilos, y había nébeda de sobra para seguir tratándolos.

—¿Y bien, Glayino? —le preguntó su mentora con voz afectuosa y risueña—. ¿Se te ha comido la lengua un tejón?

—Yo... No... ¡Gracias! —tartamudeó él.

—Entonces ven a mi lado.

Glayino bordeó la laguna, pisando con cuidado la superficie resbaladiza. No quería empezar su ceremonia de nombramiento cayéndose a la Laguna Lunar.

Al pasar junto a Cascarón, el viejo curandero masculló:

—Bien hecho.

Y Azorín lo tocó levemente con la cola.

Glayino llegó frente a su mentora, desconcertado por el amor y el orgullo tan profundos que emanaban de ella. Eran incluso más intensos que la emoción que había percibido en Media Luna. ¿De verdad él significaba tanto para Hojarasca Acuática?

—Yo, Hojarasca Acuática, curandera del Clan del Trueno —empezó la gata—, solicito a mis antepasados guerreros que observen a este aprendiz. Ha entrenado duro para comprender las costumbres y obligaciones de los curanderos, y, con vuestra ayuda, servirá a su clan durante muchas lunas.

Glayino sintió un cosquilleo por todo el cuerpo y se olvidó de los demás gatos que estaban allí presentes; era como si estuviese en un lugar elevado y remoto sin nadie más que Hojarasca Acuática y la interminable voz de la cascada.

—Glayino —continuó la gata—, ¿prometes respetar las costumbres de los curanderos, mantenerte alejado de las rivalidades entre los clanes, y proteger a todos los gatos por igual, incluso a costa de tu vida?

—Lo prometo —respondió él con voz clara y firme.

Durante un instante, captó cierto movimiento a su espalda y un olor persistente que no era exactamente de clan pero que tenía matices del territorio del Clan del Trueno. «¡Media Luna!» ¿Había acudido a ver cómo se convertía en curandero? Glayino esperó que la gata entendiese lo que significaba aquello: que jamás habrían podido estar juntos del modo en que ella deseaba. Del modo en que ambos podrían haber deseado, si las cosas hubieran sido distintas...

—Entonces, por los poderes del Clan Estelar, te doy tu nombre definitivo como curandero.

A Glayino se le contrajo el estómago. «¡No irás a llamarme Ala de Glayo!» Podía cargar con el peso del conocimiento que le había proporcionado su sueño, pero no quería pasar el resto de su vida compartiendo nombre con su antiguo homólogo.

—Glayino, a partir de este momento serás conocido como «Glayo». —A Hojarasca Acuática le tembló la voz por la emoción—. El Clan Estelar se honra con tu habilidad y tu sed de conocimiento. Has salvado la vida de muchos gatos.

En medio del orgullo y el alivio que sentía, Glayo se preguntó si su mentora iba a explicar qué había hecho para merecerse aquella ceremonia. Aunque con los clanes sintiéndose tan inquietos, supuso que la gata querría mantener en secreto el brote de tos verde. De lo contrario, como él le había dicho a Leonado, Hojarasca Acuática le habría pedido sin más a Cascarón un poco de nébeda.

Notó el hocico de Hojarasca Acuática sobre su cabeza, como hacían los líderes al nombrar nuevos guerreros. En respuesta, Glayo le dio un lametón en el omoplato.

—¡Glayo! ¡Glayo! —exclamó Cirro.

Y todos los demás se le unieron, incluso Blima. «Ahora ya no tiene motivos para sentirse superior», pensó el joven.

—Ha llegado el momento de que compartas lenguas con el Clan Estelar en calidad de curandero de pleno derecho —le dijo Hojarasca Acuática.

—Y ojalá nuestros antepasados te envíen un buen sueño —añadió Cascarón con voz ronca.

Glayo regresó a su sitio un poco nervioso. ¿Le arrancarían el pellejo los miembros del Clan Estelar por la discutible manera en que se había ganado su nombre? Fauces Amarillas no estaría muy impresionada, de eso estaba seguro.

«No me importa. He salvado al clan cuando nadie más podía hacerlo», se dijo.

Se tumbó en la orilla de la laguna y estiró el cuello para lamer el agua. A su alrededor, los demás hacían lo mismo. Luego se pusieron cómodos para dormir y recibir los sueños que les mandara el Clan Estelar. Glayo también se ovilló, cerrando los ojos y enroscando la cola sobre el hocico.

Se despertó parpadeando bajo la luz, medio preparado para descubrir que estaba en la cumbre desolada en la que había encontrado a Pedrusco. Esta vez, sin embargo, vio que se encontraba en el claro del bosque frondoso donde Espíritu Radiante había ido a hablar con él. Una brisa cálida, cargada con los aromas verdes de las hierbas en crecimiento, le acarició el pelo; la inquietud del joven se disipó como el hielo en la estación de la hoja nueva.

Al principio, Glayo pensó que estaba solo, pero, cuando la brisa agitó las hojas, vio a dos gatos sobre una rama en el otro extremo del claro: Alma Reluciente y Corazón Valeroso lo observaban con ojos centelleantes. En ese mismo instante, los helechos que crecían al pie del árbol se abrieron y apareció Espíritu Radiante.

La hermosa atigrada plateada cruzó el claro hasta que pudo entrechocar el hocico con el del joven curandero. Su dulce aroma se mezcló con el de las hierbas.

—Glayo —lo saludó, con los ojos brillantes de felicidad—. Ahora ya eres un curandero de verdad.

—Te lo debo a ti —admitió él—. Tú has salvado a mi clan al contarme dónde encontrar la nébeda.

—Ha sido un placer ayudar. —Los ojos verdes de Espíritu Radiante destellaron con amor y alegría—. En cierta ocasión, pensé en dirigir mis pasos hacia la senda de los curanderos, pero ése no era el camino que el Clan Estelar había trazado para mí. En adelante haré todo lo que pueda para ayudar a quienes lo necesiten. Sin importar a qué clan pertenezcan... o a qué tribu.

Glayo inclinó la cabeza ante ella para mostrar un profundo respeto.

—Gracias. Gracias por haber viajado hasta tan lejos para ayudarnos.

Espíritu Radiante volvió a tocarle el hocico con el suyo.

—Creo que tú has viajado más lejos todavía, amigo mío.

Él se estremeció y, dubitativo, preguntó:

—¿Volveré a verte?

—Eso está en manos de las estrellas —respondió Espíritu Radiante.

Su aliento calentó la piel de Glayo, que se vio rodeado por una nube resplandeciente, como si la atigrada plateada estuviera a punto de llevárselo al cielo en un torbellino para que se convirtiera en una estrella a su lado. Sintió un cosquilleo en las zarpas.

—Adió, Glayo —susurró Espíritu Radiante.

De repente, Glayo abrió los ojos a la oscuridad. Estaba ovillado sobre las piedras planas de la Laguna Lunar, con los demás curanderos, que ya empezaban a despertarse a su alrededor.

Cuando Glayo y Hojarasca Acuática regresaron al campamento, a primera hora de la mañana, los miembros del Clan del Trueno estaban hablando acaloradamente en mitad del claro. La voz de Zarzoso se elevó por encima del ruido:

—Tranquilizaos, yo me encargaré de solucionarlo.

Hojarasca Acuática suspiró.

—Los gatos están malhumorados y exhaustos de tanto cazar y patrullar por la frontera. Iré a buscarles unas hierbas revitalizantes.

Y se fue hacia la guarida.

—Glayino, ¿puedes venir un momento? —lo llamó Zarzoso cuando él se acercaba al grupo, preguntándose a qué venía aquel revuelo.

—Claro, aunque ahora me llamo Glayo —lo corrigió orgulloso.

Nadie le hizo ni caso. Tragándose un suspiro de irritación, el joven curandero preguntó:

—¿Qué ocurre?

—Fronde Dorado dice que la patrulla del alba ha visto un zorro en el territorio del Clan del Viento, no muy lejos de la frontera —le explicó Zarzoso—. ¿Hojarasca Acuática y tú habéis visto algo al venir hacia aquí?

—Yo no he visto nada —replicó el joven—. He captado cierto tufillo a zorro, pero estoy bastante seguro de que no procedía de nuestro territorio.

—Si está cerca del territorio del Clan del Viento, podría venir aquí enseguida —maulló Dalia preocupada—. Nuestros cachorros podrían estar en peligro.

—Y todos los gatos que están en la vivienda de los Dos Patas —añadió Látigo Gris, angustiado—. ¿Y si el zorro llega hasta allí?

—Vale, Látigo Gris y Fronde Dorado, id a comprobarlo —ordenó Zarzoso—. Si encontráis algún indicio de que el zorro ha cruzado la frontera, seguid su rastro a ver si localizáis su madriguera.

—De acuerdo, vámonos —Látigo Gris sonó aliviado al poder hacer algo contra la amenaza.

Glayo detuvo a los dos guerreros antes de que se marcharan.

—Hojarasca Acuática ha preparado unas hierbas revitalizantes para vosotros.

—Gracias, Glayo —respondió Fronde Dorado, y se dirigió con Látigo Gris a la guarida de la curandera.

—A ver, patrullas de caza —continuó Zarzoso—. Cenizo, ¿puedes dirigir una para el campamento? Llévate a Acedera y a Betulón. Y...

—¿Y qué pasa con mi lecho? —lo interrumpió Musaraña—. Hace días que no me lo renuevan. Todos están tan ocupados que nadie se encarga de las tareas habituales.

Zarzoso contuvo un suspiro.

—Vale, Musaraña. Los aprendices se pondrán con eso ahora mismo.

La veterana soltó un resoplido.

—Deberían.

—No sé por qué tenemos que hacerlo —le susurró Raposino a su hermana.

Glayo se dio cuenta de que los dos aprendices estaban a su lado.

—Musaraña gruñe tanto como un tejón con una pata despellejada. Y nunca nos da las gracias por nada.

—Es verdad —coincidió Albina entre susurros—. Siempre dice: «Está demasiado húmedo», o «Esto tiene espinas».

Glayo se volvió hacia los dos aprendices.

—Deberíais ser útiles y salir a buscar a diario musgo limpio para la cama de Musaraña —les espetó—. Y mostrad un poco más de respeto por vuestros veteranos. ¿A vosotros os gustaría dormir en un lecho sucio?

—Tú no eres nuestro mentor —protestó Raposino—. No puedes decirnos qué hacer.

Glayo inclinó la cabeza hasta casi tocar el hocico del aprendiz con el suyo.

—Ve a por musgo para el lecho de Musaraña ahora mismo. De lo contrario, le contaré a Dalia que estás planeando darle de comer cagarrutas de conejo a Tordillo diciéndole que son una nueva clase de bayas.

Raposino se sobresaltó, pasmado.

—¿Cómo sabes eso?

—Da igual cómo lo sepa —replicó Glayo—. Haz lo que te he dicho.

—En realidad, tú no se lo contarías a Dalia —maulló Raposino, desafiante.

Glayo le mostró los colmillos.

—¿Por qué no me pones a prueba?

—Vale, vale, ya vamos. Eh, Albina, ¿por qué estás ahí plantada como un pasmarote?

Empujó a su hermana, y los dos corrieron hacia la barrera. Glayo oyó la desconcertada voz de Albina:

—¿Cagarrutas de conejo? ¿De qué estaba hablando, Raposino?

—No importa —respondió él—. ¡Tenemos que ir a por musgo ahora mismo!

Al captar el intenso olor de las hierbas revitalizantes, Glayo supo que Hojarasca Acuática había salido de su guarida y estaba repartiendo las hojas entre los guerreros.

—Gracias, Hojarasca Acuática —maulló Zarzoso—. ¿Tienes también bastante para los enfermos?

—Sí, de sobra. Mandaré a Glayo a la casa de los Dos Patas con un fardo. Y una cosa más —añadió—, ¿puedes pedirles a las patrullas que busquen presas jóvenes? Son más fáciles de comer para los enfermos, y ahora que tenemos nébeda, empezarán a tener hambre de nuevo.

—No hay problema —respondió el lugarteniente—. Ya lo habéis oído, ¿verdad? Tormenta de Arena, ¿encabezarás una patrulla para la casa de los Dos Patas? Llévate a Zancudo, Bayo y... mmm... Cenizo. Necesitamos también una patrulla fronteriza para inspeccionar la frontera del Clan de la Sombra. La dirigiré yo, y...

—¿Te das cuenta de que acabas de asignar a Cenizo a las dos patrullas de caza? —lo interrumpió Bayo—. ¿Qué pasa, que tiene que dividirse?

—¡Oh, cagarrutas de ratón! —exclamó Zarzoso—. Lo lamento, Cenizo. Puedes...

—¡Cenizo, por el Clan Estelar! —bufó Esquiruela.

Glayo se encogió al percibir su furia.

—¿No podrías hablar por ti mismo, en vez de quedarte ahí parado como el tocón de un árbol?

—Lo siento, pero... —Cenizo sonó sorprendido.

—Con disculpas no se cazan presas —gruñó Esquiruela—. ¿Por qué no has dicho nada? ¿Es que no ves que Zarzoso tiene muchísima presión? ¿Acaso el lugarteniente del clan debe resolverlo todo él solo?

—Oye, Esquiruela... —Zarzoso parecía avergonzado por la defensa tan feroz que le estaba haciendo su pareja.

La guerrera no le prestó el menor caso. Glayo se dio cuenta de que la furia de su madre no sólo se debía al miedo que tenía por sus compañeros de clan, sino también a la frustración que sentía por no estar todavía en condiciones de cazar o patrullar.

—A más de un gato le encantaría ser lugarteniente si a Zarzoso le sucediera algo —continuó Esquiruela—. Os falta tiempo para criticarlo por sus errores, pero ¿a alguno de vosotros os gustaría estar en su lugar en estos momentos?

—Esquiruela, ya basta —volvió a interrumpirla Zarzoso, más enérgico esta vez—. No es para tanto.

La gata soltó un bufido de rabia, se volvió en redondo y se marchó dando grandes zancadas a la guarida de los guerreros. Glayo se sintió orgulloso de que hubiera dicho lo que pensaba. También se sintió orgulloso de su padre, por cargar con todas las responsabilidades de un líder y mantener unido al Clan del Trueno mientras Estrella de Fuego seguía enfermo.

—Lo lamento, Cenizo —se disculpó el lugarteniente—. Tú dirigirás la patrulla del campamento. Tormenta de Arena, tú puedes llevarte a Ratonero en su lugar.

—Muy bien —respondió Cenizo con voz glacial; luego llamó a su patrulla con la cola y se marchó.

«Por el amor del Clan Estelar, ¡olvídalo ya! —pensó Glayo—. Zarzoso ha cometido un simple error.»

Mientras se iba con Hojarasca Acuática a la guarida, no pudo evitar preguntarse si en aquella discusión había algo más de lo que él había visto. Tanta rabia en Esquiruela, la rapidez de Zarzoso por enmendar las cosas, el empeño evidente de Cenizo en no perdonarlo... ¿Es que a Glayo se le había escapado algo que era realmente obvio entre los tres guerreros?

Sacudió la cabeza para aclararse las ideas. Fuera cual fuese el problema, que lo resolvieran ellos. Seguro que no tenía nada que ver con él.

22

Unas nubes bajas de color gris verdoso cubrían el bosque, y el aire era denso, frío y húmedo. Carrasca notaba en la piel un hormigueo que anunciaba tormenta. Mientras cruzaba el bosque en la retaguardia de la patrulla de caza de Cenizo, las cercanas nubes de tormenta parecían reflejar la inquietud que la corroía. Por mucho que intentase alejar sus preocupaciones, no podía ignorar la sensación de que algo iba mal.

Dos noches atrás, Zarzoso la había elegido para asistir a la Asamblea. Estrella Negra estaba allí, pero no había dicho nada en absoluto sobre Solo ni sobre su decisión de permitir que el Clan de la Sombra volviera a vivir de acuerdo con el código guerrero. Zarzoso ocupó el lugar del líder del Clan del Trueno junto a los otros tres líderes, tras decirles, sin darles demasiadas explicaciones, que Estrella de Fuego lamentaba no poder asistir.

«¿Qué más nos estamos ocultando unos a otros?», se preguntó Carrasca.

Recordó otro secreto cuando la patrulla de caza pasó junto a la vivienda de los Dos Patas. Leonado estaba saliendo con Melada y Rosina. La cachorrita de color tostado iba saltando y se abalanzó sobre un montón de hojas muertas, chillando entusiasmada cuando crujieron a su alrededor y se alzaron por el aire.

—Con calma —maulló Leonado—. No querrás quedarte sin energías antes de llegar al campamento, ¿verdad?

Rosina se sentó, con una hoja seca en lo alto de la cabeza.

—¡Estoy bien! —declaró—. Quiero atrapar alguna presa para mi madre.

Ronroneando, Melada la sacó del montón de hojas y le atusó el pelo con unos lametazos rápidos. Leonado se acercó a su hermana.

—¿Vuelven a casa? —le preguntó Carrasca.

—Sí —respondió el joven guerrero—. Ya sólo quedan Mili y Gabardilla; aparte de Estrella de Fuego, claro. Él no se marchará hasta que todos estén de regreso en el campamento.

—Es genial que Glayo encontrara nébeda —respondió Carrasca, entornando los ojos para observar la reacción de su hermano.

—Eeeh... sí.

Leonado parecía incómodo.

Su comportamiento convenció a Carrasca de que sus sospechas eran ciertas: había un secreto en torno a la búsqueda de nébeda, y sus dos hermanos estaban implicados.

«¿Por qué no me lo cuentan? Nosotros no deberíamos tener secretos.»

—A partir de ahora todo irá bien —se apresuró a decir Leonado, como si quisiera evitar más preguntas—. La nébeda de aquí está empezando a brotar de nuevo, así que hay suficiente para Mili y Gabardilla. Cada día están más fuertes.

—Eso es estupendo. Pero ¿qué...?

—¡Carrasca! —la llamó Cenizo, impaciente.

El guerrero gris había retrocedido y estaba esperándola en el viejo sendero de los Dos Patas.

—Tengo que irme —le dijo la joven a su hermano, convencida de haber visto en sus ojos un destello de alivio.

—Hasta luego —se despidió él, dirigiéndose hacia el campamento junto a Melada y con Rosina brincando delante de ellos.

Carrasca se quedó mirando cómo se alejaban, y luego fue a reunirse con Cenizo.

—¿Vas a cazar hoy o mañana? —le espetó el guerrero gris.

—Lo siento —masculló ella—. Sólo quería hablar un poco con Leonado.

«Aunque no me ha servido de mucho», pensó, mientras Cenizo resoplaba y se internaba en el bosque, detrás del resto de la patrulla. Carrasca seguía igual de lejos de averiguar qué le estaban escondiendo sus hermanos.

Las nubes parecían aún más amenazadoras cuando la patrulla regresó al campamento. Había empezado a soplar una brisa cálida que agitaba las hojas que aún quedaban en los árboles. A Carrasca el viento le daba a contrapelo, y el olor de las presas que habían cazado la ahogaba como si tuviera la boca llena de carroña.

Cuando Cenizo guió a su patrulla a través del túnel, comenzaron a caer unas gotas gruesas y tibias. Una de ellas le dio a Carrasca en el hocico al entrar en el claro; irritada, la joven agitó los bigotes para sacudírsela de encima. Un trueno resonó en la distancia.

«Genial —pensó la joven guerrera, llevando las presas al montón de la carne fresca—. Después de la tormenta, el aire volverá a ser fresco.»

Miró hacia arriba, pero cerró los ojos con fuerza cuando un rayo dentado atravesó el cielo. Un trueno restalló justo sobre su cabeza, y de repente comenzó a diluviar. El suelo de tierra de la hondonada y el pelo de la joven guerrera quedaron empapados en apenas un par de segundos.

De la guarida de los guerreros brotó un aullido, y Nimbo Blanco asomó la cabeza.

—¿Qué ocurre?

Demasiado aterrorizada para correr, Carrasca pegó el cuerpo al suelo. Entrevió a Zancudo, que pasó veloz hacia la guarida de los guerreros, con Ratonero pisándole los talones.

Otro rayo crujió en el cielo. Conmocionada, Carrasca vio que un árbol del borde de la hondonada se prendía en llamas, lanzando unas lenguas rojas de fuego que ascendieron hacia la copa. Ni siquiera la cortina de lluvia parecía poder apagarlas. Unas hojas ennegrecidas cayeron a la hondonada, y, con un espantoso gemido, una rama ardiendo se rompió y cayó en picado al claro, aterrizando estrepitosamente a sólo una cola de distancia de Carrasca. Aullando de pavor, la gata saltó hacia un lado y chocó contra Espinardo.

—¡El bosque se está quemando! —chilló el guerrero.

Un nuevo rayo, éste parecido a una garra, hendió el cielo. Un instante después, un ruido ensordecedor sonó por encima del retumbo del trueno, y Carrasca vio que un árbol empezaba a desplomarse, dejando las raíces al aire mientras el fuego devoraba las ramas. Hojas y ramitas encendidas llovieron sobre el claro.

Carrasca se vio rodeada por unos alaridos de pánico. Vio a Zarzoso corriendo hacia la maternidad, y a Tormenta de Arena lanzando agua con las patas a una rama en llamas para impedir que el fuego llegara a la guarida de los guerreros.

—¡Mili! —bramó Látigo Gris, que corrió hacia el túnel en dirección a la vivienda de los Dos Patas.

En cuanto su cola se esfumó por el túnel, apareció Estrella de Fuego, que se dirigió a toda prisa al centro del claro. Su pelaje de color rojo estaba oscurecido por la lluvia y manchado de barro, pero él mantuvo la cabeza alta y soltó un aullido autoritario:

—¡Fuera! ¡Salid todos! ¡Si os quedáis aquí, acabaréis atrapados!

Los gatos empezaron a salir de las guaridas. Cruzaron el claro chapoteando, saltando o en zigzag para esquivar los restos ardientes que seguían cayendo sobre el campamento.

—¡Id todos a la vivienda de los Dos Patas! —ordenó Estrella de Fuego—. Allí podremos resguardarnos.

Zarzoso salió de la maternidad cargado con Pequeño Abejorro, seguido de Dalia, que llevaba con ella a Floreta. Rosina y Tordillo salieron junto a su madre. Musaraña apareció en la entrada de la guarida de los veteranos, con la cola apoyada en el lomo de Rabo Largo para guiarlo. Albina y Raposino, con los ojos desorbitados de terror, corrieron hacia la barrera de espinos empujados por sus mentores.

Carrasca miraba a su alrededor, buscando a Leonado y a Glayo, pero no vio a ninguno de los dos entre los gatos que huían despavoridos. «Glayo necesitará ayuda para salir», pensó, intentando controlar el miedo. ¿Y Esquiruela? Aún le dolía la herida y no había recuperado todas sus fuerzas todavía.

Debatiéndose contra la intensa lluvia y el fulgor del fuego que la rodeaba, Carrasca corrió hacia la guarida de la curandera. Encontró a Hojarasca Acuática junto a la cortina de zarzas, con la boca llena de hierbas; Glayo estaba justo detrás de ella.

—¡Ve a ayudar a los demás! —le maulló a la curandera—. Yo me ocuparé de Glayo.

Hojarasca Acuática asintió y corrió hacia el túnel.

—Yo puedo ocuparme de mí mismo, gracias —masculló Glayo, furioso.

—¡No seas descerebrado! —le gritó ella—. Ahí fuera todo está en llamas. Así que deja de quejarte y agárrame de la cola.

Carrasca puso una mueca cuando su hermano le aferró la cola con los dientes, pero se volvió hacia el túnel. De repente, Leonado apareció bajo la lluvia.

—Estáis aquí... —maulló aliviado—. Vámonos.

Los tres hermanos se dirigieron juntos hacia al túnel. Para entonces, el claro ya estaba vacío; parecía como si el resto del clan, incluso Estrella de Fuego, se hubiera marchado. «¿Conseguirán llegar a la vivienda de los Dos Patas? —se preguntó Carrasca—. ¿O se dispersarán por el bosque? ¿El Clan del Trueno se va a desintegrar, después de todo?»

Habían cruzado la mitad del claro cuando un rayo desgarró el cielo de arriba abajo. La barrera de espinos del campamento estalló en llamas, y el túnel desapareció engullido por el fuego.

Carrasca se detuvo, paralizada de espanto.

—¡Estamos atrapados!

Mirando a su alrededor, desesperada, intentó pensar qué podían hacer. El campamento estaba cubierto de ramas ardientes, y seguían cayendo más árboles que bordeaban la hondonada y que habían sido alcanzados por los rayos. La guarida de los guerreros ya estaba en llamas, allí no podían refugiarse.

—La cueva de los aprendices... —maulló sin aliento, aunque sabía que era demasiado poco profunda para protegerlos de verdad si el fuego se extendía.

—No. Por aquí —maulló la voz de Esquiruela a su espalda.

Carrasca se volvió en redondo, y vio a su madre apremiándolos con la cola mientras señalaba hacia el muro rocoso.

—Hay otra forma de salir —insistió la guerrera.

Carrasca se avergonzó de sentirse tan aliviada, como si siguiera siendo una cachorrita que necesitara que su madre cuidase de ella. Guiando a Glayo, la joven guerrera siguió a Esquiruela alrededor de una mata de helechos que crecía en la pared de la hondonada. Leonado fue tras ellos.

Para su sorpresa, Carrasca descubrió que la roca de detrás de las zarzas estaba resquebrajada. Observándola a través de la lluvia, vio que en las grietas crecían arbustos y matas de hierba hasta lo más alto de la quebrada.

—¡Es una salida secreta! —exclamó—. ¡No la conocíamos!

—Y doy gracias al Clan Estelar —replicó Esquiruela secamente—. Ya disteis bastantes problemas cuando erais cachorros y aprendices, imagínate si hubierais conocido esta salida... —Luego, con voz tensa, añadió—: Glayo, tú serás el primero. Sigue mi voz. No es un ascenso difícil.

—Nosotros iremos detrás y te agarraremos si caes —lo tranquilizó Leonado.

—¡No soy un cachorro! —le espetó él, aunque estaba temblando de miedo.

Esquiruela subió por el zarzal y se quedó allí agarrada, llamando a Glayo para que pudiera alcanzarla. Él se esforzó en seguirla, y se quedó colgando de un zarcillo de hiedra cuando sus patas traseras resbalaron.

—¡Cagarrutas de ratón! —bufó, intentando recuperar el equilibrio.

Esquiruela continuó guiándolo hacia arriba con voz calmada, aunque, a medida que iban ascendiendo más y más, debía de aterrorizarla que alguno de ellos cayera.

Leonado y Carrasca iban tras ellos. Aunque su madre les había dicho que la escalada era fácil, la joven guerrera estaba convencida de que la intensa lluvia iba a barrerla del muro de piedra... O de que un rayo incendiaría los espinos a los que se aferraba... Estaba rodeada de oscuridad, iluminada únicamente por el resplandor de las llamas y del restallido de los truenos. Perdió de vista a sus compañeros de clan, y pensó que jamás lograría alcanzar la cima.

Pero por fin volvió a oír la voz de su madre.

—¡Bien hecho!

Esquiruela le clavó los dientes en el pescuezo y la izó a lo alto de la quebrada. Carrasca se quedó tumbada en el suelo, resollando y viendo cómo su madre ayudaba a Leonado. Glayo estaba a su lado, con los ojos cerrados y respirando entrecortadamente.

—Alejaos del borde —les advirtió Esquiruela—. La roca está desmoronándose.

Y se volvió en redondo, encabezando la marcha entre los arbustos.

Carrasca empujó a Glayo para que se pusiera en pie.

—Sólo un poco más y podrás descansar.

Él le mostró los colmillos en un gruñido débil; su hermana se dio cuenta de que jamás admitiría lo duro que le había resultado el ascenso.

—Puedes apoyarte en mí, si quieres —le ofreció Leonado, colocándose a su lado.

—Mira, cerebro de ratón... —empezó Glayo irritado, pero enmudeció cuando todo el cielo se iluminó por un rayo que descendió como si fuera a empalar a los tres hermanos entre sus garras.

Un trueno bramó sobre sus cabezas cuando los arbustos que los rodeaban se prendieron en llamas.

Carrasca soltó un alarido de pavor. Unas ávidas lenguas rojas de fuego lamían el aire en dirección a ella y sus hermanos, cortándoles el paso e impidiéndoles alejarse del precipicio. La lluvia que caía sobre los arbustos alzaba nubes de humo. La joven gata apenas podía respirar y comenzó a toser; además, el chaparrón estaba perdiendo fuerza y las últimas rachas de lluvia no bastaban para apagar el fuego.

Una oleada de calor envolvió a la joven guerrera. Carrasca retrocedió instintivamente y notó que la piedra comenzaba a desmoronarse bajo sus patas. Apartándose a toda prisa, miró hacia abajo y vio que el claro estaba salpicado de llamas y oscuridad. No había forma de escapar, ni siquiera encontrando algún modo seguro de descender en medio del fuego y de la lluvia.

—¿Qué ocurre? —preguntó Glayo, encogido bajo el calor abrasador—. ¿Por dónde deberíamos ir?

—No podemos ir hacia ninguna parte. Estamos atrapados —respondió Leonado con voz tranquila. Las llamas se reflejaban en su pelo dorado y brillaban en sus ojos—. ¡Esquiruela! —llamó—. ¿Estás ahí? ¡Ayúdanos!

Una rama envuelta en llamas cayó sobre uno de los arbustos, y Carrasca puso a Glayo fuera de su alcance justo a tiempo. Los tres hermanos se apiñaron en el mismísimo borde del precipicio.

—¡Estoy aquí! —exclamó la voz de Esquiruela, que sonaba aterrada—. Voy a empujar una rama hacia vosotros. Podéis correr por ella antes de que sea presa de las llamas.

—De acuerdo. Estaremos preparados —respondió Leonado.

Carrasca se sintió agradecida por el valor que estaba demostrando su hermano. Sin él, estaba segura de que se habría dejado llevar por el pánico, atrapada entre el fuego y la tremenda caída al campamento. Pero los tres se mantendrían unidos, protegidos por la profecía, como siempre.

Carrasca oyó que arrastraban algo entre la vegetación, más allá de las llamas. Su brote de esperanza salió volando como las cenizas.

—Esquiruela no lo conseguirá —le susurró a Leonado—. ¿Y su herida? Aún no está lo bastante fuerte.

—Esquiruela siempre hace lo que debe hacer —replicó él.

Unas lenguas pequeñas de fuego habían empezado a lamer la hierba. La lluvia las apagaba con un siseo, dejando el suelo ennegrecido y humeante, pero siempre había más llamas y el aire estaba cada vez más cargado del olor acre a quemado. Una hoja ardiendo descendió flotando sobre Glayo, y Leonado la apagó a manotazos. El tufo a pelo chamuscado se añadió al aire lleno de humo.

Al otro lado de las llamas rojas y anaranjadas, Carrasca entrevió a Esquiruela, esforzándose por arrastrar una rama entre el fuego. La gata ya parecía agotada. Leonado tensó los músculos, como si quisiera saltar sobre el arbusto para ayudarla.

—¡No! —exclamó Carrasca con voz ahogada—. Está demasiado lejos.

Antes de que Leonado pudiera protestar, otra figura apareció entre el creciente humo para situarse junto a Esquiruela. Sus ojos destellaban, y su pelaje gris estaba apelmazado y cubierto de trocitos de hojas y ramitas quemadas. Confundida por el humo y el fuego, Carrasca casi creyó que estaba viendo a uno de sus antepasados guerreros, hasta que reconoció a Cenizo.

Esquiruela soltó la rama.

—¡Ayúdame a empujarla a través del fuego! —le gritó a Cenizo.

Agarrando la rama con sus fuertes mandíbulas, el guerrero la empujó entre el muro de llamas hasta el espacio, cada vez más pequeño, donde se apretujaban los tres hermanos. Carrasca, sin embargo, no sintió el más mínimo alivio. Cenizo tenía una mirada que no entendía: la de un gato que acaba de encontrarse con una presa inesperada y jugosa.

La rama formaba un puente a través de las llamas, pero Cenizo permaneció plantado en el otro extremo, impidiéndoles el paso a la seguridad del bosque. Leonado empujó a Glayo para que se levantara; Carrasca dio un paso hacia la rama, y luego se detuvo. Notó una punzada helada en el estómago al mirar los destellantes ojos azules de Cenizo.

—¡Cenizo, quítate de en medio! —maulló Esquiruela, desconcertada—. ¡Déjalos salir!

—Ahora Zarzoso no está aquí para cuidar de ellos... —se mofó el guerrero.

Carrasca sintió que se le erizaba el pelo. ¿Qué estaba insinuando?

El pelaje dorado de su hermano también se había erizado.

—¡¿Qué le has hecho a mi padre?! —aulló Leonado por encima de las llamas.

Cenizo lo miró con desprecio.

—¿Por qué iba a malgastar el tiempo con Zarzoso?

La rama era demasiado gruesa para prenderse fácilmente, pero sus hojas se habían retorcido y sus ramitas estaban empezando a humear. Carrasca se dio cuenta de que no contaban con mucho tiempo antes de que ardiera el puente que podía llevarlos hasta la seguridad del bosque.

Esquiruela se acercó a Cenizo. Carrasca nunca había visto a su madre tan furiosa: tenía el pelo erizado de rabia, y parecía una guerrera del Clan del Tigre. Aun así, era evidente que el ascenso hasta lo alto de la quebrada y el esfuerzo de mover la rama la habían debilitado. Estaba exhausta.

—Tu enfrentamiento con Zarzoso debe terminar —bufó—. Ya han pasado demasiadas lunas. Tienes que aceptar que soy la pareja de Zarzoso, no la tuya. No puedes seguir intentando castigar a nuestro lugarteniente por algo que siempre había estado destinado a ser así.

Cenizo agitó las orejas, sorprendido.

—Yo no tengo ningún enfrentamiento con Zarzoso.

Carrasca intercambió una mirada pasmada con Leonado.

—Pues no es eso lo que parece —musitó él.

—A mí Zarzoso me tiene sin cuidado —continuó Cenizo—. No es culpa suya haberse enamorado de una gata desleal.

«¿Desleal?» Carrasca comenzó a gruñir, pero luego se detuvo para observar a los dos gatos que estaban al otro lado de las ardientes ramas. Algo siniestro estaba sucediendo delante de ella, e incluso con las llamas rugiendo a su alrededor sintió un escalofrío helado. Se encogió un poco más junto a Leonado y Glayo, que estaba con la cabeza muy alta y una expresión absorta en sus ojos ciegos, como si pudiera ver el enfrentamiento entre su madre y Cenizo.

—Sé que crees que no he perdonado a Zarzoso por haberme arrebatado tu amor, pero te equivocas, al igual que todos los que piensan eso. Con quien tengo una deuda pendiente es contigo, Esquiruela. —La voz de Cenizo temblaba de ira—. Siempre ha sido contigo.

Horrorizada, Carrasca retrocedió un paso y sus patas traseras comenzaron a resbalar por el borde del precipicio. Le dio vueltas la cabeza cuando restalló un rayo y un trueno ahogó todos los demás sonidos, incluso el rugido del fuego. Por un instante, se quedó colgando sobre el vacío, y soltó un alarido estrangulado.

Luego notó que unos dientes se cerraban con firmeza sobre su pescuezo. Entornando los ojos por el fuego, se dio cuenta de que Leonado estaba izándola de nuevo a la seguridad de la cornisa... Aunque allí ya no había seguridad alguna: sólo las ávidas llamas y Cenizo bloqueando el extremo de la rama con ojos iracundos.

Unas chispas ardientes descendían flotando sobre los tres hermanos, chamuscándoles el pelo, y las llamas empezaban a prender en la parte inferior de la rama; al ver que ya estaba empezando a arder, Carrasca sintió una nueva oleada de miedo.

«¡Cenizo tiene que dejarnos salir!», pensó, pero fue incapaz de encontrar las palabras con las que suplicárselo. Lo que estaba ocurriendo allí no tenía nada que ver con ellos tres, incluso aunque murieran por aquello.

—Todo eso ocurrió hace muchas lunas... —Esquiruela sonó confundida—. Cenizo, no tenía ni idea de que todavía siguieras disgustado.

—¿«Disgustado»? —repitió él—. Yo no estoy disgustado. No tienes ni idea de cuánto dolor siento. Es como si me abrieran en canal todos los días y sangrara sobre las piedras. No comprendo cómo ninguno de vosotros ha podido ver la sangre...

Se le empañaron los ojos, y su voz adquirió un tono desquiciado y distante, como si pudiera ver la sangre brotando de su cuerpo y chisporroteando sobre el suelo ardiente. Carrasca sintió terror y se apretujó más contra sus hermanos. Cenizo era más peligroso que la tormenta o el fuego, o que el vacío que acechaba amenazador a sus espaldas.

Presa de la desesperación, la joven guerrera intentó poner una pata sobre el extremo de la rama. Cenizo se volvió hacia ella, enfrentándose de golpe a la realidad, y le mostró los colmillos con un gruñido.

—¡Quédate donde estás! —le gritó. Luego, manteniendo una zarpa sobre la rama, se volvió hacia Esquiruela—. No puedo creer que nunca te hayas dado cuenta de hasta qué punto me hiciste daño —bufó—. Eres tú quien padece de ceguera, no Glayo. ¿Quién crees que le envió a Estrella de Fuego el mensaje para que bajara al lago, donde estaba la trampa para zorros? Quería que muriera, quería arrebatarte a tu padre para que conocieras el verdadero significado del dolor.

Carrasca miró a Leonado, conmocionada.

—¿Cenizo intentó matar a Estrella de Fuego? —susurró—. ¡Está loco!

Los ojos de Leonado relucieron con determinación, y tensó los músculos para dar un gran salto.

—Voy a darle su merecido.

—¡No! —Carrasca lo agarró por el pelo—. ¡No puedes! Te empujará al fuego.

—Zarzoso salvó a Estrella de Fuego —siguió Cenizo—, pero él no está aquí ahora. Él no está aquí... pero tus hijos sí.

Los ojos de Esquiruela relampaguearon. Durante un segundo, Carrasca pensó que su madre iba a atacar al guerrero, y con lo agotada y dolorida que estaba no tendría la menor oportunidad de salir vencedora. Esquiruela también parecía consciente de eso. Se irguió al máximo, con la cabeza bien alta. Estaba temblando, pero su voz sonó clara y valiente.

—Ya basta, Cenizo. Es conmigo con quien tienes una cuenta pendiente. Estos jóvenes no han hecho nada para herirte. Haz lo que quieras conmigo, pero a ellos déjalos salir de ahí.

—No lo comprendes, Esquiruela... —El guerrero la miró como si la viera por primera vez. Su voz sonaba confundida e irritada—. Ésta es la única forma de lograr que sientas el mismo dolor que me provocaste. Me destrozaste el corazón cuando escogiste a Zarzoso en vez de a mí. Nada de lo que yo pudiera hacerte ahora podría provocarte un dolor semejante. Pero tus hijos... —Miró a través del fuego a los tres hermanos, entornando los ojos hasta que se convirtieron en rendijas de color azul oscuro—. Si los ves morir, entonces sí que experimentarás el dolor que yo sentí.

Las llamas se acercaban a los tres hermanos crepitando amenazadoramente. Carrasca sintió como si el calor fuera a abrasarle el pelo. Retrocedió un poco, y notó que el borde de la quebrada cedía bajo sus patas traseras. Los tres se apretujaron tanto que, si uno de ellos perdía el equilibrio, se despeñarían todos. Carrasca apenas podía controlar los temblores que le sacudían el cuerpo, y no paraba de mirar al precipicio y al fuego.

Glayo estaba casi aplastado contra el suelo y parecía más pequeño que nunca, con todo el pelo pegado al cuerpo por la lluvia. Leonado había desenvainado las uñas, que relucieron al destellar un nuevo relámpago, pero la tensión de sus músculos no se debía a que estuviera a punto de saltar contra Cenizo, sino al esfuerzo que estaba haciendo por mantenerse en lo alto de la hondonada.

Esquiruela levantó la cabeza, clavando la mirada en los enloquecidos ojos de Cenizo.

—Mátalos, entonces —declaró—. No me harás ningún daño.

El guerrero abrió la boca para responder, pero no dijo nada. Los tres jóvenes se quedaron mirando a su madre sin pestañear. ¿Qué estaba diciendo?

Esquiruela dio un paso atrás y lo miró por encima del hombro como si nada. Sus ojos verdes transmitían más ferocidad de lo que Carrasca había visto jamás, y su expresión era indescifrable.

—Si de verdad quieres hacerme daño, Cenizo, tendrás que encontrar algo mejor que eso —gruñó Esquiruela—. Ellos no son hijos míos.

23

El ruido de la tormenta y del incendio pareció apagarse, y el único sonido que Glayo pudo captar fue el de la sangre rugiéndole en los oídos. Sacudió la cabeza, intentando oír lo que decían Esquiruela y Cenizo, maldiciendo la ceguera que le impedía verles la cara.

—Estás mintiendo —maulló Cenizo, con la voz estrangulada de incredulidad.

—No, no estoy mintiendo —respondió Esquiruela con calma, aunque la intensidad de sus palabras se abrió paso entre el crepitar de las llamas—. ¿Tú me has visto dar a luz? ¿Me has visto amamantarlos? ¿Quedarme en la maternidad hasta que les llegó la hora de ser aprendices? No.

—Pero... yo...

El guerrero enmudeció, y Glayo casi pudo percibir cómo los recuerdos corrían por su mente.

—Os engañé a todos, incluso a Zarzoso —continuó Esquiruela con desprecio—. Ellos no son hijos míos.

—¿Y ningún gato del clan lo sabe? —La incredulidad de Cenizo estaba transformándose en incertidumbre.

—Ninguno. Todos ignoran la verdad, como la ignorabas tú.

Glayo percibió un movimiento en los pensamientos de Cenizo, como si intentara hacerse con el poder de nuevo.

—¿Y qué crees que sucederá cuando yo se lo cuente? —desafió a la gata—. ¿Crees que tus compañeros de clan dejarán que permanezcas en el Clan del Trueno sabiendo que los has mentido a todos... a Estrella de Fuego, a tu hermana, a Zarzoso?

—¿Vas a contárselo? —La voz de Esquiruela estaba llena de dolor.

—¿Acaso crees que no voy a hacerlo? Todavía puedo hacer que pierdas lo que más amas. Zarzoso no querrá saber nada más de ti. Eres una insensata si crees que voy a guardarte el secreto... Aunque siempre has sido una insensata, Esquiruela. Dejaré vivir a estos tres hermanos... sean hijos de quien sean. Pero tu sufrimiento sólo acaba de empezar.

La vegetación susurró cuando Cenizo se alejó a grandes zancadas.

—Glayo, aquí está la rama —maulló Leonado con voz tensa, antes de agarrarlo por el pescuezo y levantarlo hasta que sus zarpas rozaron la áspera corteza. Lo mantuvo sujeto hasta que recuperó el equilibrio—. Avanza en línea recta —le ordenó—. Deprisa.

Glayo se obligó a moverse, confiando en su hermano mientras avanzaba a trompicones flanqueado por el calor y el rugido del fuego. Soltó un bufido al notar un dolor intenso en una de las almohadillas, como si hubiera pisado una brasa al rojo vivo. Luego el calor más infernal quedó atrás, y el joven curandero medio cayó medio saltó de la rama. El suelo estaba caliente, pero no quemaba. ¡Estaba a salvo!

Al cabo de unos segundos oyó que Carrasca y Leonado aterrizaban a su lado.

Un trueno resonó sobre sus cabezas, pero había sonado más lejos, y eso significaba que la tormenta se estaba desplazando. Afortunadamente, comenzó a llover de nuevo, y las gotas de lluvia sisearon sobre las llamas. El viento estaba amainando, de modo que ya no había peligro de que siguieran cayendo árboles. Glayo oyó unos aullidos procedentes de la hondonada, como si los gatos hubieran regresado al campamento y los hubiesen visto en lo alto de la quebrada, en medio de las llamas. Pero ni él ni sus hermanos les hicieron caso.

—¿Esquiruela...? —A Carrasca le temblaba la voz.

Glayo podía percibir cómo su incredulidad luchaba con su miedo.

—Eso que has dicho no es cierto, ¿a que no? Nosotros somos hijos tuyos, ¿verdad?

Hubo un largo silencio, pero Glayo ya sabía la respuesta. Su mente estaba colmada con la aflicción y el arrepentimiento desesperado de Esquiruela... que se mezclaban con un amor incontenible, el de una madre por sus hijos. La guerrera sólo le había mentido a Cenizo en parte: sí que los amaba, pero no eran sus hijos.

—Lo lamento muchísimo —musitó la guerrera—. Debería haberos contado la verdad hace mucho tiempo.

—¿Qué quieres decir? —exigió saber Leonado, que apenas podía contener la ira.

—Pensamos que era lo mejor —respondió Esquiruela con voz suplicante—. Os lo prometo, es lo más difícil que hemos hecho nunca.

—¿Lo más difícil que habéis hecho nunca? —preguntó Leonado—. ¿Quiénes?

Esquiruela no contestó; su mente era tal caos de amor y pesadumbre que Glayo no pudo encontrar en ella la respuesta.

—¿Zarzoso lo sabe? —gimoteó Carrasca, arañando el suelo.

—Zarzoso jamás os ha mentido —maulló Esquiruela—. Él... no lo sabe.

—¿Y tú le has dejado creer que éramos sus hijos? —le preguntó la joven con voz aguda—. Entonces también le has mentido a él. Pero... si vosotros no sois nuestros padres, ¿quiénes son?

Glayo se coló de nuevo en la mente de Esquiruela, buscando recuerdos, pero lo único que captó fue una imagen borrosa de nieve, un largo viaje, zarzas clavándose en el pelo de la gata, y el enorme peso de la culpabilidad al tener que cargar con aquel secreto horrible. Percibió que iba acompañada de otro gato, aunque estaba tan desdibujado que no pudo distinguir quién era.

—No puedo decíroslo —respondió Esquiruela en un murmullo casi inaudible.

—¡Sí que puedes, pero no quieres! —exclamó Leonado con la voz cargada de ira y dolor.

Glayo detectó que Carrasca sentía lo mismo que su hermano, pero él permaneció extrañamente tranquilo, como si siempre hubiera sabido que aquello iba a suceder. Si ellos eran los tres, con el poder de las estrellas en sus manos, entonces tenía sentido que su origen fuese algo extraordinario. Aquélla sólo era una verdad más que debían descubrir, algo que había ocurrido mucho tiempo atrás y que había proyectado una larga sombra durante todas las lunas siguientes.

—Lo lamento —maulló Esquiruela con voz más firme—. Sé que esto no os va a ayudar, pero no podría haberos amado más si hubieseis sido realmente mis hijos. Estoy muy orgullosa de vosotros tres...

—¡Lárgate y déjanos en paz! —bufó Carrasca—. No tienes ningún derecho a sentirte orgullosa de nosotros, ¡ningún derecho a sentir nada por nosotros! ¡¡¡Nos hiciste creer que eras nuestra madre y no lo eres!!!

—Por favor... —suplicó la guerrera.

—Vete —la cortó Leonado con dureza.

La desdicha envolvió a Esquiruela como una nube asfixiante y estuvo a punto de derribar a Glayo. La gata dio media vuelta y se internó en la vegetación, como si no le importara quemarse las almohadillas con las hojas humeantes.

Los tres jóvenes se quedaron junto a los arbustos chamuscados, sin decir nada. Glayo estaba paralizado por la conmoción, y notó que sus hermanos sentían lo mismo. Habían estado a punto de morir, se habían enfrentado a Cenizo en su locura destructiva, pero lo más devastador de todo lo que les había ocurrido era el secreto que les acababa de revelar Esquiruela.

—Si Esquiruela y Zarzoso no son nuestros progenitores, entonces, ¿quiénes son nuestros verdaderos padres? —maulló Carrasca con voz temblorosa.

—Ya nos preocuparemos de eso más adelante —replicó Leonado, todavía dominado por la rabia—. Primero tenemos que decidir qué haremos cuando Cenizo le cuente la verdad al clan.

—¿En serio crees que va a contarlo? —le preguntó Carrasca.

—¿Acaso tú crees que no lo hará? Lo único que le importa es hacerle daño a Esquiruela, y eso le hará más daño que ninguna otra cosa.

Glayo se sintió extrañamente lejos de las dudas angustiadas de sus hermanos. El secreto había salido a la luz, y nadie podría detener las consecuencias. Lo único que sentía era una leve curiosidad por ver qué iba a ocurrir.

—No deberíamos contarles nada a nuestros compañeros de clan —maulló Carrasca con tristeza—. ¿Y si nos castigan a nosotros también? Podrían pensar que lo sabemos desde siempre. Deberíamos seguir como si no hubiera pasado nada. Al fin y al cabo, puede que Cenizo no diga ni una palabra.

—Claro, y los erizos vuelan —replicó Leonado—. Pero coincido en que es mejor no contárselo a nadie. Por lo menos hasta que averigüemos la verdad. Si el clan se entera de lo sucedido, nosotros debemos poder defendernos para que sepan que no tenemos nada que ver con esto. ¿Estás de acuerdo, Glayo?

—Estoy de acuerdo —asintió su hermano.

—Entonces volvamos al campamento —maulló Carrasca—. Allí habrá mucho que hacer.

En la hondonada de piedra había un olor acre a quemado cuando Glayo pasó sobre los restos de la barrera de espinos. El joven se sobresaltó al oír la voz de su padre... «No, la voz de Zarzoso», se recordó.

—¿Estáis bien? —les preguntó el lugarteniente.

—Sí, gracias —respondió Leonado secamente.

—Entonces, ¿puedes ayudar a Fronde Dorado a reparar la maternidad, Leonado? Tú también, Carrasca. Tendréis que traer más zarzas del bosque. Y, Glayo, creo que Hojarasca Acuática te está buscando. A Zancudo se le han quemado las zarpas, Rabo Largo tiene un golpe muy feo en la cabeza, le ha caído una rama encima... Y es posible que haya más heridos de los que todavía no sé nada.

—Sí, vale —maulló Glayo. Al oír que Zarzoso se alejaba, se volvió hacia sus hermanos—. No lo olvidéis: no tenemos que decir nada.

Sin embargo, mientras se dirigía hacia la guarida de la curandera, cojeando un poco por la almohadilla que se había chamuscado, Glayo percibió que Cenizo estaba en el lindero del claro. Era consciente de que el guerrero gris tenía los ojos clavados en ellos, tan consciente que parecía que pudiera ver su mirada azul llameante.

«Medianoche dijo que el conocimiento no siempre es poder —recordó—. Pero hay ocasiones en las que lo es. Y ahora Cenizo tiene el poder de destruirnos a todos nosotros.»

24

A la mañana siguiente, después de la tormenta, Leonado fue elegido para la patrulla del alba con Fronde Dorado, Acedera y Carbonera. La luz del sol se colaba cada vez con mayor intensidad entre los árboles cuando se alejaron de la hondonada de piedra. La brisa era tan suave que apenas movía las pocas hojas que quedaban en las ramas. Leonado casi podía fingir que la tormenta no había sido más que un sueño, de no ser por la alfombra de ramas que cubría el suelo forestal y por las cortezas ennegrecidas de los árboles que habían sido alcanzados por los rayos.

Durante todo el tiempo que permaneció lejos del campamento, Leonado no dejó de sentir un hormigueo en la piel, preguntándose con qué se encontraría a su regreso, qué acusaciones y miradas conmocionadas lo recibirían. Pero el campamento estaba tranquilo, con Zarzoso dirigiendo las reparaciones de las guaridas. Espinardo y Ratonero estaban ocupados rellenando los últimos huecos del zarzal que rodeaba la maternidad. Raposino y Albina cargaban con grandes fardos de relleno para los lechos. Nimbo Blanco y Centella trabajaban juntos, arrastrando ramas quemadas lejos de la guarida de los guerreros, mientras Candeal, Betulón y Bayo retiraban los escombros del claro. Leonado oyó que Bayo rezongaba porque, según él, aquél no era trabajo para un guerrero.

«¡Nada ha cambiado!», pensó el joven guerrero. No vio a Cenizo entre los gatos del claro, pero era evidente que aún no había desvelado el secreto.

Leonado intentó convencerse de que la tormenta del descubrimiento había pasado de largo, como la lluvia y los truenos, dando paso a la calma, aunque en su interior sabía que el daño de la revelación de Esquiruela duraría lunas y lunas.

—Tenemos que hablar de esto —le susurró Carrasca al oído, mientras él ayudaba a Manto Polvoroso a arrastrar unas ramas de zarzal para formar una nueva barrera en la entrada del campamento—. Nos vemos en el bosque. Iré a por Glayo.

Y se fue a la guarida de la curandera, de donde apareció al cabo de un instante, seguida de su hermano. Leonado los vio salir por un lado de la barrera, donde antes estaba el túnel que llevaba al aliviadero. Esperó un poco más, y luego se acercó a Manto Polvoroso.

—Creo que voy a ir a cazar —le dijo al guerrero—. Hay que reabastecer el montón de la carne fresca.

—Ya han salido patrullas de caza —gruñó Manto Polvoroso—. ¿Es que recoger ramas es demasiado aburrido para ti? Está bien, vete —añadió con un movimiento de la cola—. Pero será mejor que traigas algo que valga la pena.

Leonado se fue a toda prisa, antes de que el atigrado marrón cambiara de idea. Localizó el rastro oloroso de sus hermanos y lo siguió por el bosque.

Se detuvo en el lindero de un claro, mirando a su alrededor y saboreando el aire. Un siseo imperioso sonó en el sotobosque.

—¡Leonado! ¡Aquí!

El joven vio a Carrasca asomándose desde una mata de helechos.

—¿Por qué has tardado tanto?

—He pensado que era mejor esperar un poco —le explicó él, deslizándose entre las frondas—. No quería que nadie sospechara que íbamos a reunirnos en secreto.

Detrás de los helechos, el suelo formaba un hueco pequeño donde estaba sentado Glayo, que levantó las orejas cuando su hermano se acercó.

—Vale —maulló el joven curandero—. Ahora que ya estamos todos, tenemos que decidir qué vamos a hacer.

—Sólo hay una cosa que podamos hacer. —Carrasca arañó furiosa la tierra blanda—. Tenemos que averiguar quiénes son nuestros auténticos padres. Esquiruela no nos lo contará, pero ¡debemos saberlo!

—No, yo no estoy de acuerdo —replicó Leonado.

—¿Qué? Pero si tú dijiste...

Leonado alzó la cola para pedirle que lo dejara hablar.

—Yo quiero saber quiénes son nuestros padres tanto como tú —continuó—. Pero eso no es lo más importante ahora mismo. Nuestro mayor problema es qué hacer con Cenizo.

—¡Lo odio! —Carrasca sacudió la cola, exaltada, en medio de otra tormenta de miedo y frustración.

Leonado le apoyó la cola en el lomo.

—Cenizo está más chiflado que un zorro rabioso, pero ésa no es la cuestión.

De pronto se acordó de la pelea que había tenido una vez con Cenizo, cuando él era su mentor. Los ojos azules del guerrero llameaban con la furia de la batalla. «¿Acaso aquel día también intentaba matarme para hacerle daño a Esquiruela?»

—Tenemos que pensar en algo para que mantenga la boca callada. Si esto sale a la luz, Esquiruela tendrá un problema grave.

Carrasca agitó las orejas desdeñosamente.

—Eso es asunto de Esquiruela, no nuestro.

—Es algo que nos concierne a todos, a nosotros tres y a ella —dijo Leonado, sin poder evitar sentir una punzada de compasión por Esquiruela.

Sí, les había mentido a todos, pero siempre había hecho lo mejor para ellos, como si fuera su madre de verdad.

—Ahora que Cenizo conoce el secreto, tiene poder sobre todos nosotros —añadió el guerrero, con un hormigueo por todo el cuerpo al pensar en lo que eso podía suponer.

—No lo entendéis, ¿verdad? —espetó Carrasca. Sus ojos ardían con fuego verde—. ¿Es que no os dais cuenta? ¡Podríamos no ser gatos de clan!

Leonado abrió la boca para responder, pero no dijo nada. Lo que acababa de sugerir su hermana lo había impactado demasiado.

—Es posible que hayamos nacido fuera del clan... fuera del código guerrero. —Carrasca sonaba como si no se le ocurriese nada peor—. ¿Y si Esquiruela se apiadó de una gata solitaria que estaba de paso o de una minina doméstica?

—Pero... pero nosotros somos los tres —tartamudeó Leonado—. La profecía habla de nosotros... Tenemos el poder de ser más grandes que las estrellas. ¿Cómo no vamos a ser gatos de clan?

—Creo que os estáis olvidando de algo —intervino Glayo, con voz fría y distante, hablando por primera vez—. La profecía le dijo a Estrella de Fuego: «Habrá tres, sangre de tu sangre...» Si Esquiruela no es nuestra madre, entonces no estamos emparentados con Estrella de Fuego, ¿no os parece?

Leonado y Carrasca se quedaron mirándolo boquiabiertos. El pequeño atigrado estaba tranquilo, con la cola enroscada alrededor de las patas.

—¿No os parece? —repitió.

—Nimbo Blanco es pariente de Estrella de Fuego... —empezó Leonado, confundido, pero el chillido de Carrasca ahogó sus palabras.

—¡Lo sabía! ¡En nosotros no hay nada especial! Tú eres realmente bueno combatiendo, Leonado, nada más, y Glayo... pues Glayo es curandero, ¡así que es normal que tenga sueños!

Leonado sintió que la sangre se le helaba en las venas. ¿Podía ser eso cierto? «Pero... ¿y qué hay de lo que siento en las batallas? Sé que no pueden herirme. ¡Sé que sería capaz de enfrentarme a todo un clan de enemigos con una sola zarpa! —No podía siquiera contemplar la posibilidad de no ser parte de la profecía—. Porque, si no lo soy, entonces le debo mi destreza en el combate a Estrella de Tigre, y él habrá tenido razón desde el principio sobre mis estúpidos sueños...»

Luego lo asaltó otro pensamiento más preocupante aún que el primero: «Si Zarzoso no es mi padre, entonces tampoco estoy emparentado con Estrella de Tigre. ¿Qué hará él conmigo si lo descubre?»

Fueron transcurriendo los días. En el campamento habían terminado las reparaciones, y Mili y Gabardilla regresaron por fin de la vivienda de los Dos Patas, acompañadas por un orgulloso Látigo Gris. Gabardilla iba dando brincos. Leonado apenas podía creer que fuera la misma cachorrita a la que habían tenido que sacar del campamento, tan inerte que parecía muerta. Mili seguía estando muy delgada y le temblaban las patas, pero llevaba la cola entrelazada amorosamente con la de Látigo Gris, y sus ojos relucían con la salud recobrada. Dalia le dio la bienvenida a la maternidad, mientras los demás cachorros saltaban sobre Gabardilla y se revolcaban con ella por el suelo alegremente.

El viento sopló sobre el bosque, con un frío que anunciaba la cercanía de la estación sin hojas. Las últimas hojas descendían en espiral de los árboles. Las presas eran más difíciles de atrapar, pero el clan había recuperado todas sus fuerzas y podía mantener bien abastecido el montón de la carne fresca. Esquiruela retomó las tareas más livianas de los guerreros, e incluso los gatos que habían resultado heridos en la tormenta abandonaron la guarida de la curandera.

Leonado reparó en que Candeal estaba engordando, y en que Betulón se paseaba por el campamento con expresión muy ufana. ¡De modo que el Clan del Trueno iba a tener más cachorros...! Aparentemente, las cosas iban bien.

Leonado, sin embargo, ya no disfrutaba patrullando con sus compañeros de clan. La amenaza de Cenizo pendía sobre él como una nube de tormenta. Carrasca seguía obsesionada con quiénes serían sus padres, pero lo que más le preocupaba a él era cómo convencer a Cenizo de que no revelara el secreto. A menudo lo sorprendía mirándolo, con una promesa oscura en sus ojos azules. ¿A qué estaba esperando? ¿Acaso había decidido que era mejor no contarle a todo el mundo lo que había hecho Esquiruela? No, Leonado no creía que eso fuera posible.

En una de aquellas mañanas de sol y viento intenso, Leonado salió de la guarida de los guerreros y vio a Cenizo con Estrella de Fuego junto al montón de la carne fresca. El joven guerrero sintió una punzada en el estómago. Intentó actuar como si nada, y se acercó a escoger un ratón. Aunque pensaba que no iba a poder tragar ni un bocado, se sentó a comérselo de espaldas al líder, aguzando el oído.

—Dentro de unos pocos días hay Asamblea —maulló Cenizo—. ¿Te parece bien si voy?

Estrella de Fuego sonó levemente sorprendido.

—No suelo elegir a los guerreros hasta ese mismo día, pero si quieres asistir...

—Gracias, Estrella de Fuego.

Leonado se atrevió a volver la cabeza y vio que el guerrero gris se dirigía al túnel de espinos. El minúsculo bocado de ratón que acababa de tragar le cayó como una piedra en el estómago, y sintió un hormigueo por todo el cuerpo. «¡Ya sé lo que va a hacer Cenizo! ¡Pretende revelar el secreto de Esquiruela delante de todos los gatos de la Asamblea!»

Carrasca estaba saliendo de la guarida de los guerreros, y Leonado se acercó a ella.

—Donde siempre —siseó—. Iré a por Glayo.

Cuando se asomó por la cortina de zarzas que cubría la entrada de la guarida de la curandera, vio que Glayo ya estaba despierto, arqueando el lomo para desperezarse. Hojarasca Acuática seguía durmiendo, ovillada en su lecho.

—¿Leonado? —Glayo levantó la cabeza—. ¿Qué ocurre?

—Tenemos que hablar.

Fueron hasta el hueco que había detrás de la guarida de los guerreros, donde Carrasca ya los estaba esperando. En sus ojos verdes había miedo.

—¿Qué ha pasado? —quiso saber en cuanto apareció Leonado.

—Acabo de oír cómo Cenizo le preguntaba a Estrella de Fuego si podía asistir a la próxima Asamblea.

Carrasca sacó y guardó las uñas, erizando el pelo del cuello.

—¡No! —gimió—. ¡No puede hacer eso!

—Silencio —le espetó Glayo—. ¿Quieres que nos oiga todo el mundo?

—Tenemos que detenerlo como sea. —Carrasca bajó la voz, pero sonó desesperada—. De lo contrario, contará lo nuestro a los cuatro clanes.

Leonado asintió.

—Quiere avergonzar a Esquiruela delante de todos los gatos. Y ellos podrían expulsarnos del lago.

—¡Estrella de Fuego no lo permitiría! —Carrasca sonó conmocionada.

—Estrella de Fuego podría no tener elección —señaló Glayo—. Sabéis que los demás clanes siempre lo están acusando de acoger a solitarios. Incluso algunos de nuestros compañeros piensan igual; creen que eso debilita al Clan del Trueno. Quizá Estrella de Fuego tenga que desterrarnos por el bien de su clan.

«El clan de Estrella de Fuego... no el nuestro», pensó Leonado. La sosegada valoración del riesgo que acababa de hacer su hermano lo dejó helado de las orejas a la cola. Ya no podía confiar en nada. Había intentado ser el mejor guerrero del clan, y ahora todo se veía amenazado por lo que sabía Cenizo.

—Tal vez deberíamos decírselo a Esquiruela —sugirió al fin.

—¿Por qué? —bufó Carrasca, dejando unas marcas profundas en la tierra con las garras—. ¿Qué puede hacer ella? ¡Yo no quiero volver a hablar con esa embustera!

—Aun así, parece que ella es la única que podría tener cierta influencia sobre Cenizo —respondió Glayo.

—¡Pues entonces habla tú con ella!

—Hablaremos todos con ella. —Leonado estaba intentando mantener la calma—. Ten un poco de sentido común, Carrasca. Debemos hacer todo lo que podamos para detener a Cenizo.

Sin esperar a que su hermana accediera, salió del hueco estrecho de detrás de la guarida de los guerreros y echó una ojeada al claro. Glayo y Carrasca lo siguieron, ella todavía con los ojos llenos de furia.

Leonado no vio a Esquiruela por ninguna parte. Se dirigió a la guarida de los guerreros, y, al asomarse entre las ramas, la encontró dormitando en su lecho de musgo.

—¡Esquiruela! —susurró.

La gata rojiza levantó la cabeza de golpe, con los ojos rebosantes de esperanza. Leonado sintió una punzada de compasión. Desde la tormenta, aquélla era la primera vez que alguno de los tres le dirigía la palabra, y probablemente esperaba que tarde o temprano estuvieran dispuestos a perdonarla.

—¿Puedo hablar contigo? —le preguntó Leonado en voz baja, porque había otros gatos durmiendo en la guarida.

—Sí, claro... —Se levantó de un salto, ansiosa, y se sacudió trocitos de musgo del pelo—. Claro que puedes.

Al salir de la guarida, la esperanza de sus ojos se transformó en cautela al ver a los tres hermanos aguardándola.

—¿Qué ocurre? —preguntó.

—Acabo de oír cómo Cenizo le pedía permiso a Estrella de Fuego para ir a la próxima Asamblea —respondió Leonado.

No necesitó explicarle qué significaba eso. A Esquiruela se le dilataron los ojos de abatimiento.

—No... —dijo en un susurro.

—¿Qué vas a hacer al respecto? —le espetó Carrasca, desafiante—. ¿O te da igual? No creo que te importe mucho que Estrella de Fuego acabe expulsándonos a todos del Clan del Trueno.

Esquiruela agitó la punta de cola y sus ojos llamearon furiosos, pero contestó con calma:

—Estrella de Fuego no hará eso. A vosotros no.

—¿Cómo lo sabes, si no somos gatos de clan? —maulló Glayo.

—Vosotros... —Se interrumpió y volvió a empezar—: Os prometo que a vosotros no os castigarán. Soy yo quien ha mentido, sólo yo.

—Nuestra verdadera madre también mintió —replicó Carrasca con un gruñido—. Quienquiera que fuera...

Leonado miró expectante a Esquiruela, pero ella mantuvo una expresión hermética y la boca apretada. Era evidente que no iba a compartir todos sus secretos.

—Hablaré con Cenizo —maulló la gata al final—. Le haré comprender que esto no sólo me dañará a mí, que afectará al clan al completo. Sigue siendo un guerrero leal, y no hará nada que debilite al Clan del Trueno. —Bajó la cabeza—. Lo lamento... —murmuró.

Esquiruela se los quedó mirando, pero ninguno de los tres dijo nada. Finalmente, la gata dio media vuelta y se metió de nuevo en la guarida de los guerreros.

—Quizá ella confíe en que Cenizo no perjudique al clan —maulló Glayo—, pero yo no. Tenemos que hacer algo.

Y dicho eso, se dirigió hacia la guarida de la curandera. Leonado lo observó marcharse. Era muy fácil decir eso sin aportar una solución, pero ¿qué se podía hacer para silenciar a Cenizo?

Aquella noche corrió la sangre en los sueños de Leonado. Todo su cuerpo se estremecía de poder; se retorció y saltó sobre un enemigo invisible, hasta que sus garras terminaron llenas de pelo gris y el hedor de los pegajosos ríos de sangre se pegó a su piel y saturó el aire a su alrededor.

Se despertó en la guarida de los guerreros, cuando una luz grisácea se colaba a través de las ramas. La mayoría de los lechos ya estaban vacíos. Al incorporarse, Leonado notó las patas entumecidas y pesadas, como si realmente hubiera pasado la noche combatiendo contra su enemigo. Abrió la boca en un gran bostezo y estiró las patas delanteras, flexionando las garras y calentando los músculos.

Sintiéndose más despejado, salió al claro. Se puso tenso al ver a Cenizo a un par de colas de distancia, llamando con un gesto a Nimbo Blanco y Centella, que estaban compartiendo lenguas junto al montón de la carne fresca.

—Vamos —les dijo—. Patrulla de caza.

Leonado se le acercó.

—¿Te importa si me uno a vosotros?

Por un instante, Cenizo pareció sorprenderse. Luego entornó los ojos.

—Claro que no.

Nimbo Blanco y Centella se reunieron con ellos, y todos pusieron rumbo hacia el bosque. Leonado ocupó el último lugar. Sabía que Cenizo recelaba; ninguno de los tres hermanos había cruzado una sola palabra con él desde la tormenta. Pero a Leonado no le daba miedo, y necesitaba hablar con él donde nadie más pudiera oírlos.

El joven guerrero no tenía ni idea de cómo separar a Cenizo de Nimbo Blanco y Centella, pero no debería haberse preocupado porque, mientras avanzaban por el viejo sendero de los Dos Patas que conducía a la casa abandonada, Nimbo Blanco se detuvo a olfatear el aire y maulló:

—Creo que Centella y yo iremos a probar en el jardín de los Dos Patas. Hace tiempo que no va nadie por allí.

Cenizo se encogió de hombros.

—A mí me parece una pérdida de tiempo, pero id si queréis. Ya nos encontraremos luego.

Nimbo Blanco y la gata se alejaron camino arriba. Cenizo esperó a que estuvieran fuera de la vista para volverse hacia Leonado.

—¿Y bien? ¿Qué quieres? Me imagino que no has pedido venir con esta patrulla para disfrutar de mi compañía.

—Pues no —replicó el joven sin pestañear.

Le estaba costando separar el respeto que sentía por Cenizo, pues era su compañero de clan y antiguo mentor, de los sentimientos que le provocaba aquel enloquecido gato que los había amenazado durante la noche de la tormenta y volvía a amenazarlos ahora con la mentira de Esquiruela.

—Oí que le preguntabas a Estrella de Fuego si podías asistir a la próxima Asamblea. Sé qué es lo que planeas hacer.

El guerrero gris agitó los bigotes.

—¿Y?

—Te pido que no lo hagas. No por nosotros —añadió—, sino por el bien del Clan del Trueno. Tú tienes su destino en tus manos.

Cenizo soltó un suspiro profundo.

—Ahórrate toda esa cháchara para apelar a mi lealtad al clan —se mofó—. Ya he aguantado las súplicas de Esquiruela al respecto. Le he dicho a ella, y te lo digo ahora a ti, que nadie puede hacer nada para detenerme.

Leonado notó que se le erizaba el pelo del cuello. Desenvainó las uñas.

—Puedo vencerte en un combate si tengo que hacerlo.

Cenizo desenvainó las garras al instante y entornó los ojos, que destellaron con hostilidad.

—Inténtalo —le soltó, pero luego volvió a envainar las uñas—. ¿El noble Leonado atacando a un compañero de clan? No, tú jamás pondrías en peligro tu lugar en el Clan del Trueno haciendo algo así. —Con un resoplido de desprecio, echó a andar, pero luego miró por encima del hombro—. Tú estás sujeto al código guerrero, igual que todos nosotros.

—¿Y el código guerrero te permite destruir a tu clan? —le espetó Leonado mientras su antiguo mentor se alejaba.

Cenizo no le hizo ni caso, y el joven se quedó mirándolo hasta que desapareció entre la vegetación. De ningún modo iba a permitir que aquel gato acabara con todo aquello por lo que el Clan del Trueno había luchado... con todo por lo que él mismo había luchado.

—Quizá yo no esté tan sujeto al código guerrero como tú crees... —murmuró.

25

Glayo se ovilló en su lecho de la guarida de la curandera, esperando que le llegase el sueño. Leonado le había contado el enfrentamiento que había tenido con Cenizo en el bosque, y cómo el guerrero gris había rechazado sus súplicas y las de Esquiruela. «Si eso no ha servido de nada, es el momento de probar otra cosa», pensó el joven.

Bostezando, se ovilló más en el blando musgo. Se imaginó a sí mismo cruzando la cortina de zarzas, saliendo al claro y yendo hacia la guarida de los guerreros. Colándose entre las ramas, avanzó con cuidado entre las formas dormidas, hasta detenerse frente al bulto de pelo gris que formaba el cuerpo de Cenizo.

Mentalmente, Glayo se hizo un hueco en el musgo y se enroscó al lado del guerrero, dejando que su respiración se acompasara con la de él.

Un instante después, notó una brisa intensa y se despertó en el bosque, no muy lejos de la frontera del Clan de la Sombra. No había ni rastro de Cenizo, pero la vegetación parecía sutilmente distinta. No se trataba sólo de lo que podía ver. Había algo más. El olor del Clan de la Sombra le erizó el pelo, como si anticipara una pelea, y desenvainó las uñas para estar preparado. Percibía el aroma de las presas de un modo extrañamente acusado.

El viento aplastaba la hierba, arrastrando hojas muertas. Glayo saltó sobre una de ellas, disfrutando con el crujido que sonó bajo sus patas; en el mundo real, no podía ver hojas volando con las que jugar.

—Ya no eres un cachorro —masculló.

En ese mismo instante, captó el sonido de un gato que se abría paso entre la vegetación. Ante él se separaron las frondas de los helechos, y apareció Cenizo, que se detuvo, sorprendido.

—¿Qué estás haciendo aquí?

Glayo se encogió de hombros.

—Yo podría preguntarte lo mismo.

Y se aproximó hasta quedar lo bastante cerca de él como para poder retirarle un trocito de helecho del lomo con la punta de la cola.

A Cenizo se le erizó el pelo del cuello.

—¡Puedes ver!

—Claro. Estás soñando, Cenizo. ¿No lo sabías?

El guerrero gris retrocedió un paso; sus ojos azules parecían alterados.

—¿Y por qué tendría yo que soñar contigo?

—Porque quiero hablar contigo donde nadie pueda interrumpirnos. Donde tengas que escucharme.

Cenizo soltó un resoplido.

—Yo no tengo que escuchar a nadie, y menos todavía a un patético y supuesto curandero. Además, ya sé qué vas a decir. Vas a rogarme que no cuente nada en la próxima Asamblea. Bueno, pues puedes ahorrarte la saliva. Diré lo que se me antoje. Esa gata embustera será expulsada del Clan del Trueno para siempre, y ningún otro clan la aceptará.

Glayo entornó los ojos.

—Lo lamentarás, Cenizo.

El guerrero se irguió ante él, con los ojos llameantes de furia.

—¿Me estás amenazando? Podría romperte el cuello de un solo golpe.

—Inténtalo —lo invitó Glayo—. Esto es un sueño, ¿recuerdas?

Cenizo se quedó desconcertado un segundo; luego sacudió la cola.

—Sí, es un sueño. Me lo estoy imaginando todo. Pero no por eso tengo que escucharte.

—Quedas advertido, Cenizo. —Glayo también se irguió para mirarlo fijamente—. Yo soy curandero y hablo con la voz del Clan Estelar. Si sigues adelante con lo que has planeado hacer, te arrepentirás.

Cenizo retrocedió de nuevo, hasta que sus ancas rozaron los helechos.

—Mi conciencia está limpia, y el Clan Estelar lo sabe —soltó—. Es Esquiruela la que ha mentido. Ella no se merece la lealtad de nadie.

Y volviéndose en redondo, se internó de nuevo en la vegetación.

Glayo se quedó mirando hasta que las hojas de los helechos dejaron de temblar. Cenizo había oído su advertencia, pero ¿serviría de algo cuando se despertara?

Glayo empleó la mañana siguiente en seleccionar hierbas con Hojarasca Acuática. Su mentora parecía ensimismada, como si tuviera la cabeza en otro sitio.

—Necesitamos más hierbabuena —murmuró la gata—. La usamos casi toda con los gatos heridos en la tormenta.

—No, está aquí. —Glayo empujó un fardo de hojas hacia Hojarasca Acuática—. Tenemos de sobra. Lo que se nos ha acabado es la milenrama.

—Oh, sí... Perdón.

Harto de intentar trabajar con ella, cuando estaba tan distraída que no distinguía la milenrama de la hierbabuena, Glayo salió de la guarida.

—Iré a recolectar más —maulló por encima del hombro.

Oyó que llegaban gatos por la entrada del túnel, y se apartó para que pasaran. El primero en aparecer fue Nimbo Blanco, seguido de Cenizo.

—¿Qué quieres? —le espetó el guerrero gris completamente atemorizado, para satisfacción de Glayo.

Despedía una mezcla de furia e incertidumbre.

—Estoy esperando para salir —respondió el joven con calma.

Cenizo soltó un resoplido, pero entonces se oyó a Candeal:

—Cenizo, estás bloqueando la entrada.

El guerrero gris bufó irritado y se alejó.

Al regresar con la milenrama, Glayo captó el olor de Cenizo cerca del montón de la carne fresca. En vez de ir directo a la guarida de la curandera, se dirigió hacia el guerrero, y volvió a sentir satisfacción cuando oyó que éste se ponía en pie y se marchaba a la guarida de los guerreros.

«He conseguido inquietarlo —comprendió Glayo, dirigiéndose a su propia guarida—. Pero ¿bastará eso para que guarde silencio?»

26

Era la tarde anterior a la Asamblea, y Carrasca sentía como si todo su mundo estuviera a punto de desmoronarse a su alrededor. Había creído que, en cuanto consiguieran librarse de Solo, la vida de los clanes volvería a la normalidad, pero ahora la espantosa amenaza de Cenizo pendía sobre ellos como un árbol a punto de caer. «¡Va a destrozarlo todo!»

Notaba un hormigueo de inquietud en las zarpas. La joven guerrera salió del campamento y echó a andar por el bosque. Se sentía absolutamente impotente ahora que sabía que ya no era parte de los tres. Su creencia en la profecía le había hecho pensar que podía hacer cualquier cosa, pero Cenizo le había arrebatado esa creencia. Un gato con el poder de las estrellas en las manos habría podido impedir que otro dijera algo que iba a partir en dos a su clan. Pero Carrasca, que era una gata común y corriente, que ya no estaba emparentada con Estrella de Fuego, no podía hacer nada.

La invadió una oleada ardiente de rabia, y se detuvo para hundir las uñas en el suelo empapado. Ella quería ser uno de los tres, lo deseaba más que nada en el mundo. Quería ser especial, tener un destino que fuera más allá del de los demás gatos. «¡Me lo merezco! —La necesidad le arañó el estómago como las afiladas garras del hambre—.

Iba a trabajar más duro que nadie para ser una gran líder y dejar mi huella en todos los clanes. No puedo permitir que Cenizo haga trizas todos mis proyectos.»

Controlando la furia, siguió andando por el bosque. Después de la terrible tormenta había llovido más, y tuvo que avanzar por un suelo embarrado y saltar sobre pequeños riachuelos que cruzaban la tierra empapada. Las hojas de los helechos soltaban rociadas de gotas sobre su cabeza cuando las rozaba. Carrasca terminó con el pelo mojado y fangoso, pero continuó adelante, apenas consciente de dónde se encontraba.

El intenso olor de un gato del Clan del Trueno la hizo detenerse. Pegó un salto cuando vio aparecer a Cenizo por detrás del tronco de un roble retorcido.

—¡No te acerques a mí con tanto sigilo!

—No iba con sigilo —replicó el guerrero—. Para que lo sepas, estaba siguiendo el rastro de un zorro. Viene de la frontera del Clan del Viento, así que el zorro que Fronde Dorado olió sigue estando por aquí.

Carrasca no respondió. Ella y Cenizo se quedaron frente a frente. Los ojos azules del gato estaban llenos de recelo.

—¿Qué quieres? —quiso saber.

—¿Por qué crees que quiero algo? —respondió la joven.

Por un instante, Cenizo pareció desconcertado.

—¿No vas a intentar convencerme de que cambie de opinión, como Esquiruela y tus hermanos?

—No. —Carrasca sintió una punzada de satisfacción al ver la sorpresa en los ojos del gato gris—. Sé que no puedo hacer nada. Tú ya has decidido traicionar a tu propio clan.

—¿«Traicionar»? —Cenizo erizó el pelo del cuello, desenvainando las uñas—. Yo no estoy traicionando a nadie. La traidora es Esquiruela, porque es la que ha mentido.

—¿Y no es una traición debilitar al Clan del Trueno delante de los otros clanes, tan poco tiempo después de la gran batalla? —bufó Carrasca, asqueada.

Cenizo estiró el cuello hacia ella, mostrando los colmillos en un gruñido.

—Si estás intentando asustarme, te advierto que no funcionará.

Carrasca no se acobardó.

—Pues tú tampoco me asustas a mí —afirmó—. Nada me asusta más que la idea de que no temas lo que pasará después de que hables.

Cenizo entornó los ojos.

—Después de que revele la verdad, ronronearé con lo que pase —aseguró.

Y sin esperar una respuesta, se volvió en redondo y se internó en el bosque.

El sol estaba hundiéndose tras un grupo de nubes deshilachadas cuando Estrella de Fuego convocó a los gatos que debían asistir a la Asamblea. Las sombras iban extendiéndose por el claro, y los primeros guerreros del Clan Estelar estaban empezando a surgir en un cielo teñido de rojo.

—¿Dónde está Cenizo? —preguntó Estrella de Fuego mirando alrededor.

Carrasca intercambió una mirada con Leonado. Los demás gatos que habían sido escogidos para ir a la Asamblea —Zarzoso, Manto Polvoroso, Fronda, Látigo Gris, Nimbo Blanco y Carbonera— ya se habían agrupado alrededor de su líder, y Hojarasca Acuática y Glayo estaban cruzando el claro para reunirse con ellos. Pero no había ni rastro del guerrero gris.

Estrella de Fuego sacudió la cola con irritación.

—Cenizo me pidió expresamente venir esta noche a la Asamblea, y ahora no aparece. También le dije a Esquiruela que viniera, pero tampoco está.

—Llegaremos tarde si los esperamos —señaló Manto Polvoroso.

Carrasca sintió una punzada en el estómago. No quería pensar en Cenizo, y mucho menos quedarse allí a esperarlo. Si el guerrero no aparecía por la Asamblea, mucho mejor para todos. Y en cuanto a Esquiruela... No le importaría no volver a verla nunca más.

—Quizá Cenizo se haya adelantado —sugirió Látigo Gris.

—Bueno, pues si lo ha hecho, debería habernos avisado —replicó Estrella de Fuego—. Vámonos.

Guió al grupo hacia la barrera de espinos. Carrasca iba en último lugar con Leonado y Glayo, consciente de que sus hermanos estaban desesperados por saber dónde se encontraba el guerrero gris. Casi podía ver su nerviosismo crepitándoles en el pelo como relámpagos. Pero ninguno de ellos pronunció el nombre de Cenizo.

Acababan de salir del túnel cuando apareció Esquiruela, corriendo sin aliento. Tenía el pelo apelmazado, empapado y lleno de barro.

—Lo siento —se disculpó resollando—. No quería haceros esperar.

Zarzoso le dio un lametón.

—¿Qué estabas haciendo?

—Buscaba hierbas para Hojarasca Acuática cerca de la frontera del Clan de la Sombra —le explicó la gata—. La orilla del arroyo estaba resbaladiza por el barro y me he caído al agua.

—Cabeza de chorlito... —murmuró Zarzoso con afecto—. Deberías tener más cuidado. ¿Te encuentras bien? No tienes por qué venir a la Asamblea si prefieres descansar.

—Estoy bien —aseguró ella—. Y no voy a perderme esta Asamblea. Hace lunas que no voy a una.

—¡Venga, que llegamos tarde! —exclamó Estrella de Fuego desde la delantera del grupo.

Y echó a andar en dirección al lago. El suelo forestal seguía empapado por las recientes lluvias, y la pequeña comitiva tenía que avanzar a través de charcos embarrados y saltar por encima de las ramas que habían caído durante la tormenta. Carrasca apenas reparó en el barro o en los arroyuelos sobre los que chapoteaba. Sentía como si estuviera mirando a través de un largo túnel en el que entreveía un futuro oscuro lleno de miedo y traición. Se preguntó hasta dónde debía llegar un gato para preservar el código guerrero. ¿Y qué ocurría si el código se rompía a pesar de lo que uno hiciera?

Los gatos del Clan del Trueno salieron de entre los árboles y descendieron hasta la orilla del lago, en dirección a la frontera del Clan del Viento. Una luna llena flotaba ya alta en el cielo, transformando en plata la superficie del agua. Al levantar la cabeza, Carrasca vio que unas nubes iban hacia la luna, aunque ninguna de ellas había tocado aún el disco plateado. La joven tragó saliva. ¿Estarían los espíritus de sus antepasados a punto de mostrar su furia?

Estrella de Fuego ondeó la cola.

—Démonos prisa. Los demás clanes ya estarán allí, esperando.

Cuando dejaron atrás el bosque, el líder apretó el paso, hasta que sus guerreros acabaron trotando por la orilla del lago.

Carrasca, que seguía en la retaguardia con sus hermanos, vio que Estrella de Fuego se detenía repentinamente en la ribera del arroyo que marcaba la frontera con el Clan del Viento. Látigo Gris, que iba pisándole los talones, soltó un alarido de sorpresa.

Un presentimiento espantoso sacudió a Carrasca de las orejas a la punta de la cola. Echó a correr, rozando los guijarros con la barriga. Leonado la siguió a la misma velocidad.

Al llegar a la orilla, la joven se abrió paso entre los gatos que se habían apiñado allí, mirando hacia el arroyo. Encajado tras una roca, justo a los pies de Carrasca, el cuerpo inerte de un gato flotaba en las aguas crecidas, con el pelo empapado y oscurecido. Su cola se movía con la corriente, ondeando como si aún estuviera vivo.

Manto Polvoroso fue el primero en hablar:

—Es Cenizo.

27

Leonado hundió las garras en la ribera del arroyo, conteniendo a duras penas un gemido de pesar. Sin embargo, no podía sentir ninguna lástima por su compañero de clan muerto. Cenizo había estado a punto de revelar algo que los habría destruido a todos. Ahora ya no pronunciaría esas palabras espantosas. Al intercambiar una mirada con Carrasca, vio que ella sentía lo mismo. Esperó que nadie más notara su alivio por la muerte del guerrero gris.

—Sacadlo de ahí —ordenó Estrella de Fuego.

Manto Polvoroso se metió en el arroyo. Y con el agua hasta la barriga, agarró a Cenizo por el pescuezo y comenzó a tirar.

—Ten cuidado —maulló Fronda, angustiada.

Látigo Gris saltó al agua, y los dos guerreros juntos lograron desenganchar el cuerpo de Cenizo de la roca e izarlo a la orilla.

Hojarasca Acuática se agachó a su lado, poniéndole una pata en el pecho mientras lo olfateaba. Glayo permaneció junto a su mentora, con bigotes temblorosos. La curandera levantó la vista.

—Está muerto.

—¿Cómo ha muerto? —preguntó Carbonera, con sus ojos azules muy abiertos—. ¿Se ha caído al agua y se ha ahogado?

—Yo me he caído cerca del Clan de la Sombra —les recordó Esquiruela.

Leonado se preguntó si la guerrera sentía el mismo alivio que ellos.

—Es fácil que pase cuando el nivel del agua sube tanto como ahora —añadió Esquiruela.

Nimbo Blanco soltó un resoplido.

—Cenizo era un guerrero fuerte. No se habría ahogado como un cachorro. Si queremos saber cómo ha muerto, deberíamos mirar hacia el Clan del Viento.

Estrella de Fuego se inclinó a olfatear el cadáver empapado de Cenizo.

—No huele al Clan del Viento.

—El agua podría haber eliminado el olor —señaló Nimbo Blanco.

—Hablaremos de esto más tarde. —Estrella de Fuego miró a su alrededor rápidamente—. Manto Polvoroso, Látigo Gris, ¿podéis llevar el cuerpo de Cenizo al campamento? Los demás deberíamos continuar, o los otros clanes sabrán que ocurre algo.

—Yo también iré con ellos —se ofreció Leonado—. Cenizo fue mi mentor.

Estrella de Fuego asintió.

—Muy bien. Los demás, seguidme.

Cuando el líder y el resto de los guerreros vadearon casi a nado el arroyo, Leonado y sus compañeros levantaron el cuerpo de Cenizo. Lo trasladaron colgando entre ellos, un peso muerto, mientras atravesaban el bosque esforzadamente, de vuelta a la hondonada rocosa.

Espinardo estaba montando guardia en la entrada del campamento.

—¿Qué...? —Se le erizó el pelo cuando vio que arrastraban a Cenizo por el túnel—. ¿Qué ha pasado?

Manto Polvoroso se lo explicó, mientras Leonado y Látigo Gris llevaban el cadáver del guerrero al centro del claro. La luna brillaba plateada sobre su pelaje gris empapado; Leonado pensó que parecía extrañamente pequeño tras la muerte. Costaba imaginar el poder que había tenido en sus manos, el poder de hundir a su clan y de cubrir de vergüenza a Esquiruela y a los jóvenes que habían creído ser hijos suyos.

Leonado se estremeció al oír un aullido de aflicción a sus espaldas. Candeal había salido de la guarida de los guerreros, seguida de Betulón.

—¡¿Lo ha matado un zorro?! —exclamó la gata.

Leonado negó con la cabeza.

—Lo hemos encontrado en el arroyo de la frontera con el Clan del Viento. Parece que se ha ahogado.

Candeal se estremeció.

—Eso es horrible.

Betulón restregó el hocico contra el de ella.

—No debes disgustarte —murmuró—. Piensa en los cachorros.

La gata blanca asintió. Despacio, se acercó al cuerpo de Cenizo y se tumbó a su lado, hundiendo el hocico en su pelo frío y mojado. Betulón se sentó protectoramente junto a Candeal, para velarlo con ella durante la noche.

—Era un buen mentor —maulló acongojado—. Lo echaré de menos.

Para entonces, otros guerreros habían salido de la guarida, y fueron formando un círculo desigual alrededor del cadáver, preguntándose entre ellos en voz baja y conmocionada.

—El Clan del Viento está detrás de todo esto; recordad lo que os digo —maulló Musaraña al acercarse con Rabo Largo.

—En la noche de la Asamblea, además —añadió Melada con voz temblorosa—. El Clan Estelar estará furioso.

—Estrella de Fuego no cree que haya que culpar a nadie —repuso Látigo Gris—. Es posible que Cenizo sólo haya tenido mala suerte...

Musaraña soltó un resoplido de incredulidad mientras doblaba sus anquilosadas articulaciones para tumbarse junto al cadáver de Cenizo. Leonado levantó la cabeza para mirar la luna, que flotaba sobre la copa de los árboles. Las nubes habían desaparecido. Quizá Estrella de Fuego tuviera razón, y no había motivo para que el Clan Estelar mostrara su enfado.

Suspirando, Leonado se tumbó para hundir el hocico en el pelo de su antiguo mentor, que ya sólo olía a barro y agua. Cerró los ojos, esperando que ninguno de sus compañeros de clan advirtiera que, en vez de pena, sentía un profundo alivio.

Leonado permaneció al lado de Cenizo hasta que el cielo comenzó a mostrar las primeras señales del alba. Otros gatos iban y venían a su alrededor, hablando en voz baja.

Poco después, oyó un movimiento en el túnel de espinos: Estrella de Fuego y el resto del clan estaban regresando de la Asamblea. El joven estiró sus entumecidos músculos y miró a su alrededor. Carrasca corría hacia él. Sus ojos destellaban con una luz feroz.

—¡No vas a creerte lo que ha pasado en la Asamblea! —bufó—. Estrella de Fuego no ha dicho ni una palabra sobre Cenizo.

Leonado notó un hormigueo de sorpresa.

—¿En serio?

—En serio.

Uno o dos gatos miraron con curiosidad a Carrasca cuando pasaron junto a ellos. Leonado le tocó la boca con la cola para que guardara silencio, y se la llevó a unos pasos de distancia de Cenizo.

—Se ha limitado a contar algunas trivialidades sobre la caza —continuó Carrasca en un susurro furioso—, ha dado las gracias a nuestros antepasados guerreros por cuidar de nosotros... y ya está, eso ha sido todo.

—Bueno... quizá no quería que el Clan del Trueno pareciera débil —sugirió Leonado.

—¡Nosotros no somos débiles porque muera un gato! —bufó la joven.

Leonado no entendió por qué estaba tan enfadada.

—Todos los líderes informan de cosas parecidas. Eso forma parte de las Asambleas —añadió la guerrera.

—¿Y nadie ha notado que pasaba algo?

Carrasca negó con la cabeza.

—Es evidente que Esquiruela no es la única a la que se le da muy bien mentir.

—Yo no creo que sea tan malo como tú lo expones. Estrella de Fuego debe de tener sus razones. Y las nubes no han cubierto la luna, así que el Clan Estelar no está furioso con él.

La única respuesta de su hermana fue un resoplido despectivo.

Leonado restregó el hocico contra el suyo.

—Venga. Vamos a sentarnos junto a Cenizo y a velarlo un rato.

A ella se le desorbitaron los ojos.

—¿Velar a ese gato sarnoso? ¡No puedo creer que quieras hacer eso! Cenizo habría destrozado a todo el clan si hubiera vivido una noche más.

Sin esperar una respuesta, la joven se volvió en redondo y se dirigió a la guarida de los guerreros a grandes zancadas. Leonado la vio marchar, esperando que pudiera dormir un poco a pesar de todas las cosas que la angustiaban. Luego se tumbó de nuevo junto al cuerpo de su antiguo mentor.

28

Glayo siguió a Hojarasca Acuática de vuelta al campamento. La brisa del amanecer susurraba por el claro, envuelta en los primeros trinos de los pájaros que cantaban en los árboles que crecían por encima de la hondonada. El campamento estaba sumido en el silencio. El joven curandero detectó una mezcla de sentimientos de dolor y desconcierto en los gatos de su clan, que intentaban acostumbrarse al hecho de que Cenizo estuviera muerto.

El joven fue tras su mentora hasta el centro del claro, donde yacía el cadáver del guerrero gris. Glayo captó el olor frío y acuoso que aún estaba adherido a su pelo, además de los olores de Leonado, Betulón, Candeal y Espinardo, que seguían velándolo.

—Está muy frío y mojado —murmuró Hojarasca Acuática, agachándose al lado de Cenizo—. No es así como deberíamos enviarlo con sus antepasados guerreros.

Y comenzó a lamerle el pelo. De la gata brotaron oleadas de pesadumbre, casi como si fuera una madre que llorara a su hijo. «Hojarasca Acuática no estaba enamorada de Cenizo, ¿verdad? —se preguntó Glayo—. ¡Es curandera!»

Poco a poco, los gatos que rodeaban el cadáver de Cenizo empezaron a levantarse y a retirarse en silencio a sus guaridas. Leonado fue el último en marcharse, después de tocar levemente a su hermano con la cola. Sin saber qué hacer, Glayo se agachó delante de su mentora y comenzó a ayudarla a lamerle el pelo al guerrero muerto. El sueño se fue apoderando de él mientras lamía con movimientos largos y rítmicos.

Se espabiló de golpe al oír que Hojarasca Acuática soltaba un respingo, horrorizada.

—¿Qué ocurre? —preguntó el joven.

Durante un segundo, la gata continuó lamiendo con fuerza, hasta que finalmente siseó:

—Ven a ver esto.

Glayo se contuvo para no replicar con ironía que él no podía ver nada. Rodeó el cuerpo de Cenizo para acercarse a su mentora, que tenía todos los músculos tensos y el pelo del cuello erizado.

Olfateando el cuerpo del guerrero, Glayo captó olor a sangre y carne viva. Palpándolo con una zarpa, notó los bordes de un corte en la garganta de Cenizo, la clase de marca que esperaría ver en una presa despachada limpiamente.

La clase de marca que un gato no se hacía cuando caía a un arroyo y se ahogaba, porque estaba hecha deliberadamente.

—Cenizo no se ha ahogado —susurró Hojarasca Acuática con voz ronca—. ¡Lo han asesinado!

A Glayo le dio vueltas la cabeza. De no ser por los cuidados que Hojarasca Acuática le había dedicado al cadáver del guerrero, nunca se habría sabido cómo había muerto. ¿Qué sucedería ahora?

—Voy a contárselo a Estrella de Fuego —maulló la curandera.

Glayo la oyó correr a través del claro, en dirección a las rocas desprendidas. Poco después regresó acompañada del líder y éste se inclinó junto al joven curandero para examinar el cuerpo sin vida.

—¿Quién ha podido hacer esto? —Estrella de Fuego sonó completamente confundido.

—¿El Clan del Viento? —sugirió Hojarasca Acuática, con la voz cortante de recelo—. Lo hemos encontrado en la frontera del Clan del Viento.

—Sabes de sobra que no había ni rastro del olor del Clan del Viento —le recordó Estrella de Fuego, aunque Glayo percibió en él muchas dudas—. Sé que el agua podría haber eliminado cualquier rastro, pero... —Bajó la voz, como si estuviera hablando consigo mismo—: ¿Por qué iba el Clan del Viento a matar a un solo guerrero? ¿Intentan avisarnos? Aun así, no tiene sentido, nosotros no somos una amenaza para ellos.

—Y Cenizo nació en un clan —intervino Glayo—. El Clan del Viento no tenía ninguna razón para meterse con él personalmente.

—Cierto —murmuró Estrella de Fuego, arañando el suelo—. Pero si no ha sido el Clan del Viento... entonces a Cenizo debe de haberlo matado un gato del Clan del Trueno.

—¡No! —El susurro horrorizado de Hojarasca Acuática atravesó a Glayo como la garra de un águila—. Ningún gato del Clan del Trueno haría semejante cosa. Tiene que haber sido el Clan del Viento. —Sonaba como si intentara convencerse a sí misma, además de a Estrella de Fuego—. ¿Qué crees que debemos hacer? —preguntó tensa.

El líder vaciló.

—Eso no es razón para no honrar su cadáver —decidió al final—. Los veteranos se lo llevarán y lo enterrarán. Luego convocaré al clan.

—Iré a buscar a Musaraña y Rabo Largo —maulló Hojarasca Acuática.

Glayo esperó mientras los veteranos salían de su guarida y el resto del clan se congregaba para despedirse de Cenizo. Hojarasca Acuática debía de haber vuelto a taparle el corte del cuello con el pelo, porque nadie pareció reparar en ese detalle.

Cuando Musaraña y Rabo Largo desaparecieron arrastrando el cadáver del guerrero gris, Zarzoso se acercó a Estrella de Fuego.

—Llevaré una patrulla a lo largo de la frontera del Clan del Viento —anunció—. Tal vez haya alguna pista que nos diga qué ha ocurrido.

—Buena idea —respondió Estrella de Fuego—. Pero no os vayáis todavía. Hay algo que debo decirle a todo el clan.

Glayo percibió la perplejidad del lugarteniente, y luego pegó un salto cuando Leonado le susurró al oído:

—¿Qué está pasando?

Una parte de Glayo quería contarle a su hermano lo que habían descubierto, pero no encontró las palabras. Aquel descubrimiento era demasiado grave y tenía demasiadas consecuencias que aún no podía ni imaginarse.

—Lo sabrás enseguida —respondió.

Se quedó junto a Leonado, hundiendo las garras en la tierra mientras esperaban el regreso de los veteranos. Carrasca se les unió. El nerviosismo hervía en su interior como abejas zumbando en un árbol.

—Algo espantoso va a ocurrir —susurró—. Lo noto.

Musaraña y Rabo Largo aparecieron por fin por el túnel de espinos que llevaba al claro. Estrella de Fuego subió a la Cornisa Alta. Glayo oyó cómo alzaba la voz para que se le oyera en todos los rincones del campamento.

—Que todos los gatos lo bastante mayores para cazar sus propias presas vengan aquí, bajo la Cornisa Alta, para una reunión de clan.

La mayoría del clan ya estaba fuera, aunque Glayo oyó movimiento en la maternidad cuando salieron Dalia y Mili con sus cachorros. Raposino y Albina corrieron al centro del claro, más emocionados que preocupados por la convocatoria inesperada. Glayo captó el olor de Esquiruela no muy lejos de él.

—Hemos averiguado algo más sobre la muerte de Cenizo —empezó Estrella de Fuego en cuanto estuvieron presentes todos los gatos—. No ha sido un accidente. Tenía un corte en el cuello, y eso significa que lo han asesinado.

Por todas partes brotaron aullidos de abatimiento. A Glayo se le revolvió el estómago al oír la espantosa verdad en boca del líder. Notó que Carrasca y Leonado se quedaban petrificados, y también notó su horror. Esquiruela emanaba miedo y angustia.

—¿Ha sido un zorro? —quiso saber Manto Polvoroso, levantando la voz para que lo oyeran por encima del clamor.

—No había olor a zorro. —Todos enmudecieron cuando Estrella de Fuego volvió a hablar—. Y un zorro se lo habría comido.

—¿Se ha caído al arroyo y se ha cortado la garganta con una roca o una rama? —preguntó Esquiruela.

Glayo percibió hasta qué punto la guerrera deseaba que fuera así.

—Lo dudo —respondió Estrella de Fuego con voz pesarosa, como si a él también lo hubiese reconfortado esa explicación—. Era una herida limpia, como la que le haría un guerrero a una presa.

—¡¿Estás diciendo que lo ha matado un gato?! —exclamó Nimbo Blanco con incredulidad.

—¡El Clan del Viento! —aulló Espinardo—. Deben de haberlo descubierto junto a la frontera y lo han matado. ¡Deberíamos atacarlos ahora mismo!

A esas palabras les siguieron alaridos de aprobación; pasó un buen rato antes de que Estrella de Fuego pudiera hacerse oír de nuevo.

—No debemos precipitarnos —avisó a su clan—. En el cuerpo de Cenizo no había olor a Clan del Viento. De hecho, no hay nada que demuestre que lo haya matado un gato de otro clan.

Un silencio glacial llenó el claro. Cuando Fronde Dorado lo rompió, le temblaba la voz:

—¿Estás diciendo que uno de nosotros ha matado a Cenizo?

A Glayo se le desbocó el corazón mientras aguardaba la respuesta de Estrella de Fuego. Sus hermanos se pusieron tensos a su lado, y oyó que Esquiruela intentaba no boquear, como si se estuviera ahogando.

—¿Alguno de vosotros conoce una razón por la que algún miembro del Clan del Trueno podía querer muerto a Cenizo? —preguntó Estrella de Fuego.

Leonado y Carrasca temblaron bajo el peso de lo que sabían. A poca distancia, Esquiruela contuvo la respiración. Glayo supo que todos ellos estaban pensando en la escena que habían protagonizado en lo alto del precipicio, cuando el espantoso secreto de Esquiruela fue revelado en medio de una tormenta y un incendio. Eso, y sólo eso, había provocado la muerte de Cenizo.

Ahora, por su propio bien y por el bien de su clan, todos ellos debían conspirar para mantener oculto ese secreto eternamente.